意大利圣母百花大教堂

瑞典斯德哥尔摩风光

土耳其"古罗密露天博物馆"

匈牙利布达佩斯渔人堡

峡湾短笛

范良君 著

漓江出版社
桂 林

图书在版编目(CIP)数据

峡湾短笛/范良君 著. —桂林:漓江出版社,2016.5

ISBN 978-7-5407-7745-6

Ⅰ.①峡… Ⅱ.①范… Ⅲ.①随笔－作品集－中国－当代 Ⅳ.①I267.1

中国版本图书馆 CIP 数据核字(2016)第 008928 号

策　　划:周向荣
责任编辑:周向荣
封面设计:何　萌
内文排版:钟　玲

出版人:刘迪才

漓江出版社有限公司出版发行

广西桂林市南环路 22 号　邮政编码:541002

网址:http://www.lijiangbook.com

全国新华书店经销

销售热线:021-55087201-833

山东临沂新华印刷物流集团印刷

(山东临沂高新技术产业开发区新华路　邮政编码:276017)

开本:960mm×690mm　1/16

插页:2　印张:22.25　字数:250 千字

2016 年 5 月第 1 版　2016 年 5 月第 1 次印刷

定价:39.80 元

亲身体验，而非他人言辞，才是你的真实向导。

——达·芬奇

前　言

　　这本书起初的名字是"旅行，我的第一个十年"，字数太多，也不够"响亮"，但标题中的"十年"倒是说了个大实话。我真正意义上的出国旅行，应该是从 2006 年算起，至今正好十年！在这之前我也出过国，并且有文字见诸报端，但那都是公费的出国学习、考察什么的。2006 年我的西欧十一国之行全系自费不说，其意义也非同寻常。我将自己的六十大寿"寿宴"安排在巴黎，虽然光临"宴会"的仅有我老妻一人，但十余天的西欧之旅让我零距离"结识"了欧洲文艺复兴时期的画坛三杰。欧洲早期资产阶级知识分子崇尚科学、追求真理、锐意变革的忘我精神，感染、教育了正处于人生低谷时期的我，让我猛然觉悟到自己的人生道路并没有因为我含屈告别国企而终结，自己年轻时所立下的志愿还有待我继续努力予以实践，于是就有了我花甲之后的"十年坚守"—边工作、边旅行、边写作—有了记录这次心灵之旅的《还愿欧罗巴》，也方才有了这套记录我在近六十个国家的旅行随感的作品。

　　我十多岁时就尝试进行文学创作，写过小说、吟诵过诗歌，也尝试着写了一些文学评论。致力于旅游文学与我热心旅游大有关系，而且，我以为自己年纪不小，算是有些阅历，旅行中遇见、听见什么，总会联想到自己经历过的许多往事，并从中琢磨出一些道理。我决心在旅游文字上走一条自己的路：不仅仅告诉读者哪些地方有些什么景致，哪里的路该如何走，照片应该怎么拍，更多的是将自己的真情实意与感悟写出来传达给读者。

当我在埃及早上三四点就被宾馆旁宣礼塔传出的高亢的宣礼声吵醒时，我没有因此心生不满，脑海里随即想到的是信仰的存在对于现代人的意义，总觉得不再为生计发愁的我们身边还缺少点什么。

去了朝鲜，我对老子的"小国寡民"有了自己新的理解，凭票购买生活物资的事我在少年时就见识过，一点也不以为怪；但结合当今中国的现实，我想与读者共同温习的是老子的另一段精辟论述，"不尚贤，使民不争；不贵难得之货，使民不为盗"，想急切对读者诉说的是：两千多年前老子的这些话对当今我们中国人的生活也颇有现实意义。

在新西兰吃了颗名为"奇异果"、实为猕猴桃的水果，我想到的是鲁迅的"拿来主义"对于正在从事经济建设的人们兴许也有些"使用价值"；在伏尔加河的游轮上，我对俄罗斯丰富的水资源打心里表示羡慕，为自己祖国水资源的短缺而着急，更为我与我的亿万同胞过度开发利用有限的水资源而深感忧虑。

我所游历的国家有曾经的老牌殖民主义列强，也有长期遭受殖民统治、至今仍位列"发展中"行列的国家，尽管导游不会在旅行途中向我们游客有意提及一些有关殖民主义的"敏感话题"，但本能却让我在文章中直面历史与现实，坦然论及自己对这些历史问题的认识。我在柬埔寨、印度尼西亚与埃及的旅行中，分别了解到吴哥窟、婆罗浮屠以及古代埃及象形文字这些历史遗迹、遗产未为本国学者所继承，而是"仰仗"某英国官员与某法国学者"发现""发掘"方才"重见天日"，同时联想到同一时期一个叫"英吉利"与一个叫"法兰西"的"强盗"一把火将"万园之园"的北京圆明园烧为灰烬的历史事件后，不禁发出这样的感叹："贫穷、落后，自己的命运或将听凭他人拿捏。"（见《印尼三问》）

法国思想家帕斯卡说"人是能够思想的苇草"，"我们的全部尊严都在于思想之中"。我希望我自以为的有"思想"的文字能够给广大读者当一个好的"向导"，帮助人们明白自己应该怎样面对其他国家与民族优秀文化的影响，从而改善、改变自己的人生，服务于自己祖国的变革与建设。

当今的中国，思想活跃，信息沟通快速、便捷。作为一个行将迈入"古稀"之年的老人，我的思想难免会打上我曾经生活过的那个时代的烙印。其实，即使是花甲之年以后的我，思想也不是一成不变的，更何况我经常地满世界跑呢？2006年，在我以为的我第一次真正意义上的出国旅行时，我就对导游托尼的关于具有悠久历史的文化既可成为后人的精神财富、亦可变成阻碍人们进步的"包袱"的观点表示赞同。后来去了埃及、希腊、印度、土耳其，还有中南美诸国，了解到历史上的无数次东征西伐让一些古老文化在铁蹄下化为灰烬的事实，我对中华文化得以延续至今感到庆幸，为自己能作为炎黄子孙的一员而感到无比骄傲。一时间，我心中那座万里长城蓦地变为一尊宣示中华历代祖先坚决维护中华文化的丰碑！类似这些看似矛盾的"思想"在本书里面肯定还会有，尽管如此，我在整理出版这本书的时候并未将其一一订正，以求统一；我以为，这样做会让自己的文字显得更真实。

话虽这么说，我也明白：我是在写游记，而不是写政论文章，更何况，旅游本应是一件轻松愉快的事，让一些严肃的政治话题无休止地去"考验"人们的神经也有失妥当。在表达自己感悟、发表自己观点的同时，我也密切关注自己文字的知识性与趣味性，希望通过我的文字将更多的知识性内容介绍给读者，把异国他乡的美尽可能展现给大家——肯尼亚的草原、芬兰的湖、吴哥的石窟、埃及的塔、墨西哥的壁画、罗马的雕塑、新西兰的羊驼、南极大陆的企鹅……其实，在文章中专注于景致的描写与名胜古迹的介绍，远比在文章里谈古论今让我感觉轻松。比如，写哥斯达黎加、写泰国普吉岛、写尼泊尔，许多次，我为自己终于将我心中"异国他乡"的美，将自己通过理论与实践掌握到的一些新的知识介绍给读者而兴奋不已，我享受到了写作的无穷乐趣。

在国外走得多了，我越来越深刻地感受到，旅行对于我是一种非常好的学习方式；当然，所需经费是够高的，人也累，经常因为换乘、转机而被困在"囧途"，那一刻，年过花甲奔七十的我还真有点像余秋雨先生在《阳关雪》一文中写的那在荒原上飘扬的苇草：疲惫、虚弱。但当我在现实生活中遇见这样的境况——我过去在书本上看到、了解到的"二维"的画面，在我亲身到了那儿后，这些国家、这些地方顿时就"三维"了起来——我常常就"忘乎所以"，不愿停止自己的步伐了！

有人说旅行究其本质是行走：行百里者，看周遭事；行千里者，阅世间情；行万里者，穷天下经。行走万里，我似乎做到了，穷天下经，可不敢吹这个"牛"，我就在"行走"二字上"做文章"得了！

行走，从花甲行走到古稀！于是乎，"'驴爸'走世界"就这样替代了"旅行，我的第一个十年"，最后被确定为这套书的名字了！

目 录

001 　峡湾短笛

019 　人类社会或许存在"轮回"？
　　　——游览雅典卫城

030 　见面方知是"旧友"
　　　——葡萄牙一瞥

036 　西班牙建筑，爱你没商量

045 　西班牙情思

050 　在英伦，有人告诉我什么是"成熟"

060 　伦敦的蓝天白云：我的奢侈享受

064 　从英伦，我捎回家的一个个"谜"

071 　别离开！苏格兰

079 　翠叶藏莺爱尔兰

085 | 同情，更应该是钦敬
——华沙旧城区巡礼

093 | 写它，手中的笔多么沉！
——探访波兰奥斯维辛集中营

101 | 当我迈出"音乐之都"的大门

111 | 不得不说说我的捷克小镇

117 | 布拉迪斯拉发"小"，斯洛伐克"大"

123 | "奥匈帝国"的美丽记忆

133 | 维也纳，请不要让我再犯错

142 | 噩耗从京津塘高速传来

148 | 看不到"窗栏"的国度

153 | 机舱里的苦读者

156 | 第一天就摔坏了心爱的相机

162 | 托尼说的德国"立体制氧机"

169 | 茵斯布鲁克街头的军乐方队与德国公厕的电脑收据

176 │ 威尼斯："浮"在潟湖上的城市

182 │ 歌德：意大利"古代文物比比皆是"

191 │ 让我为之惊羡的瑞士医院"趣闻"

198 │ 在卢塞恩旅馆反思"文化的软性力量的薄弱"

205 │ 法国农村那一望无际的庄稼地

209 │ 塞纳河畔"桃花依旧笑春风"

217 │ 咖啡馆里的"六十寿宴"

223 │ 巴黎：她努力，努力得神采奕奕

229 │ 上帝创造了地球，但是荷兰人创造了荷兰！

233 │ 同样的西欧，不一样的"河流"

241 │ 梦中的蔷薇
       ——2015年夏欧洲之旅

248 │ 看看"老大哥"去
       ——初访俄罗斯

272 │ 伏尔加，我的一曲忧郁的歌
       ——再访俄罗斯

283 | 土耳其，一方神奇的国土

300 | 常怀一颗敬畏的心……
——写在土耳其旅行途中

307 | "云白草青"新西兰

314 | 奇异果与新西兰人的"拿来主义"

320 | 悉尼歌剧院门厅前的思索

326 | 难忘驴友

342 | 关于《难忘驴友》（代后记）

峡湾短笛

我们这次前往北欧四国，旅行团成员来自祖国的四面八方，北京的、上海的、山东的、陕西的都有，湖南的就我一人，团队中有两位学生模样的女孩子，我常与她俩搭腔，向她们讨教几句英语。女孩来自北京，正读大二，其中的一位去年就来过北欧，也是眼下这个季节，女孩作为学校交响乐团的短笛演奏员，随团到挪威参加一所大学的联谊演出⋯⋯

短笛？我在北欧、我在峡湾的"短笛"会吹奏出什么旋律呢？

"短笛"一：水啊，水！

我是 2011 年 8 月 14 日的午夜踏上北欧大地的。在此之前的一个月时间，这儿以及附近的英国发生了两件震惊世界的大事：一件是挪威的布莱维克枪杀案，再一件就是伦敦的骚乱。这给我计划中的北欧之旅蒙上一层阴影，但当我踏上北欧大地，没两天时间，鸣响耳畔的歌曲《忐忑》就销声匿迹了。

这儿，比我曾经去过的西欧还显得悠闲、自在。没有摩天大楼的城市中心广场，城市的花园里，满是闲逛的人。有相互扶持的老人，有左顾右

斯德哥尔摩，"北方威尼斯"

盼的旅行者，但更多的是年轻人，在路边的木椅上坐下，他们就似乎没有要走的意思，尽管这一天并非周末。叼着一支香烟在小桌前喝咖啡的自不待言，我竟然还发现了好几位躺在高高树杈上看书的女郎！

但让我沉醉的还是北欧大地那望不断的森林和"读不完"的粼粼江河、湖泊、峡湾。

北欧是一方多湖泊、多峡湾的乐土，芬兰号称千湖之国。她何止"千

女神挖湖的石雕

湖"，大小湖泊竟有十八万之多，其内陆的水域面积竟为整个国家土地面积的十分之一！在一张底色浅黄的芬兰地图上，着上绿色的湖泊就像一条条绿色的小虫，"爬"满地图！坐着旅游大巴在芬兰国内转悠，因为时时有湖水相伴，碧水荡漾、

波光潋滟，十分滋润、养眼！

瑞典的湖泊也多，著名的有维纳恩湖、韦特恩湖、梅拉伦湖、哈马伦湖等。其中最大的维纳恩湖有5550平方公里，比中国第一大湖鄱阳湖还大1500多平方公里！关于这个维纳恩湖，有个很动人的神话传说。相传古代瑞典有个叫戈尔弗的国王，曾当面允诺"杰芬"——北欧神话中的一位女神，让她从瑞典国土上挖出一大片土地由她支配，挖多少算多少，限时一昼夜。于是，女神杰芬就让她的四个儿子化身为四头牛，在瑞典国土上耕呀、挖呀，忙了整整一天一夜，挖出来的一大堆泥土被转移到大海中堆积成为一个岛屿，这就是现在丹麦首都哥本哈根所在的西兰岛。而那被挖走大堆泥土的所在便成了一个大湖，瑞典的维纳恩湖就是这么形成的。据说，有认真的人从地图上对维纳恩湖和西兰岛做了比较分析，发现西兰岛的海岸线和维纳恩湖的形状十分相似。一瞬间，神话似乎不再是神话，人类历史上似乎真正有那么一位叫杰芬的女人与她的四个儿子做了一件凡人无法完成的伟业。但无论怎么说，有关女神杰芬挖湖的故事的确让瑞典的湖泊平添了神奇的色彩。

挪威则以拥有世界上最长、最深的峡湾闻名于世，挪威的峡湾是冰川与北冰洋对挪威大陆常年冲击的"鬼斧神工"。我这次有幸见到了长达240公里的松恩峡湾，坐在山间小火车上，观赏到了著名的肖斯瀑布。瀑布落差达91米，上宽下窄，形状颇像只巨型漏斗。源自高山湖泊的激流自高处向下狂泻，声如铜钟，气势如虹。峡湾里一些比肖斯瀑布细小许多但落差远比肖斯瀑布更大的瀑布让人目不暇接，瀑布自绝壁高处泻下，我们这群远在异域他乡的中国游客仿佛回到了李白"飞流直下三千尺，疑是银河落九天"的诗歌意境中。

更让人着迷的是峡湾的水。因为冰川的古老、峡谷的深邃，也因为两岸高山湖泊日夜为之提供的泉水的清冽，峡湾的水较之内陆湖泊更加洁净，其幽蓝的色调、沉稳的气质，给人一种神秘感，加上少有船只出现，峡谷间很少有风，峡湾平静如镜面，莽莽山林及山坡上五颜六色小屋的倒影几

瑞典的维纳恩湖

挪威的峡湾

可与实境乱真，呈现给人们的简直就是一幅幅出自上帝之手的画作，视觉上的冲击令人终生难以忘怀！

记得在新西兰旅游时，我有过"不到新西兰，不知道新西兰的云朵白"的感慨，如今到了北欧，我方明白：不到北欧，不知道北欧的湖多、瀑布多、峡湾美！

北欧不仅水资源丰富，而且水质也很好。这次旅行，我很想用我年逾花甲的中国老人的肠胃来"检验"北欧水的质量，决定不买水壶，也不想每天花十多元人民币去买矿泉水，而是天天去喝自来水：早上两水杯，晚上两水杯，白天在外游览，公用洗手间里的自来水我也喝。我之所以敢这么做，是因为这儿的环境保护做得很不错，且不说那满山坡的树与草，让人感觉到这儿的空气尤其清新；虽然每个家庭几乎都有两辆以上汽车，但在大街上奔跑的汽车也不显得很多，抢眼的倒是来来往往的自行车。我曾听说一些发达国家对有可能造成环境污染的某些工业生产项目限制很严，一般都将其放到亚非拉一些国家去实施，北欧这些国家看来也是这么做的。这次我在北欧的八天时间，从东到西，从南到北，跑了 2600 公里，在大巴上我就只看见一家烟囱里冒烟的工厂。虽然我的"走马观花"不足为凭，但直觉告诉我，这儿工厂稀少，很有可能是不争的事实。

环境保护得好，水受到污染的可能性就会少。在北欧八天，天天用直饮水的我没有一点不适的感觉。那水，清凉清凉，没有一点异味，还——"有点甜"。

对于北欧水资源的丰富，我的羡慕是不言而喻的，想到自己国家的第一大湖鄱阳湖在今年 6 月因数月无雨，水域从过去的 4000 平方公里降至 50 平方公里，还有洞庭湖、洪湖，水域面积也因干旱而锐减。昔日湖水荡漾鱼儿肥的鄱阳、洞庭与洪湖，如今变成"风吹草低见牛羊"的牧场。据权威机构披露：中国是目前世界上 13 个严重缺水国家之一。全国 600 座大中城市中有 400 座严重缺水。有许多城市，如广州，如今需要花费巨资从几十公里外的左江与右江引进供市民饮用的水。

我完全有理由对"上天"的不公表示不满。但去过埃及、迪拜的我心里明白，这些国家的缺水情况更严重。在迪拜，养活一棵树，一年的费用是千余美元！埃及国土的80%被沙漠掩盖，跨出埃及首都开罗的城区就是一眼望不到尽头的黄沙。埃及人、迪拜人他们去埋怨谁？他们向谁发泄自己的不满？

在北欧的几天，手捧从水管接出的"直饮水"，我在检讨我们自己。因为我知晓：我，还有我身边的许多中国老百姓和一些官员，至今都没有对中国严重缺水的现状有清醒的认识，更不懂得如何珍惜本就十分缺少的水资源，甚至还在有意无意地"糟践"它。中国一些地区的政府只关心GDP数据，而舍不得花钱购置处理"三废"的配套设施，对一些工业废水、灰渣排入河流、湖泊之中的现象视而不见。我的家乡长沙处于湖南第一大河——湘江的下游，湖南省仅有的几座稍有规模的工业城市衡阳、湘潭、株洲都地处湘江的上游，想到那里的钢铁厂、化工厂，尤其是合金冶炼厂的所有废水都流入湘江，我哪敢再饮用湘江的水，只得买桶装水饮用。桶装水来自距离长沙100多公里外的浏阳山区，每桶水的价格是人民币24元，一家子一个月桶装水的开销是人民币300元！

"短笛"二：挪威的森林与《挪威的森林》

说到森林，对于森林覆盖率没有超过20%的中国绝大多数城市居民而言，它是与我们的居所——现在习惯称为社区的所在有一定距离的，要到山区或离城市较远的农村才可以触摸到它，闻到那浓浓的树叶清香。即使我们居所不远处有一些树木，我们也仅仅称呼它为"树林"或"林子"。可北欧国家的森林覆盖率都在50%上下，我的感觉就会大不一样了：离开繁华市区没几步，繁茂的森林就触手可及。这次北欧之旅，我好几次就下榻在森林之中的旅店里，我抵达北欧的第一个夜晚就是在芬兰的一座森林深处的旅店度过的，自打进了房间，我就再没有听到过汽车的喇叭声、行人的话语声。第二天一大早，我走出宾馆想跑步，不停地跑了一个多小时，还没有见到"林子"的尽头。后来我了解到芬兰的森林覆盖面积占其国土总面积的67%，一时无语。

我在挪威下榻的旅店离机场不远，也是开门就见"林"！走出宾馆，你就可以同它"对话"，可以投身到它的怀抱中去！话虽这么说，在林区的大道上跑跑、走走倒是可以，真让我只身进入森林中，还真有些胆怯。因为时差，再加上挪威这里天黑得晚，平日难得有这么好的吸收负氧离子机会的我吃过晚饭就往宾馆外面跑。起初，我还是以为这"林子"里除了我们下榻的宾馆，周围一定还有别的公共设施或商场什么的，可不料不管我是朝东走，还是回过头往西走，除了一两处通讯设施外，我所见到的除了树木还是树木，即使在心里默默为自己鼓劲，想尽可能走远一些，以为可见到有人居住的某座建筑，但眼前依然还是不见尽头的森林。

这儿的林子不仅大，而且非常茂密，红松与白桦居多。我发现一些白桦竟然是两三棵并列栽着的，像是根连着根；红松间的行距也不大，一米多一点，加上林中还有一些不知名的灌木，把林子挤得密不透风。站在大道望远处的森林，就像是一张张厚厚的、深绿的巨幅绒毯挂在天幕下，宽阔得不见边际！

在密密的森林前，我好几次想走进去采摘点什么，最终都望而却步。即使是在林中大道，我也因为害怕迷路，一次次警告自己：只走直路，决不拐弯、走岔路。在挪威森林里居住的两天里，我始终没有迷路也应该得益于我的谨慎。

后来回到大巴上听导游说，在北欧有个"规矩"：如果因为工业生产需要砍伐某一棵树，砍伐者必须补栽三棵树苗。导游的话我无法考证，面前这挪威的森林却让我不得不相信这话。这些天来，旅游大巴窗外望见到的是森林，下车迎面碰到的也是森林，一个个带书名号的"挪威的森林"不时从我脑海"冒"出来，搅得我不得安静！

上世纪60年代，一本《挪威的森林》曾经打动过世上无数年轻人的心，该书在当时一亿多人口的日本就销售了 1500 万册，作者因为这本书得了不少奖项。有人还根据这本小说改编了一部同名的电影，也受到欢迎。一个日本作家写一本描写日本青年爱情生活的书，竟然也用"挪威的森林"作书名，未免让我好奇。读后，我方明白"挪威的森林"这五个字曾经是英国一位十分著名的表现派歌手某次"偶发性"艳遇后创作的一首流行歌曲的名字：Norwegian Wood。创作与演唱者为甲壳虫乐队。

又过了十来年，另一位著名的台湾摇滚歌手伍佰将自己的一首爱情歌曲也取了这个名字。同样，这首歌也很快传遍华语世界，一时间，满地球都在回响着它那优美但有些忧伤的旋律。

伫立在挪威的森林前，我久久不想离开。薄雾伴随着夜幕给挪威的森林蒙上一层神秘的面纱，空气中弥漫着松叶的清香，没有鸟叫，没有蝉鸣，四周阒寂无声。此时，显然是得益于自己亲身来到挪威，来到挪威的森林前，我有幸将一个几近被我忘却的文艺常识轻轻拾起。

无论是甲壳虫乐队，还是村上春树，或是音乐人伍佰，他们取名为"挪威的森林"的文学艺术作品都很成功，都得到读者、听众的无比喜爱，人们自然会问，究竟是自然界的"挪威的森林"，还是这些文学艺术家们自己作品本身的魅力让他们的作品受到追捧？我以为，两者密不可分。只要我们更深入地分析这三部同名作品，就会发现它们的另一个共同点：都是表现爱情。

　　三部艺术作品的创作者们将自己的作品取名为"挪威的森林"，是在有意识地"利用"挪威的森林这个表象来为自己的作品服务。

　　表象是保持在人的记忆中的客观事物的印象，即当感知过的事物不在面前时在脑中再现出来的形象。在文学艺术作品的创作中，表象不仅是文学创作的根源，也贯穿文学创作的始终，是反映客观事物、进行艺术构思、获得艺术成果的主要手段。比如，本文取名"峡湾短笛"，"短笛"，这个演奏中音调要比长笛高八度并且亢奋、急促的西洋乐器，便是笔者用在文中的一个表象，具有向读者强调某种意见、传达某种感情的作用。

　　挪威的森林留给文学艺术家什么样的"表象"呢？

　　她近在眼前，推开卧房门就可看见她、触摸到她，如同一位清纯可爱的农家少女；她像始终澄净的湖面、皎洁的明月，又有些像静谧的"空气"……但她也和许多别的女孩那样，心中仍有一片别人无法走进的"森林"，需要你去寻求、体会、揣摩……

　　她是广袤的大地、浩瀚的海洋，充满了激情，热烈、坦诚、率直，但也冷清、伤感，她可能给予你智慧、激情与力量，也会让你彷徨、畏惧、迷惑……

　　她，就是眼下展现在我面前的广袤无边的挪威森林！

"短笛"三：山坡上，那美丽的小木屋

在茵茵绿草覆盖的向阳山坡，一座座红色、橙色或是蓝色的小木屋坐落其间，尖尖的屋顶一头开着扇小窗，似乎刚刚油漆过的外墙在阳光下闪闪发光，这样的情景怎么会让我们这群来自世界东方的游客不充满想象和憧憬？

坐在旅游大巴上，在北欧大地上日复一日地驰骋，这样的景象无数次在我的眼前重复着，我的相机也因此一直忙碌着。尽管如此，我还是觉得难以满足，我太想停下来近距离地观察这些小屋：它的材质，它的装配，尤其是小屋里面的情况——里面的家具与摆设，大人与小孩。

我的愿望终于在挪威的峡湾小镇得以实现。

来峡湾小镇的目的是游览峡湾，驱车300多公里，到达峡湾小镇已是当地时间下午四时许。

这应该算是我们一行来北欧所居住的最舒适的宾馆了，宾馆的外墙和大门都是实木的，厚重、古朴，厅堂的一些家具上隐约可见的年代标志更让我们对这住所肃然起敬。丢下行装，我与室友就迫不及待地提起相机往外跑，来的路上我就观察到这儿的小木屋不少，够我忙活的。

小木屋都建造在向阳山坡上，多为三层，人字形的屋顶根据房屋的大小，有的显得尖一些，有的就没有那么夸张，但大多带有烟囱。第二层显然是木屋的主体，玻璃窗开得很宽大，有的还在第二层的墙体外搭建了露天阳台，配上木质的栅栏，让小楼显得更加丰满、气派。

既然称其为木屋，墙体当然都是木质的了，这与我在丹麦首都哥本哈根市区见到的"House"多为墙砖不同。木屋墙体的木板像鱼鳞，成列地覆盖在墙体上。在大巴上，导游对我们介绍过，这些木屋都要每三年刷一次油漆。外墙油漆的颜色也是很讲究的，大多通体一色：红色的，显得热情奔放；白色的，充满青春活力；铁灰色的，显得庄重、高贵……当然，绝不会有绿颜色的，因为，它们一律停泊在绿色的"海洋"中。

山坡上的小木屋

　　因为木屋色彩迥异，也因其形态各有情趣，我只能给每个木屋都拍张照片，就这样，我一个山坡赶到另一个山坡，拍了一张又一张，但无论如何，我也不敢冒昧走近木屋，去拍摄木屋内的物件，即使我认为木屋里没人。其实只要看看草坪上晒衣架上的被雨水打湿、没有人收拾的衣物就会知道这一切——在我上山之前，这儿刚下过一阵雨。

　　同行的室友老王在远处叫唤：够了吧，又要下雨啦！我觉得不尽兴，一边答应老王，两腿仍不肯停住，继续朝另一个山头奔，一拐弯，果真又有一幢木屋！

　　此时，离我上山已经超过一个小时，路程至少超过三公里啦！天色渐渐暗了，乌云被风赶着往我们这儿奔，想到很快就是晚餐的时间，我方感觉急了，可就在我与老王汇合的那一刻，雨点啪啪啪，说下就下来啦！

　　我和老王急忙收好相机朝木屋跟前跑，紧挨着在屋檐下站好，嘴里还呵呵地笑。

　　好一会儿，雨没有要歇的意思，我有些觉得很对不住室友老王，如果不是我"恋"在这儿，此刻我俩已经坐在餐桌旁了。

　　正在这个时候，从山上以 60km/h 的速度下来一辆越野车，车型似乎在国内没有见到过，很新、很干净。"如果是往山下宾馆方向去的就好了！"我在心里说。不等我开口，老王就与我商量：我们招招手，请司机捎我们下山吧？我还来不及回答，越野车嘎地停在离我们几步远的地方，驾驶台的玻璃窗很快摇下来，一位白皮肤的中年男子伸出头，向我们招手，嘴里冒出一大串我们听不懂的话语，意思显然是让我们快快上车。

　　我俩一边往车上爬，一边嘴里不停地说："Thank you！"中年男子微笑着点了点头，就全神贯注地操控手中的方向盘去了。

　　越野车拐了好些弯，我才看到远处的宾馆。想到中年男子将因为我们而丢开他手里的活儿，我内心感到很不过意，但又没有能力用语言表达，傻傻地坐在皮椅上，一动也不动，好像一动就会将车内的设备弄坏似的。很快，越野车就在我们下榻的宾馆大门前的凉棚下停了下来，其间，没有

小木屋

送我们回宾馆的越野车

询问，没有停顿，中年男子显然明白他所要做的事情的内容，更知道应该怎样完成。

此时，我刚刚学说的英语派上了用场："Thank you very much！"

越野车折回头朝来的方向急急开去。我们此时方才明白，中年男子不是顺道，而是专程开车送我俩的。就在一幢木屋的窗口，他看到了屋檐下躲雨的我与老王。

在雨中，我急追几步，从背面、侧面给这辆越野车拍了几张照片。

取景镜框里，我还看见远处山上几幢木屋的灯亮了。

"短笛"四：安徒生故乡的自行车童话

卡尔斯塔德是位于瑞典中部偏西南的一个湖港城市。在离其市区不远处有名为"比约尔库朋"的庄园，它曾经是著名科学家阿尔弗雷德·诺贝尔后半生生活与工作的所在。昨天我们一行去了斯德哥尔摩的市政厅，据说一年一度的诺贝尔奖颁奖活动的宴会都在里面举行，里面的装修很是讲究。等待参观的游客中有不少我熟悉的亚洲面孔。等候了好一会儿，我们最终被告知：因为一时找不到中文翻译，入内参观的要求不能予以满足。

也许是因为被这件看似简单的事情挫伤了自尊，到了卡尔斯塔德，竟然没有一位旅游团成员提出要参观比约尔库朋庄园！

"万里迢迢"来到瑞典，我们就这样遗憾地与一位享誉世界的大科学家擦肩而过。

清晨，出了宾馆我就往卡尔斯塔德市区奔去，这儿离市区有将近 2 公里，机动车道不宽，倒是竖着一个自行车道标志的车道一点不显得狭窄，通过一辆卡车绰绰有余。我想选一条专供行人走的小道走，可机动车道旁，除了自行车道，再靠边就是河岸了，我只好将就着走自行车道，好在擦身而过的自行车手们对我一点也没有嫌弃的意思。

自行车手们看来多是赶着去上班的，没有一般自行车手的专用装备，都很随意地挎着手提包、公文包什么的；也有晨练的车手，低着头，屁股抬得很高，从我身边倏地驶过，不等你看清楚他的面容，就已飙了好远。

后来到了丹麦的首都哥本哈根，自行车道更宽，大概有大马路的二分之一还多，自行车的数量可以与机动车比美。自行车手与机动车驾驶员一样都很自觉地遵守交通规则，红灯停、绿灯行，不越雷池一步。一旦绿灯亮了，百车齐发，如离弦之箭，很是壮观。

在市中心广场，我看到比机动车停车场宽阔许多的自行车停放处以及一旁的自行车自动租车装置：使用者只要将自己手上的一张卡片在一个咪表一样的设备上扫一下，就可在一旁取到一辆自行车，归还车辆也无须回到原地，在市区的另一个自行车存放地将它存放好就行，而手中的那张卡片记录了使用自行车的时间和费用。

在哥本哈根，我明显地感受到政府对自行车的推崇与重视，其中的道理大家心知肚明，一曰健身，二曰环保。就像皮肤黝黑在许多发达国家不仅不表示身份低贱，反倒是富有、文明的标志一样，丹麦人以自己拥有自行车并骑车出行为傲。据权威机构统计，人口 67 万的哥本哈根，骑自行车出行的人数高达 40%，2012 年哥本哈根政府为自己设立的目标是：到2020 年，骑自行车上班、上学的市民要达到总人口的 50%！

哥本哈根街头的自行车手

　　瞧着哥本哈根街头成群结队的自行车，我有些技痒了。

　　我告别自行车是十七年前的事。那一年，我被提拔为公司的总经理，上任的那天早上，我骑着自己特地购买的一辆崭新的凤凰牌自行车去公司上班，公司新启用的大楼前的员工见到骑着自行车的我，神情显得很不自然。后来我才知道，公司早已将小车为我配置好了，就在大楼前：皇冠3.0。

　　从拥有"专车"的那天下午起，整整十七年，我没有再用过自行车，"以步代车"也是五年前退休后的事。竟至于在写作本文前一个月，一个亲戚将一辆新买的山地自行车骑到我家，我想上去试试，竟然操控不了它，差点摔倒！

　　伫立哥本哈根街头，我想得很多。我想，正在狠抓城市建设的众多中国地方官员们，看来还没有几个人会想到要在新扩建的城市里开辟一条自行车专用车道的，但又想，即使有了自行车道，又有多少国人去骑自行车呢？如今有经济能力购置小轿车的中国人正考虑如何拥有令自己称心、令朋友称羡的"座驾"，即使暂时缺些钱的也会通过按揭的形式获得它，因为，小车不仅是自己工作、生活的需要，也是自己身份和地位的体现。话是这么说，责任还是在政府，一位叫维拉德森的丹麦建筑师的话非常耐人寻味：中国的一些城市设计缺乏一种以人为本的精神，城市的扩张导致自行车出行减少以及人们对机动车等物质条件的追求增加……

　　哥本哈根市中心广场附近有一个步行街，无意购物的我就在街边给来来往往的自行车照相、摄像，累了就坐在街旁安徒生塑像旁的石阶上发呆。马路旁偏着头坐着的"安徒生"前面不到一米就是自行车道，再向前，就是街那面的一座游乐场。据说，大半生穷困潦倒的安徒生，直至去世时也没能进入那座游乐场里。瞧着安徒生，我心想，如果他现在活过来，会为眼前的自行车道和自行车手们写个什么内容的童话呢？他会写丹麦王宫中某位公主在某一天的傍晚乔装打扮成自行车发烧友来到街上，与一位骑自行车送外卖的小伙子邂逅，一见钟情，终成眷属？还是会按照中国人的欣赏习惯这么写：某个朝代，一位中国的地方官员，好像是道台吧，为了鼓励百姓积极参与健身运动，决定在官道旁加修一条自行车专用车道，报告

安徒生雕像

美人鱼雕像

无处不在的读书人

刚刚送上去，东海龙王不同意，因为此官道是其早年夭折的三太子的魂魄所铺就，"卧榻之侧岂容他人酣睡"？于是，一张状子通过太空网络传给玉皇大帝，玉帝急调托塔天王下界前来与东海龙王协调处理……

甭怪我坐在安徒生塑像前胡思乱想，丹麦的哥本哈根本来就是一个不断诞生童话的地方，且不说前不久一位王子与平民出身的妻子才刚刚离婚，另一位王子又与一位平民女子在筹办婚礼，丹麦王国给全世界奉献了一篇篇新编安徒生童话。还有，你喜爱读书哪里不能去读呢！在哥本哈根，竟然有坐在公园大树的树权上读书的，有坐在街心花园座椅上、躺在人家大门前读书的！就说这满街的自行车吧，它本来应该属于人均GDP只有丹麦十分之一的中国，可丹麦人不去拥有本应属于自己的"劳斯莱斯""保时捷"，却迷恋价值不过百余欧元的自行车，并将它们架在各种私家车的"脑瓜"上满世界"招摇"！甚至于"容忍"丹麦王储妃骑自行车送两个孩子去幼儿园。丹麦王国不把自己国家的高速公路修得气派、宽敞，却将自行车车道修筑得比机动车道还要神奇，最后还把本应属于自己的"汽车年销售量世界第一"的头衔让给了中国——一个昔日的自行车王国！当然，顺便也将一顶"能源消耗大国"的桂冠戴在中国人的头上——又一篇安徒生童话！

玩笑归玩笑，气话归气话。此时，在哥本哈根的安徒生塑像前，我是多么希望包括自己在内的中国同胞从此不再以豪车、豪宅为荣，而以健康、环保为福，从此远离牌桌与酒宴，热衷户外运动！我是多么真诚地盼望修筑自行车专用车道的计划尽早写入我们中国的城市建设报告中，希望自己的祖国不仅赢得GDP，更为自己的子孙后代创造一个良好的生活、生存环境，赢得更多的健康与快乐啊！

人类社会或许存在"轮回"？

——游览雅典卫城

　　许多次在电视屏幕上看到过"雅典卫城"的画面：一根根光秃秃的石柱直指蓝天，似在向天上的宙斯诉说心中的愤懑，满地碎石，坎坎坷坷，宛如残留在人们脑海里有关这文明古国的零零星星的记忆……人们心目中的希腊颇像一位垂暮老者，多少年了，"老人"向隅而居，几乎被爱时髦、喜结友的年轻人忘却，乃至于忙着去约见那名叫"法兰西""德意志"或"意大利"的"小伙"与"姑娘"的人们多少次"过门不入"，没有顾得上来看望他！

　　2013年的10月的一天，当并不年轻的我拜会了那名叫"法兰西""德意志""意大利"的"小伙"与"姑娘"，又挨过一些时日，终于踏上前往希腊这个文明古国的旅途。来到雅典卫城的废墟前，我感觉到一种许久没有过的神圣的情感，心里充满了崇敬，还有些许不安！

　　"雅典卫城"位居雅典城区的一处高地，当年的建设者、雅典城邦的主人显然是从安全防卫的角度考虑的。我们先是路过一个名叫希罗德·阿提库斯的露天剧场，无须推门而入，我从残破的石质门洞里就瞧见里面的数千个观众座位和舞台，这里虽经后人整修，还偶尔举办一两次世界顶尖

希罗德·阿提库斯剧场

级别的音乐会，但并不妨碍人们想象其两千余年前的英姿和戏剧演出时红火、热烈的场景。

高地东面、南面和北面都是悬崖绝壁，地形十分险峻。我是从高地的西侧登上卫城的。走近山门，抬眼只望见白花花的一大片：大理石石质的阶梯、墙壁，还有那一根根高高耸立的石柱，印象中残破的卫城很快就以它非凡的气势"镇"住了我，令我不由遥想当年卫城气势的宏伟与场面的气派！山门后面的高地上已寻不见一幢完整的建筑物，迎面而立的帕特农神庙仅存残垣，但其石柱高耸、横梁厚重，无论是石柱的优美线条，还是横梁上那以高凸浮雕工艺制作的中楣饰带所表现出的建造者的自信与高贵，都让我不由惊叹、肃然起敬。帕特农神庙以南一块凹凸不平的高地上屹立着的伊瑞克提翁神庙设计精巧，六具大理石质的身着束胸长裙的少女雕塑顶起石顶，少女优美身姿所表现的美带给人们无尽的遐想：有关女神雅典娜与海神波塞冬斗智斗勇的故事，还有雅典娜的胆略与智慧、美丽与力量……

"罗马柱"，早在七年前我去"拜访"意大利那位"小伙"时就领略过它的风采。其实，希腊石柱是它的前辈与老师，"罗马柱"是在希腊石柱的基础上发展起来的。而今，我在雅典卫城就见识了三种不同风格的石柱，大开了眼界。其中爱奥尼克（Ionic）柱式，又名女性柱——雅典娜是女性，这柱显然也是用以体现雅典娜的美丽与智慧的，其柱身修长，有凹槽24道，柱头由装饰带及位于其上的两个相连的大圆形涡卷组成，涡卷

帕特农神庙

伊瑞克提翁神庙

罗马柱

上有顶板直接楣梁，整个石柱凸显出一种轻松活泼、端庄秀丽的女性气质。

陶立克（Doric）柱式又名男性柱，柱头没有装饰，从头到脚留有 20 条凹槽，柱身挺拔、粗壮，给人孔武有力的感觉。

更让我为之惊讶的是，陶立克柱式以及科林斯（Corinthian）柱式竟然不是一种整体的有柱础的石柱，而是由许多个鼓形石料像堆积木似的从底座上一个个叠上去的！常识告诉人们：这是需要精确的计算与精湛的工艺作为前提条件的，希腊人做到了，并且是在两千五百年前人类根本不可能拥有精密测量仪器和模具的年代！

神庙遗迹

热爱旅行的我，在世界各地观赏过许许多多的文明古迹：开罗、罗马、吴哥……在那里，我感觉到历史的沧桑，领略到先辈的力量与智慧。可在看似残破的雅典卫城前，我一点也不觉得它们都是些两千五百年前的古迹，反而觉得所面对的似乎是一幢幢在意外灾难中刚刚被毁坏的现代建筑。我有这样的感觉绝不仅仅是因为这些建筑的工艺丝毫不逊色于现代，且岁月也没在它们身上留下苍老、衰败的痕迹，还因为我由此欣赏到了藏在它们身后许许多多让我感觉振奋、久久回味的美丽传说。

相传，当众神有意在爱琴海边建一座新城的消息传出后，海神波塞冬与智慧女神雅典娜都希望成为这座城市的保护神，互不相让，争执不休。神王宙斯最后裁定：谁能给人类一件最有用并受到人类喜爱的东西，这城就归属谁。海神波塞冬用三叉戟敲了敲岩石，从里面跑出了一匹象征战争的战马，而雅典娜用长矛一击岩石，石头上迅速地生长出一株枝叶繁茂、果实累累、象征和平和丰收的橄榄树！人们为之欢呼。于是，雅典娜成了新城的保护神，"雅典娜"也成了这座城市的名字。

也许正是这个希腊神话故事在高声提醒我这位中国游客：希腊这个世界文明古国早在两千五百年前就实行了它的民主制！

神话来自民间，反映了人们对世界的认知、他们的理想与追求。雅典新城保护神的头衔授予谁，不是由众神之王宙斯一人独断，而是依从人民的意志，这一神话故事所折射出的是古典时代希腊的社会生活概貌和人们对和平、民主生活的期待。事实是，在雅典城邦的伯里克利时期，希腊的民主政治运动发展到了最高潮，伯里克利这位出身贵族的民主主义者是时主动将权力转移到由全体雅典男性公民组成的公民大会手中，让后者成为处理雅典事务的最高权力机构。伯里克利还同时建立起许多由陪审团做最后决断的民众法庭来处理司法事务，陪审团成员也非由官方指派，所有公民都有机会通过抽签活动决定自己能否有资格出任……

由希腊两千五百年前所实施的民主制，我还联想到很早就在书上"结识"的苏格拉底、柏拉图、亚里士多德，他们都生活在那个时代。这些大师级的伟大人物被称为西方哲学的奠基者、西方哲学史的鼻祖。苏格拉底的学生柏拉图的《理想国》集政治学、伦理学等于一体，时至21世纪的今天，我还在书店看到中国学者研究《理想国》的专著。柏拉图还是后来影响了整个世界的伟大教育家，他第一次提出"四科"——算术、几何、天文、音乐——的教学，影响欧洲的中等与高等教育一千五百年之久。

出生在公元前384年的亚里士多德也是著作等身，其著作号称古代的百科全书，涉及物理学、生物学、逻辑学、经济学、教育学、心理学、政治学等多个领域。

我更不会忘却伯里克利时代希腊的文学与艺术，雅典卫城下的大剧场以及我在法国卢浮宫"拜会"过的伟大女性"维纳斯"也在时时提醒正在希腊旅行的我：《荷马史诗》是整个西方文学史上最早的书面文学作品。还有《伊索寓言》，这部世界上读者最多的名著，从儿时就作为启蒙读物影响了我，它们的作者都是古代希腊人。谈论希腊艺术最后的落脚点和高潮，必然是希腊悲剧，是希腊的三大悲剧创作大师埃斯库罗斯、索福克勒斯、欧里庇得斯以及他们的代表作《俄狄浦斯王》《美狄亚》等。据传：仅索福克勒斯一人就先后创作了戏剧作品80多部。在三位希腊悲剧大师的身上，我们可以感受到希腊伯里克利时代戏剧创作与演出无比繁荣昌盛的境况。希腊的音乐与雕塑就不用多说了，石雕《维纳斯》与《掷铁饼者》时至两千五百年后的今天仍旧被奉为雕塑艺术的圭臬。

还有科学：毕达哥拉斯定律、欧式几何这些数学词汇无一不与两千多年前的希腊科学家泰勒斯、毕达哥拉斯、欧几里得的名字密切相连！

还有"奥林匹克"，正式载入史册的第一届古代奥运会就是在希腊南部的奥林匹亚举办的，那是公元前490年。两千五百年过去了，四年一次的现代奥运会的圣火一次次在这儿点燃，从这里走向世界……

站在雅典卫城的神庙前，我的脑海里像过电影一样浮现出这许多发生在古希腊的人与事，突然间，我脑子里出现一个连自己也难以接受的奇怪想法：人类社会兴许存在循环、轮回？因为此刻的我一时觉得两千五百年前的希腊应该是人类社会某个时间段的顶峰，否则如何解释在希腊大地上那个时间段里实实在在存在着的政治制度、文化与教育、文学与艺术、军事与经济，还有至今还在延续的、被称为世界人民伟大节日的"奥林匹克运动会"？

很快，我找到了一个"知音"，他也是古希腊人——公元前8世纪的希腊诗人赫西奥德，比苏格拉底还年长。他将人类历史分为五个不同的连续的纪元：第一个纪元也是人类社会最初的时代，名曰"黄金时代"，在这个时代里，人类生活在诸神之中，每个人都做着自己该做的正确的事情，社会和谐、物质充足，人民生活幸福、健康长寿；人类的第二个纪元叫"白银时代"，第三与第四个纪元叫"青铜时代"与"英雄时代"，在这几个时代里，人类开始懂得要靠劳动获得神的庇护，也学会了玩耍，世界有了战争；赫西奥德所说的人类的第五个纪元"铁器时代"最糟糕了：整个世界充斥着艰辛与悲苦，一切邪恶的东西都在这个时代里肆意妄行，忠诚以

雅典卫城下的抗议示威者

及其他的美德已经销声匿迹。众神之王宙斯将在某一天惩罚人类……

赫西奥德似乎没有涉及人类社会的循环轮回，他笔下的人类社会不是一个时代、一个时代地向前发展，而是由最理想的美好时代为起点，一步步向后倒退，直到临近毁灭。我暂且不去评论赫西奥德的论点，我尤其感兴趣的是他关于人类"黄金时代"的描述，这让我很自然地联想到希腊城邦的伯里克利时代。须知，如今的东西方史学界一直是以"黄金时代"来称呼古希腊的伯里克利时代的。于是乎，我立即拿起赫西奥德有关"黄金时代"的描述，跟发生在古代希腊伯里克利时代的人与事一一对号入座起来。

我辛苦的"比照"无形中提出了一个难题：仅就希腊这个国家言，赫西奥德有关人类社会五个纪元的说法似乎没错，希腊所代表的"人类社会"果然是一代不如一代逐渐走向衰落的。大致回顾一下希腊这个国家两千多年的历史，我们发现：它值得今天的人们敬畏的人与事实在太少太少。伯里克利时代之后，先是希腊北部的马其顿帝国对一些亚非国家的侵略，之后是长达两千年的来自波斯帝国、罗马帝国、奥斯曼帝国的入侵与奴役。让公元 1828 年方才得以独立的希腊人谈谈这之后她对于人类社会的影响或贡献，问问是否再出现过苏格拉底、柏拉图这样的伟大人物，那实在是太为难人家了！

就在我们结束雅典卫城的游览前，在卫城山门脚下，我们看到排列在道路旁的希腊抗议示威者，他们中有人头上戴着安全帽，似在表明抗议示威者的职业与身份。他们全都双手捧着标语牌，没有呼喊口号，没有肢体的对抗，面无表情地面对着我们这群来自东方的游客。

其实，刚刚从西班牙、葡萄牙旅游过来的我，对亲眼所见的希腊的某些状况颇感失望：雅典作为希腊的首都，市政建设似乎还比不上我们国家一些二线城市，城区里很少见到我在西班牙旅游时可随意见到的漂亮的欧式建筑，更没有宽阔得可与香榭丽舍大街比肩的"中央大道"，从城市的高处往下瞰，雅典城颇像一口大铁锅，"锅"里看不见反射着日光的水流，也瞧不见一片绿叶，那密密麻麻挤在一起、涂着白色或淡黄颜色的建筑物就像是一大锅正在烘烤的带壳花生。

2013 年，整个世界为一个失业率居高不下的希腊是否最终脱离欧盟的事操心了大半年。

即使希腊的历史与现实如此，我也不会认同赫西奥德将人类划分为五个连续的纪元的见解，先是从黄金时代开始，然后一个纪元不如一个纪元走向衰落、直至灭亡，尽管赫西奥德是我无比尊崇的先哲。我想请教赫西奥德的是：即使是"黄金时代"，也不会是从天而降的吧！按照事物发展的一般规律，美好的"黄金时代"应该是由开始的愚昧落后、不够完美，一步一个脚印逐步向前发展，最终迎来辉煌。据考证，伯里克利所创建的"黄金时代"，在其发展过程中的许多领域都吸收了古埃及及两河流域文明的营养；同理，后来由"黄金时代"走向衰退乃至接近毁灭的希腊也有可能"从头再来"，经过努力，最终迎来自己的又一个"黄金时代"的。

回望高地上的帕特农神庙，我开始咀嚼起我八年前旅行西欧时与导游托尼讨论过的一个话题，这在我的《还愿欧罗巴》里早有记载："当今世界一个有趣现象是，一些曾经辉煌的文明古国在 20—21 世纪的今天几乎都在发展中国家行列里，经济上普遍落后于那些历史相对并不悠久的国家，如英国、美国，还有德国、日本等。这不是因为宿命，也不是因为陷于某个历史的怪圈，而是由于相关国家内在的文化与政治、经济。"一时，我为自己因而可以避免与赫西奥德这位年近三千岁的长者面对面"争执"而大松了一口气。

我曾经去过埃及、印度，希腊是我游历的可与"四大文明古国"比肩的文明古国，它没有进入"四大文明古国"的行列也许与其曾被称作"城邦"有些关系。其实，希腊与有过辉煌古代文明史的中国、印度与埃及，还有两河流域的伊拉克、叙利亚一样，在某个历史时期没有继续自己的辉煌，而这是合符人类历史发展的规律的。一些后来的发达国家便如一张白纸，它们没有可供自己骄傲的悠久历史的资本，但也没有历史包袱，没有陈旧文化与观念的束缚，这十分有利于它们大量汲取文明古国的"营养"，更快地进步，最后，学生超过老师！反之，一些曾经辉煌过的文明古国，受传统文化与观念的束缚多一些，因此进步缓慢一些，乃至让学生超过了自己。欧洲归来八年有余的我如今进一步认识到：我在欧洲旅行时与导游讨论的有关文明古国落后于时代的原因，除了陈旧文化与落后观念的影响，还有一个根本性的原因就是社会制度。较早接受新兴的资本主义社会制度的英美等国后来居上，最终超越"阿育王朝""奥斯曼帝国""康熙盛世"。问题是，这种状况也并非永恒不变的，随着时间的转移、发达国家自身问题与矛盾的爆发，它们同样也存在被曾经落后于自己的国家超越的危险。资本主义社会制度也有难以克服的弊病，即使是它竭力标榜、引以自豪的民主政治也不是完美无缺的，比如它的选举制度所带来的置国家利益于不顾的党派恶斗，以及由它而引发的高福利陷阱等都严重影响了国家的发展，导致国家执行力的低下、民闲国忙、民富国穷，国家总体实力衰落。看看美国前不久发生的因两党争执而导致政府预算没通过，政府因"差钱"而"停摆"；看看当年的大英帝国，因为自己如今的"腰板"不够硬朗——经济实力日渐衰弱，每逢世界上有个什么重大事件需要它发个声，得先瞧瞧老大哥美利坚的脸色；还有昔日的世界霸主、而今频陷"危机"的意大利、西班牙……反之，中国、印度这些昔日的文明古国告别了长时期的封建专制制度，实行开放改革，包括对一些西方发达国家一直在炫耀的民主政治进行思考，很快焕发青春，迎头赶上。不要很长时间，文明古国们将朝着自己的复兴之路不断向前迈进，迎来自己新的黄金时代，乃至超过当今世界的美英强国，文明古国之一的中国的崛起预示了我所说的一切！

　　人类社会不存在"轮回"，人类社会前进的步伐永远不会停歇，当然，就某一个或几个国家而言，在其社会发展道路上可能会有失败、会有挫折、会有迂回，但整个人类社会的发展、进步，波浪式地向前是永恒的规律！说到这里，我突然觉得：希腊古代先哲赫西奥德有关人类纪元的说法不一定是针对整个人类社会，而是针对希腊地区的某一个氏族、某一个城邦的吧？先哲赫西奥德地下有知，可否认同晚辈我的这一猜想？

希腊，我无比钦敬的希腊，苏格拉底们的故乡，断臂维纳斯的诞生地，我衷心期待您更加光辉灿烂的"黄金时代"早日到来！

见面方知是"旧友"

——葡萄牙一瞥

葡萄牙首都里斯本是我此次南欧三国之旅的头一站。从土耳其的伊斯坦布尔转机到里斯本已是当地时间下午三时许。可爱的里斯本，在不到半天的时间里，您能够给我们这群已经三十个小时没有摸到床铺、疲惫不堪的中国游客带来什么呢？

下了飞机，待我们在旅游大巴上坐定，导游就宣布：去罗卡角。车近罗卡角时，已近黄昏，山路上已看不见来往的人与车，坐在大巴里也可感觉到海风的强劲和袭人的寒意。车在路边停下，还没等我在大巴门口站稳，

风大浪高的罗卡角

海风就差点将我的旅行帽吹落。罗卡角，这濒临大西洋、位处欧洲最西端的海角，果然非同寻常，给了远道而来的我一个下马威，让在悬岩边行走的我下意识地弓着背、小心地用手握着路边的石栏。

我事先看过的《旅行指南》上赫然写着：罗卡角"面向大西洋，风景优美"。可面前的景色压根与"优美"二字不沾边：天低云暗，海风呼啸，一望无际的洋面上看不到一艘船舶的影子，连海燕之类的飞禽都不知躲到何方去了，颇让我感到意外。我所能欣赏到的是，海浪一波紧接着一波竭尽全力拍打岸上褐色的礁石，激起高高的、雪花般晶莹的浪花。

悬岩上，面对大海有一竖立在石头座上的十字架，八米有余。在十字架下摄影留念的游客一个接着一个，后来有人对我说，石碑上刻有"陆止于此、海始于斯"的字样，我不认识葡文，在那儿留了个影就离开了。

直到回到大巴上，我还在琢磨：当年葡萄牙的航海探险家们难道是从这儿出发远征的？

罗卡角的"十字架"碑

"航海纪念碑"上的人物雕像

在前往贝伦古塔的路上，导游让大巴在一海边小镇停留片刻，那里过去是一个小渔村，现在成了富人聚居区，岸上是豪华的宾馆和面朝大海的别墅，海上是正在冲浪的弄潮儿，处处凸显葡萄牙人的富足、悠闲，可海岸上、草坪里的雕塑无一不与艰难的航海有关：铁锚、舵轮、驾驶舱里的船长、身着戎装的战士……

大巴来到贝伦古塔时，夜幕已经降临，风浪似乎也随着夜色的到来销声匿迹。此时，我方得知：贝伦古塔所在的这片海域才是大航海时代许多航海家远航的出发地，也是包括葡萄牙王室在内的众多葡萄牙人迎接航海家凯旋的所在。夜色中，贝伦古塔这座曾经被当作灯塔、兼有防御来犯之敌的城堡功能的建筑显得十分安详、宁静。但更吸引游客们的是不远处的"航海纪念碑"。这碑背向大海的一面，竟然又是一座高高的"十字架"。这，让我联想起罗卡角山崖石座上的"十字架"。两个"十字架"是否在告诉人们：把生命安危置之度外的葡萄牙航海家们每次出征都会向基督表达自己的决心与忠诚，抑或祈祷上帝的护佑？

"航海纪念碑"状如展开巨帆的航海船，"船"的两侧各有一组群雕，"统领"这两组人物、屹立在船首的是航海探险的倡导者与有力支持者亨利王子。群雕中所有人物都双目注视前方，我仿佛听到他们中有人高声在喊："看见陆地啦！我们胜利了！"群雕中有一人拿着《国歌》歌谱：

> 海上英雄，高贵民族，
> 国家勇敢，永不灭亡，
> 重新昂起头颅，
> 向着葡萄牙的辉煌。

此时，面朝贝伦古塔的我突然觉得，葡萄牙人最想给我瞧、我最快捷所能感受到的不就是他们引为自豪、在 15 和 16 世纪航海大发现时代他们海上强国的璀璨历史吗？

如此说来，我早在两年前去南非旅行时就结识了它：葡萄牙！

南非，对我最有吸引力的就是"好望角"。"好望角"风浪之大一点也不逊色于罗卡角。只是车道两旁的狒狒可以让游览者的神经得到些许缓解。在"好望角"，嶙峋的礁石、咆哮的海浪给我上了一堂当年葡萄牙人艰难征服好望角、终于探寻到一条便捷并安全通往印度的航线的历史课，我从此牢牢记住了两个名字：迪亚士与达·伽马。我以为，"好望角"应该算是一名评价西班牙

贝伦古塔

与葡萄牙这两位航海大发现开拓者业绩的最有资格的"学者"。与国土面积 50 多万平方公里的西班牙相比，国土面积仅 9 万多平方公里的葡萄牙是个小国，但在 15 世纪，全盛时期的葡萄牙是一个可以与许多大国包括西班牙抗衡的全球性海上强国。在航海探险事业上，葡萄牙走在世界前列。当时，这两个国家都想开辟通往印度的海上航线，早在 15 世纪初就在国内开展了航海教学的葡萄牙在航海知识上领先于西班牙，它寻找到一条往东绕过非洲南端通往印度的航线，"好望角"的发现使它获得了成功。可西班牙，它首先在地理知识上就落后于葡萄牙，它的君主及著名的航海家哥伦布，虽知地球是圆的，海船不走印度洋、往西越过大西洋也可到达印度，但他们在计算上出现了错误，乃至于哥伦布走了比达·伽马远许多的海路、历尽千难万险才到达巴哈马群岛中的一个小岛，直至死去仍确信自己成功到达了印度所在的亚洲，他所遇见的美洲土著也因此被他叫作"Indians"，以讹传讹直至今日。

今天，我在里斯本所见到的贝伦古塔，相传是葡萄牙国王曼努埃尔一世时期所建造的一处军事要塞，也有说是国王为纪念达·伽马印度凯旋而建造的。即使后一种说法不成立，航海纪念碑上亨利王子身后达·伽马的魁梧身影，也足以反映达·伽马在葡萄牙航海事业中的重要地位！

贝伦古塔前，我还想起自己与葡萄牙的另外一次"相逢"：那是在上世纪90年代，我在马六甲海峡的升旗山上的圣保罗教堂瞻仰圣方济各石雕像。从圣方济各的传奇经历中，我了解到当年葡萄牙人在找到通往亚洲的海上通道后与亚洲各国在政治、经济上的交往的历史。作为一个立志将基督教义传播到世界各地、让所有平民百姓获得幸福的传教士，圣方济各在达·伽马从印度回到葡萄牙没多久，就沿着达·伽马的路线先后到达马六甲、印度，后来他又到了印度尼西亚、日本与中国，最后客死在中国，终年46岁。在圣方济各这位出身于葡萄牙贵族家庭的青年身上，我看到了迪亚士与达·伽马的身影，他那追求真理、不达目的绝不罢休的牺牲精神感染了首次出国旅行的中年的我。当然，更多影响亚洲、影响世界的还是从海路上到达亚洲的葡萄牙探险者、葡萄牙的商人与军队。航海大发现给葡萄牙经济注入强心剂，也大大刺激了统治阶层政治、军事与经济上的野心。国王曼努埃尔一世在接受了"埃塞俄比亚、阿拉伯半岛、波斯与印度的征服、航海与贸易之王"的称号后，加快了他对亚非各国的殖民掠夺，先是占领红海与波斯湾关口的霍尔木兹和索科特拉两个岛屿，后又攻克马六甲，紧接着又占领印度的果阿城，并将其作为自己的海军基地，不久，葡萄牙人到达中国的广州，获得在澳门设立货栈和居留地的权利。强盛时期的葡萄牙——包括它后来殖民数百年之久的巴西——其势力范围的跨度为地球一周的四分之三！

我最早"结识"葡萄牙应该是在儿时。捧上小学课本没多久，我就在中国地图上找到了澳门，只是，在这"澳门"两字后面，我还看到了一个括号，括号里是小一号的"葡"字。幼年的我一直不解：为什么会在中国的家门口给一个很远很远的欧洲国家留这么一小块地方？此时，我方才明白什么叫殖民主义！那是1887年12月，距离葡萄牙人获得在澳门的居住权已有330余年，葡萄牙政府与当时的清朝政府正式签订了《中葡会议条约》与《中葡和好通商条约》，试图通过外交手续正式将澳门变为它的殖民地。

我第一次去澳门，是在中国的"国门"打开没多久的时候，初次旅行，心里很兴奋，也很紧张。印象里的澳门小巧玲珑、温文尔雅，当地人说话都少有大声，让我联想起一种名叫"老婆饼"的当地特产。形成极大反差的是葡京赌场的奢华与疯狂，好在有它的提醒，不然我真正会忘却：澳门，它是一个正在实行资本主义制度的殖民式统治地区！

1974年，在葡萄牙发生了一场左派发起的民主革命。葡萄牙革命者没有用机枪，而是将康乃馨花当作步枪的子弹推翻了萨拉查的独裁统治，人称"康乃馨革命"，新政府成立伊始就宣布实行非殖民政策，因此就有了主动向中国政府提出移交澳门的事。1999年中国澳门的移交，宣布葡萄牙维持了584年的殖民帝国的终结！

"康乃馨革命"——主动废除殖民政策，还有德国总理威利·勃兰特的华沙之跪，以及欧盟成立后旅游申根条约的签订、欧元的发行……伫立在贝伦古塔前的广场，我真想高声问天：为什么这样的事都发生在欧洲国家，而不是也曾是"二战"罪犯的日本身上？

欧洲国家的"理性"行为说到底还是因为"文明"的力量：发生在15世纪的葡萄牙、西班牙的航海探险，代表了那个时代的文明，后来还有欧洲文艺复兴所代表的文明，还有英国工业革命的文明，美国解放黑奴的文明……它们都为人类的进步留下美丽的回忆。但在历史的进程里，因为人类的贪婪，也会有反文明、非理性的事件发生，但文明与理性终究会战胜因贪婪所带来的倒退，文明之果决不会被永久埋没，终究会开放出无比灿烂的花朵！在葡萄牙这昔日的航海强国身上，我高兴地看到了我喜爱看到的东西！

葡萄牙，你这个我儿时就"结识"、许多次"相逢"过的"旧友"！

西班牙建筑，爱你没商量

　　人还在去西班牙的旅途上，耳边就回响起了斗牛场上人的呐喊、牛的呻吟。可到了西班牙，来到马德里的斗牛场，我收到"告知"，因动物保护组织的抗议，西班牙的斗牛已被禁停。其实，有关西班牙斗牛被禁停的消息，我在国内早就有耳闻。人嘛，总爱心存侥幸，"万里迢迢"来到西班牙说不定会遇到一个惊喜呢！

　　没有欣赏到斗牛，西班牙的建筑艺术却给了我意外的惊喜。西班牙人非常自信，旅游大巴上就让你尽情观赏公路旁满山满坡的橄榄树，下了车就带领你看建筑，远不像一些别的国家，会特意提供许多自然景观供你"享用"：在美国，有大峡谷；在德国，有莱茵河；在澳大利亚，有大堡礁……在西班牙的南部城市塞维利亚，我们欣赏到的是昔日阿拉伯统治者的王宫，是塞维利亚大教堂；在科尔多瓦，是古罗马桥，是科尔多瓦大清真寺；在杜丽多这座被联合国授予"世界文化遗产"之称的古城就更不用说，整座古城宛如一座建筑艺术博物馆。在西班牙的首都马德里，经典的建筑艺术让你目不暇接：位于独立广场的有五道拱门的阿尔卡拉门是马德里的地标性建筑；还有太阳门广场，十条由一色欧式建筑组成的街道以太阳门为中心呈辐射状向远处伸延；还有西班牙王宫，还有

马德里太阳门广场上的卖艺人　　　　　　　马德里建筑

以哥伦布雕塑、塞万提斯雕塑为中心的西班牙广场与哥伦布广场。这里，不仅建筑物本身很美，建筑物上的雕塑也堪称精品，我甚至看到有将一只巨型雄狮的雕塑安置在屋顶之上的，在那雄狮身上，我感受到昔日海上巨无霸的威严与霸气。著名的巴塞罗那可以说是我们整个西班牙建筑艺术观赏之旅的高潮所在，1992 年奥运会会址以及它四周的各个展览大厅与教堂就甭说了，世界著名建筑大师高迪的系列作品——圣家族大教堂、米拉之家与巴特罗公寓，让我们这群中国游客对西班牙的建筑叹为观止！

　　建筑物，世界上有哪个国家不可以拿出几幢可以一瞧的"作品"呢？邻近西班牙的法国、意大利就更不必说了！但西班牙的建筑值得前往旅游的人们特别说几句，值得西班牙人骄傲。她的建筑有其独特的地方，通俗地说：有个性，极其鲜明的个性！西班牙建筑家高迪的建筑作品很能说明问题。在欧洲，哥特式建筑的整体风格是高耸瘦削，其高高的尖塔所表现的是神秘、哀婉和崇高，同属哥特式风格的圣家族大教堂则"标新立异"，代表耶稣十二门徒的十二座尖塔在其向天空延伸的塔的外墙表面不是用直线和平面，而是以螺旋、锥形、双曲线、抛物线各种变化组合成幅幅图画，分别演绎各个宗教故事。教堂中央四个尖塔的上半部分密密地排列着数不尽的窗洞，像被镂空了似的，远望，就像一个个长形的蜂巢。圣家族教堂不像同属哥特式风格的德国科隆大教堂那样给人以沉重、坚实的感觉，而显得轻盈、华彩，整个建筑就像是一具精雕细刻的艺术品，从整体到细部都值得人们细细地寻味、咀嚼！想到自己将在那海拔150余米高的"蜂巢"顶部俯瞰巴塞罗那，在惊叹、陶醉之余也可能会产生一丝丝畏怯。

位于巴塞罗那格拉西亚大街的米拉之家是高迪公寓建筑的突出代表，高迪为私人设计的这最后一座建筑秉承了他所坚持的"直线属于人类，曲线才属于上帝"的理念，整座建筑没有一处直角，宛如一座以曲线组成的纪念碑，极富动感，其屋顶高低错落，曲折回绕的阳台栏杆与无比宽大的窗户给人们无穷的想象空间。屹立于巴塞罗那另一街区的巴特罗公寓的"曲线"则更多体现在这座六层公寓的墙面、阳台及屋脊的处理上。全系蓝色与绿色陶瓷装饰的墙面凹凸不平，呈曲线延伸的屋脊与屋檐俨然是一道弯曲的海岸，临街的阳台护栏是弯弯曲曲的铁条加上铁板，看似无意、实则有心搭配而成，颇具匠心。巴特罗公寓整体设计与所有细节——十字架造型的烟囱代表英雄、有点违反常规拱起的屋顶是排列着鳞片的巨龙的背脊，构思奇特的阳台是一个又一个戴着面具的勇士……当访者知晓，高迪这是在向路人述说一个英雄为救出困在城堡里的公主、英勇地与巨龙搏斗的民间传说，此时此刻，你一定会在这公寓前久久不肯离去！

建筑物是由人设计、建造的。西班牙建筑的个性首先是因为西班牙人与众不同的性格。数次去过欧洲的我，心底早已给我印象中的几个欧洲国家的"个性"着上了"颜色"。黑色，我给了德国人——严谨、执着；法国人则是粉红——浪漫、热烈；瑞士人是洁白——精细、坚毅；荷兰是橙

高迪的建设中的"圣家族大教堂"及其局部

高迪作品"米拉之家"　　　　高迪的"巴特罗公寓"

黄——沉着、刚强；我心目中的西班牙人是血红——奔放、狂野！因为西班牙有过被地处北非的迦太基人、西哥特人及罗马人长时期统治的历史，西班牙人血管里有土生土长的伊比利亚半岛人的血，也流着犹太人、穆斯林、吉卜赛人以及凯尔特人、罗马人的血。西班牙人具有典型的南欧人热情奔放、乐观向上、热情大方的性格特点。他们热爱生活，也懂得享受生活，将自己的生活安排得丰富多彩。西班牙特有的斗牛可以告诉人们许多。这次，我虽然没有看到斗牛，但在南部城市塞利维亚观赏到的佛拉门戈舞，让我与热情奔放的西班牙人有过一次心灵的交流。我从那急促、猛烈、有节奏的双脚敲击舞台的声音里听到了西班牙人决心战胜困难、追求美好生活的呐喊！台上的演员在不停歇地跳着，我的心脏也跳得很快。

从佛拉门戈舞剧场出来，已经是当地时间九点半了，我就餐的餐厅门前的酒吧里仍旧人满为患，这情况让我脑海浮现出六年前去荷兰见到的景象：刚下飞机，晚上快八点了，阿姆斯特丹的天空还亮着，一些街道的两旁只见停泊的私家车，看不到一个人影。西班牙城市夜晚的所见已经很让我惊讶，我竟然还发现有好几位"酒仙"手里牵着宠物狗！有两个宠物狗的主人当下竟放下酒杯互相逗狗谈笑，看那样子，一时半会不会离开酒吧！在萨拉戈萨那天一早，我和同房居住的老胡起了个早，散步时，我俩发现楼房下的人行道和马路的天桥上停放了许多辆摩托车。老胡是经营汽车配件的，对机动车很敏感，很快发现其中有好些宝马牌子的，在中国，这样的车每辆价格不会少于 20 万元人民币，它们的主人却连大锁都不给上一个，就让它们在外露宿了一个夜晚！老胡大呼："不可理解！"

其实，不要说远了，建筑师高迪自己就是一个很有西班牙个性的人。他性情乖僻，除了工作，高迪没有任何别的爱好和需求，人称"疯子高迪"。主持年投入 300 万美元工程的他一年四季都是一副穷酸样，路上行走的他竟然被人当作乞丐！特立独行的他在艺术上很成功，乃至于其死后得到毕加索等西班牙艺术大师的崇拜，但个人生活上却很不幸，一天，在路上行走时被电车撞死，两天后这个"乞丐"才被人认出……

"疯子高迪"。

了解了西班牙人的性格，我们对于西班牙建筑物的别出心裁、独具特色就不会觉得难以理解了！

值得称道的西班牙建筑何止高迪的作品，在西班牙，与高迪齐名的建筑设计师还有被称为"鬼才"的里卡多·波菲尔，他的代表性作品Walden7住宅也坐落在巴塞罗那，外观犹如一个坚实的城堡，高达60米，里面的四百多户业主都可通过自己的专属路径进入自家的庭院；还有圣地亚哥·卡拉特拉瓦，1992年巴塞罗那奥运会Bachde Roda Bridge大桥、2004年雅典奥运会主场馆等著名建筑都出自这位设计大师之手……如果我们将时间的触角再往前延伸，我们将会看到西班牙土地上千余年来留下的、本文前面提及的优秀建筑作品，而这也正是笔者想谈论的西班牙建筑的另一突出的特点——她的包容性、多元性。

在西班牙成为海上强国之前的七八百年间，西班牙有过被多个外民族

杜丽多古城

统治的历史，当时的统治者各自都在西班牙土地上留下一些具有代表性的建筑，这给从西班牙南部北上的我们一行中国游客留下了深刻印象。

如公元 8 世纪时的阿拉伯人，他们在战胜西哥特人没有几年后就占领了几乎整个半岛，使整个西班牙成为庞大的阿拉伯帝国的一部分，当时的中国称呼其为"绿衣大食"。阿尔罕布拉宫就是当时的哈里发王朝留下来的独具阿拉伯风格的建筑杰作。我们这次在塞维利亚、科尔多瓦欣赏到的科尔多瓦大清真寺等具有伊斯兰风格的建筑仍旧光彩熠熠。大清真寺始建于公元 785 年，信仰基督教的君王后来攻占了科尔多瓦，在大清真寺内修建了一座哥特式的教堂，但仍将大清真寺保存下来。大清真寺中有多达十七排的立柱，柱子上半部的图案装饰据说还是过去的模样。

在同一个宗教建筑里允许两个完全不同风格、外表与内涵的宗教建筑并存，这种现象是我在欧洲其他国家闻所未闻的。也许是主人无意所为，科尔多瓦清真寺前的罗马风格石门提醒从清真寺里走出的我：罗马人也曾经做过这儿的主人。

大清真寺四周的青石小道把我带回到耶路撒冷，带回到哭墙旁：小路两旁一色的白色小楼据说是犹太人曾经的住所，墙体上悬挂的一盆盆蓝色、红色的小花在白色墙壁的衬托下分外娇艳。

左图：巴塞罗那街头建筑
右图：萨拉科萨一座大教堂的顶部写真

离开科尔多瓦北上，我们一行在傍晚时分来到距离首都马德里仅 70 公里的杜丽多古城，这个被联合国授予"世界历史遗产"称号的小城与"世界"二字非常相配。小镇里有基督徒的哥特式教堂、犹太人的教堂、阿拉伯人留下的城门、罗马风格的街道，每一处建筑都是精雕细刻的艺术杰作，这让我不得不想起一位驴友的话，"如果只能在西班牙停留一天，杜丽多古城是唯一的选择"！夕阳下远观杜丽多古城全貌，看城堡的倒影在其"膝下"的护城河里乘

科尔多瓦清真寺大院里的天主教堂

着夜色漫步罗马街道，在大教堂的地狱之门、宽恕之门和审判之门这一处处精美的雕塑精品之前留影，我们忘却了一天的车马劳顿之苦，依依难舍。

杜丽多古城如此，位于西班牙东北部的萨拉戈萨不同样是一座融合了多种文化元素的历史名城吗？萨拉戈萨是整个西班牙第一个信仰基督教的城市，大教堂就是在原来的大清真寺旧址上建设的。

在西班牙看到多民族风格的建筑如此融洽的结合，我想起中国的一句名言"海纳百川，有容乃大"。西班牙人在建筑文化上不以一时之利、一己之见排斥曾经是敌人的外族元素，西班牙人得到的回报则是无人可比的伟大、壮丽！配得上整个地球村居民的赞美、敬佩！

西班牙有 5000 万人口，每年入境旅游的外国人是 6000 万！这数字里就有我们这群对西班牙建筑"爱你没商量"的中国人！

在游览了马德里后的那天下午，大巴匆匆忙忙往西班牙的第五大城市萨拉戈萨赶，我们的目标就是享誉欧洲的萨拉戈萨大教堂。凭经验，我以为，这一次又只有在教堂外观赏的份儿了，有几个教堂会是夜晚开门的？进入萨拉戈萨市区，夜幕已经降临，大巴径直前往萨拉戈萨大教堂，到了教堂门厅前一瞧：只见这儿人头攒动、熙熙攘攘。如此热闹的场面即使是在大白天，在欧洲其他城市的教堂里也是难以遇见的。此时的我在想：这拥挤的人群里难道不会有前来搜寻阿拉伯遗迹的伊斯兰游客，有来研究古罗马建筑艺术的意大利、法兰西人？萨拉戈萨大教堂这情景也让我想起白天在马德里的所见，在马德里太阳门广场的"零公里"标志处，忙着留影的游人拥挤在一起，针插不进、水泼不进。在广场及向外辐射的十条街道上的观光者、购物者之多几乎让我产生错觉，以为自己来到中国上海的南京路。

西班牙人给我上了一堂哲学课：包容，可以让艺术更有光彩；包容，可以让国家更加强大；包容，也可让人生更加丰富！

在萨拉戈萨大教堂神圣的殿堂里，抬眼望见头顶壮美的天顶画，我突然想起了秦王朝的掘墓人项羽，我想对他说："大王，如果能穿越时空来到这儿，您会收回火烧阿房宫的指令吗？"

笔者不是建筑师，不是建筑鉴赏家，在西班牙，我从心里是把西班牙的建筑当作一种艺术来欣赏的。歌德曾说"建筑是凝固的音乐"，但音乐作品也有优劣之分，西班牙的建筑之所以尤其美丽，是因为这"音乐"里有西班牙人自己的"个性"，有历史老人的颤音，有原生态、多民族等多种元素！这也许是我尤其关注西班牙建筑的原因所在。但面对博大精深的西班牙建筑，我的时间实在太少、太少，想把西班牙的建筑一下子道个明明白白，很难，很难！上面这些文字就权当抛砖引玉吧，西班牙，我还会再来！

西班牙情思

西班牙是一个领土面积与法国相差无几的欧洲大国。我们一行从葡萄牙首都里斯本出发往东进入西班牙，再由南向北依次游览了科尔多瓦、萨拉戈萨、马德里、巴塞罗那等几个城市，在大巴上的时间每天都不少于五小时！远不像刚刚离开的葡萄牙，两个小时多一点就从其首都驶离其国境线。为这，我心里嘀咕：一直以来，人们用两颗"牙"来称呼西班牙和葡萄牙是否有欠妥当？从地图上看，如果将葡萄牙比喻为人的一颗"牙"，那西班牙应该是包裹这颗"牙"的"脸庞"！

西班牙南部的天空湛蓝湛蓝，极目远望，天空没有一丝一缕云彩，真正是万里无云！驶离城区没一会儿，豪华旅游大巴里的我就看到高速公路两旁许多许多的橄榄树。有散落在山间路旁的，但大多是人力有规划栽培在山坡与田地间的。"幼年"的橄榄让人在枝干上套上塑料圆管，一株又一株排列着，像学校操场上等待校长训导的听话的小学生；"成年"的橄榄的排列似有讲究，有间隔相对密一些、酷似受检方队的，也有间隔较宽排列、将中间的空地有意留给别的庄稼生存的，一坡接着一坡，一片连着一片，漫山遍野，蔚为壮观。早就听说西班牙盛产橄榄油，其产量是世界橄榄油总产量的 40%，橄榄树种植面积达 200 万公顷，但蓦地一下看到这么多橄榄树，我觉得无比振奋！一时间几乎让我忽略了西班牙广袤国土上别的树种的存在，比如，橡树、松树、棕榈……

相较其他的树种，橄榄树树叶的颜色要暗一些，暗绿暗绿的，叶瓣也小，密密地相拥在一起，模样怪可怜见的。但橄榄树并不娇贵，据说，在干旱少雨的西班牙，它是适应能力最强的树种。这树远没有塔松、棕榈高大、伟岸，这是因为每一次摘收完橄榄果，农家都要将其枝条修剪一回，以利于来年果实——这既可食用又可用来榨油的号称"液体黄金"的宝贝——的生长。对橄榄树枝条的修剪，限制了它向空中的发展，但枝干却比众多别的树种——柳树、梧桐还有松树什么的坚硬许多，望上去，犹如钢浇铁铸般！有一些橄榄树，很可能是由于树龄较长的缘故，粗壮的枝干出现了裂缝，望上去就像筋骨受了伤的人的躯体：受尽磨难，依然屹立。

我多次利用停车小憩的时间，下车给路边的橄榄树拍下不少"玉照"，有全身的，也有局部的。我逐渐感受到这一很早就与宗教联系在一起，其"枝叶"与"鸽子"一同被写入《圣经》的《创世记》篇的树木有一种艺术家的气质，它似乎能带给人们某种淡淡的哀思：对亲人的眷顾、对往事的追忆、对友人的思念……当我脑海里突然浮现出我的外婆的身影，久久难以消失时，这种感觉愈加强烈。

橄榄树

树上的橄榄果与超市的橄榄油系列产品专柜

我曾经在文章里写过我已故的父亲、健在的母亲，提到过我的妻子、女儿……却从未写过我的外婆。这一方面是因为我觉得世上写外婆的文字尤其多，自己又不是多愁善感的年轻女孩，但最重要的是因为我的外婆实在太不引人注意了。一米四五的弱小身躯，和风风火火的母亲——她的女儿在一起，外婆永远是一位不起眼的"配角"；如果将她与我性情急躁的祖母相比，外婆则像刚过门的小媳妇，少言寡语，除了干活，没有别的生活情趣。在我的记忆里，外婆从未大声说过话，即使看见我们几个小外孙在她面前顽皮捣蛋，来自江西丰城的她除了摇头，脸上也绝不会有让我们孩子感到畏惧的表情。因此，去外婆家一直是我们最高兴的事。每年大年初一早上，我和弟弟妹妹都相邀去外婆家度过一年中难得一遇、可以饱饱吃上一顿的一天：推开房门，厅堂的中央就摆放着一大盆糯米甜酒，这是我至今未忘的幸福也是痛苦的一天，因为吃得过多、过快，我和弟弟妹妹没有一个不是打着饱嗝离开外婆家的。

懂事后，我慢慢了解到，外婆是很不幸的，十二岁就做童养媳的她，年轻时没有过上几天舒坦的日子，到了中年，我的外公因一件我至今还弄不明白的案子锒铛入狱，没过几年，外婆唯一的儿子——我的年仅二十一岁的舅舅被划为"右派"。少不更事的我只知道外婆很长时间没有来过我们家，后来，长大了的我才明白，孤苦伶仃的外婆是害怕连累她的女婿、女儿和外孙们。

外婆在厄运面前处之泰然，对待后来出现的"好运"——丈夫出狱、儿子摘掉"右派"帽子且没几年又获得全国劳模称号，外婆也没有留下让儿孙们印象深刻的"至理名言"与人生感悟。她，还是过去的外婆，仍然是寡言少语，仍然是什么事情都听从她的女儿的。我记得一次母亲与父亲吵嘴，怒火中烧的母亲赌气要回娘家，此时正在我家小住的外婆只是无奈地瞧着母亲和父亲，既没有劝说她的女儿，更谈不上训斥她的女婿。母亲终于冲出了家门，外婆仍然像过去那样默默地跟随在她的身后。许多年了，我还没有忘却这个画面，没有忘却母亲身后外婆那瘦弱、矮小的身影……可是，不被她的儿孙们特别关注的外婆，在我的长辈里是最最长寿的，九十多岁才默默离开这个世界……

此时，在西班牙的我，已经在橄榄树与我的外婆之间画上了等号。外婆的坚强，还有外婆她弱小的身影，她头上经常戴着的一顶黑色、平顶的灯芯绒帽，还有她青筋暴露的古铜色的肌肤……她，就是我眼前的橄榄树。

我对橄榄树的关注无形中影响了身旁的驴友胡先生，不过也难说，兴许是因为橄榄树的"气质"也早早地就感染了他。在下榻的宾馆的房间，我听他忘情地哼唱起《橄榄树》：

不要问我从哪里来
我的故乡在远方
为什么流浪
流浪远方
……
还有，还有
为了梦中的橄榄树、橄榄树

不要问我从哪里来

我的故乡在远方

流浪远方，流浪……

"《橄榄树》？是三毛的吗？"

"三毛的丈夫不是荷西吗？他可是西班牙人呀！"

于是，在西班牙一家宾馆的床铺上，两个中国男人在女作家三毛离开人世二十二年后的 2013 年 11 月 4 日的夜晚，一起谈起了三毛，谈到她的丈夫荷西——一个也让三毛的忠实读者们喜欢的西班牙青年，谈到她与荷西的爱情故事、她的许多别的作品……

离开西班牙，结束我的南部欧洲之旅，我的旅游购物就两件"成果"：一是橄榄油唇膏，再就是橄榄油。西班牙的许多超市给橄榄油系列产品设有专柜，有的超市甚至把一个个橄榄油油桶作为装饰品摆设在非常显眼的位置上。西班牙出产的橄榄油在中国的超市里也很容易买到，但自打有假冒的进口橄榄油在中国市场出现后，我没有再花钱去超市买过橄榄油。而今，我在西班牙境内买到了我以为可以放心的橄榄油，就像是在西班牙背回了一株橄榄树，心里很满足！

西班牙的橄榄树！还有，我的外婆！还有西班牙人的媳妇——三毛！

踢踏舞

在英伦，有人告诉我什么是"成熟"

我们从广州前往英国的飞机是 4 月 29 日北京时间 9 点 10 分起飞的，到达伦敦是当地时间下午 3 点左右。此刻的广州已经是夜色正浓、灯火辉煌了；眼前的伦敦却依然是金灿灿的太阳当空照着，站在机场航站楼的过道上四处张望的我突然产生这么个念头：如果我们不下飞机，继续往西边飞，一直飞到美洲，不是依旧一路阳光灿烂吗？

"日不落！"我脑海里蓦地跳出这三字，这个词汇被昔日"大英帝国"统治者用来表明自己"法力无边"、在全球 24 个时区的 23 个时区中拥有自己的殖民领地。刚一踏上英国的土地，我就不由自主地寻味、体验"大英帝国"曾经的辉煌与威严了！

在英国的这些天，"大英帝国"倒是没有刻意在我们这群中国游客面前显摆自己的威严。好汉不提当年勇，连当今英国女王也已走下神坛，允许平民女子与王室成员联姻，通过选举迈进唐宁街 10 号的英国首相更没有在世人面前显示威严的意思，完全不像"大哥"美利坚：无论世界上发生了什么事情，都要站出来说一说、管一管，"领导"一番。但英国作为一个老资格的资本主义国家、世界工业革命的发源地、两次世界大战的胜利者，在它身上所表现的成熟的美是随处可以让我感受得到的。

　　我们一行来到英国所前往的第一个景点是牛津大学。正巧，我在半个月前，因办理英国签证到了广州，顺道去看望一位正在广州上大学的朋友的孩子。这是广州一所名牌大学设在一座小岛上的校区，校区的图书馆有我们一些省政府办公大楼那么高大，图书馆前面飘扬着旗帜的坪地面积相当于两座标准足球场，可以与莫斯科的红场一比高下。因为学生上课与住宿的区域与这儿有一定距离，坪地里很难见到路过的学生与老师。而在学生宿舍所在的街区，贩卖小商品、小吃的地摊横七竖八地挤在道路两侧，光顾者甚众，让你仿佛觉得来到了某居民小区，压根也不会将这里与中国的名牌大学挂上钩。可在"牛津"，我所感受到的学术氛围似乎更浓烈一些，虽然闹市与牛津名下的各个学院咫尺相隔，可一旦迈入各个学院的大门，人们会很自然地压低说话声，仿佛学生们就在你瞧不见的某扇窗口下正静静聆听教授的课程。同样也是图书馆，我在"牛津"所见到的这一座仅有五层，房间也有限，主楼的每一层有四根石柱，一边两根，五层楼，

牛津大学校园

叹息桥

五种不同风格的罗马柱。前不久去过希腊的我，至今还记得它们的名字：爱奥尼克柱式、陶立克柱式、科林斯柱式……他们如此用心显然不仅仅是为了美观。还有一座外形与教堂塔楼近似的建筑，它被称为整个牛津城的标志性建筑，也与学生的生活密切相关——这是牛津学子们阅读书报的所在。校区里有许多各自独立的并不宽阔的小院，里面如茵的草坪是各个学院举行开学仪式或毕业生留影的"圣土"，平日是不允许他人任意踩踏的。我还在一楼群里看到了一座与威尼斯水城的叹息桥同名的建筑物，不是架设在潟湖上，而是搭建在两座教学楼的"腰间"，据说是留给考试过后的某些学生在那儿凭窗"叹息"的……

就这样，在中国的名校与世界的名校的相互比较之中，我开始了自己在英国的旅行。

离开了曾为世界"贡献"了三十多位诺贝尔奖获得者的牛津，离开伦敦，我们一行驱车前往曼彻斯特这座为英国的工业革命做出过重大贡献的伟大城市，去了因受到英国著名的湖畔诗人华兹华斯们青睐而身价倍增的温德米尔湖畔，然后是苏格兰的首府爱丁堡，然后是爱尔兰岛北部海岸的巨人堤和爱尔兰首都都柏林，再回到伦敦的巨石阵、古罗马浴场，以及与英国王室相关的温莎城堡、白金汉宫、西敏寺等等。所到之处，我即使"鸡蛋里挑骨头"，也没有发现一间破旧的棚户，无论是城市，还是乡村。

记得在埃及旅行时，我看到开罗城区里许多民房建到三层或四层就不再继续建了，水泥柱中的钢筋还裸露在外面，城区里四处可见里面住了人但房子还在建设中的工程，与我一同去埃及旅行的朋友没有谁将这当回事儿，可我却将它写进了自己的文章。

而英国，可贵的不仅在于这里的城市与乡村看不见半间破旧的棚屋，各个城镇的建筑更都有自己鲜明的个性：科茨沃尔德地区伯顿小镇的建筑外墙均采用一种不平整的黄颜色砖石砌就，古朴自然；温德米尔湖畔的建筑者们多在小楼的外墙上采用一种黝黑的石头，围墙、门柱甚至大厅内的装饰也用上它，这种建筑风格与湖畔幽雅、静谧的格调极为融洽和谐；而

各个地区颇有个性的建筑

在北爱尔兰的首府贝尔法斯特，商住楼和写字楼几乎是一色的红砖砌就，红砖间用白色的线条勾勒，远远望去，颇有现代感，让人赏心悦目；伦敦附近的巴斯有当年古罗马人留下的古代浴场，这里的建筑几乎采用一色浅黄颜色的石头，给人淡雅、洁净的美感。与英国仅一海之隔的都柏林（原谅我竟然将另一国的建筑也拿来说事）市民所住的商住楼的大门竟被漆上了各自不同的颜色，为的是让传说中的一些经常深夜不归的男主人不要敲错了房门！

伦敦则拥有各种不同风格的建筑，显示出其作为一国之首都海纳百川的宏大气魄。

当埃及与中国的城市在为棚屋的拆迁而忙活的时候，英国的城市所考虑的是如何展示自己建筑风格的独特，以区别于邻近的城市。由此道来，英国在城市建设上所表现的成熟显然是以其雄厚的物资基础为前提的，就像衣不蔽体的人不可能去考虑夏装与秋装的及时变换以表现自己的成熟一样。但是，这并不等于说，所有具有经济实力的国家与民族，都能够像英国这样在城市建设上表现出超人的成熟。英国能够如此，与她所拥有的文化、与她的经历、与她的品味是具有极其密切的关系的。

我在下面将要提到的英国在市政建设——如城市地下排水工程与城市花园的建设——上所做的努力，可以为我上面的说法提供有力支持——对英国人的成熟毫不吝啬地多说几句，对我们国内的"有关部门"不无裨益。

巴斯的古罗马浴场是一座拥有一千六百年历史的建筑，这里的一道可任人在内直立行走的宽大地下排水道引起了我的极大兴趣。我第一眼见到它，眼前就浮现出电影《悲惨世界》里的画面，画面中那巴黎城地底下宽大得可以行驶一辆中型汽车的排水工程曾经让少年时的我惊叹不已。面对巴斯古罗马浴场的排水通道，想到西方一些发达国家如此重视城市的地下排水工程建设，我不禁唏嘘。因为，我又因此联想起一件发生在我家乡的往事。因为地下排水通道狭窄，我的家乡长沙遇到大暴雨就"水淹七军"——城区里到处都是积水。一年多前的一天，也是大暴雨，一位即将

温莎城堡

研究生毕业的女大学生在积水中行走时，一脚踏进井盖被积水冲走的地下排水道里，遗体十多天后才在很远的河道上被找到。其实，何须回顾往事，就在我即将启程从伦敦回国的这一天，中国南方普降暴雨，据报道，珠海市部分地区三小时里降雨 100 毫米，致使北京师范大学珠海分校一夜之间变为梦幻水城，大学生在浸水的教室里参加考试。相邻的深圳情况也很不妙，内涝造成一些城区积水超过两米，数千辆汽车被淹没在水中。

城市公园与市民花园的建设也属于市政建设范畴，英国在这方面所表现的成熟也很值得我们学习。

在海德公园，漫步于郁郁葱葱、密密匝匝的树林中，笑对湖畔中嬉戏的天鹅与水鸭，我记起发生在自己家乡的一件与城市花园相关联的事：那

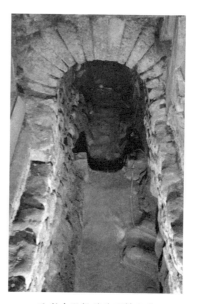

巴斯古浴场的地下排水道

是 2008 年，我在自己所工作的湖南省长沙市购置了一套商品房，在签订合同前，开发商一再向我介绍说，这个小区的左侧很快会修建一座面积六千平方米的市民花园，为了消除我的疑惑，开发商还指着墙上的城市规划图纸给我瞧；可我入住这小区后仅一年，小区旁原计划建造市民花园的被区政府高价卖给了另一家开发商，一幢 50 多层的高级宾馆很快将投入建设。这可是计划建为公园或花园的土地呀！要知道人家英国境内的城市公园与市民花园的数量以百万计啊！在伦敦，市民集中的小区里，百米开外必有花园或公园，伦敦人均绿地为 24 平方米！

还是在海德公园，我想起了 2010 年上海世博会的英国馆——"种子殿堂"，它的外壳由 6 万根蕴含植物种子的透明亚克力杆组成，传达给中国人的是英国人所积极倡导和推行的将自然融入城市的理念。

在英伦大地的十多天，我一次又一次拷问自己：在"Made in China"行走天下的当今世界，世界上很少有人不钦佩中国人善于学习、借鉴与模仿的能力。值得我们中国人骄傲的高速铁路、高速公路，还有北斗导航、奔上了月球的"玉兔"，"老外"们能够做的事情，有几件我们不能做到的？我们为什么不能在人民生活环境的治理上也多向先进的国家学习、借鉴呢？

议论完了英国人在国家治理上所表现出来的"成熟"，我还想尝试着说说面前活生生的、"成熟"的英国人。

在伦敦观光的日子里，利用等车的时间，我在大本钟前的马路边用手机偷偷抓拍路过的行人，所获甚丰。我对自己抓拍到了一位中年英国绅士尤其得意：花白的头发"一丝不苟"，脸颊上洋溢着自信与果毅，西装革履，外罩浅灰色的风衣，左手把着手机，右手握着一长把雨伞，大步流星……平日尤其不关注衣着打扮的我，正是在伦敦街头领悟到一个人的衣着打扮也是其文化修养、性格气质的外在表现方式。衣着不在乎品牌，而在于搭配，这其中反映了主人的审美情趣。

我希望接触更多的当地人以增多对英国人的了解。一次，好不容易来到一英国人开的餐馆就餐，服务员是一色的英国青年男女，不像我们平日去的中国餐馆，进进出出都是中国面孔。接待我们的英国女孩身材高挑，面容娇美，同行的老罗见她服务很周到、热情，回头问我："漂亮"在英语里怎么说？Beautiful！女孩听到我蹩脚的英语顿时笑得弯了腰。老罗趁势提出要与女孩合影，不料这女孩竟然羞红了脸，婉拒了老罗的邀请。不过，她也没有让我们扫兴，从身后抓来另一位服务员代替了她。这，我就不必再用"成熟"二字来褒奖她们了吧！

没有机会接触更多的英国人，我就看电视新闻、翻阅当地英文报纸。我来英国旅游的时候，全世界密切关注的几件大事是：乌克兰东部的动荡、韩国轮船失事、马航飞机失联；而在英国国内，人们热议的是苏格兰公投、北爱尔兰独立，当然，也离不了欧洲与英国经济复苏的课题。5月10日那天的《泰晤士报》头版头条谈的就是英国经济的复苏，媒体对于自己国家的经济有望恢复到2008年前的水平而感到由衷喜悦，而没有去特别关注次日乌克兰东部的公投。5月7日，有消息报道，政府将释放新芬党头目。因为此人坚决主张北爱尔兰独立，故众多民众聚集在政府机构门前以示抗议，要求政府撤销释放新芬党头目的决定。没有几天，我又在英国权威媒体上看到有记者对英国政府前政要布朗先生有关苏格兰独立公投的态度进行分析。众多英国民众明白，分裂并不利于英国这个国家的长远发展，尤其是在当前全球经济复苏的关键时刻。通过正常的舆论手段表达自己理性的诉求，不是谩骂、"动粗"，更不论及暴力，英国人所表现的仍旧是他们的成熟。

同样也是西方大国、强国，如果用"成熟"二字来评判，美国相较英国就有所差距。记得在去年西方世界正在为何时对叙利亚动武争执时，美国的航母都准备起航了，奥巴马正焦急地等候英国等重要盟友的表态。卡梅伦可不着急，他要听听下院的态度。在下院开会表决的那天，我在报纸上看到这样的画面：议员们正襟危坐在各自的座位上聆听卡梅伦的申辩，可在画面上方站立着一长排高举标语牌的示威者，其中一幅标语牌上是血染的大手掌的图案！抗议者们显然是反对出兵叙利亚的。议会举行这么重要的会议，怎么会有抗议民众参加呢？我虽然对英美一些国家根据《信息公开法》等法令赋予民众旁听政府会议的权利的规定稍有所知，但仍旧不太相信自己的眼睛，但这的确是发生在英国议会大厦内的事实。那一次，英国没有像往常在许多国际问题上那样附和美国，卡梅伦以出兵叙利亚未获议会通过为由拒绝对叙利亚动武。

对于发生在眼前的乌克兰东部的动荡，英国政府表现得也比远在西半球的美国老练得多。在老练、成熟的英国人面前，头号强国美国显得有点稚嫩并非偶然。美国作为一个以英伦移民为最早、最多的移民国家，它的资历、阅历是没有办法与昔日的全球帝国相比的。

成熟，它是与一个人的经历丰富、一个国家的历史悠久有着一定联系的。虽然说，经历丰富、受过挫折并不能与"成熟"画等号。

伦敦街头的男子与餐厅里的女服务员（手机抓拍）

　　说到历史，今天的学者言必称古埃及，很少提及英国。其实，我们一行这次造访的巨石阵证实：五千多余年前的大不列颠人就已经有了自己的文化、部落组织，自己所掌握的天文、地理知识，自己的宗教信仰……即使不拼历史，说说英国人的经历，英国的"曾经沧海"也是世上众多国家，包括美国无法相比的。巴斯的古罗马人留下的古代浴场告诉世人，大不列颠也曾有过被罗马人统治数百年的屈辱史，但近现代英国人记忆中更多的是"日不落帝国"曾经的"辉煌"：发起以莎士比亚为代表的英国文艺复兴运动，开创近代工业革命，还有她在世界由农业文明向工业文明发展进程中所作出的其他重要贡献——大到至今还有多个国家采用的君主立宪体制、议会制度、法律体系，贸易规章，小至世界时区、度量衡、体育比赛规则的制定……

　　衡量一个人是否远离幼稚而变得成熟，多看他有无坚定的信仰、判断是非的能力，是否能以平和、健康、积极的态度与人相处，有无包容的气度，受到挫折后能否及时吸取教训，有错就纠，继续前行！由此延伸到对一个社会、对某个团体、对一个民族、对一个国家的评价，大致也是这么些内容。成熟是在幼稚基础上的飞跃、进步和发展。人的成熟，企业的成熟，一个社会团体、一个国家的成熟不是生命的终结，成熟是相对的，发展、进步才是绝对的，即使今天在城市建设方面英国很"成熟"，也不能说她就从此可以不发展了，她也有许多需要改变、发展、进步的所在，比如，她亟待改善的浑浊的泰晤士河……

　　成熟，成熟！要谈的实在太多，正是我的英国之旅，让我生平第一次这么认真地琢磨它、体会它，用它去评判、分析眼前所见到的许多人与事。这也许是尚欠成熟的我也在开始变得成熟的一种表现吧！

伦敦的蓝天白云：我的奢侈享受

从伦敦经广州回到长沙的家已是 0 时 30 分了，一觉睡到将近上午 7 时，没有来得及去洗漱，我就跑到阳台急急推开玻璃窗：此时的我太想将自己脑子里还很清晰的伦敦记忆与自己家乡做一个比较了。"比较"的结果在我意料之中，但我仍不甘心，午睡过后，我又急急地赶往岳麓山——想站在长沙城的这座国家级风景名胜的土地上仔细看一看头顶的天、身前的树、脚下的草……结局仍旧是让我失望的。早在从伦敦回程时，我就了解到，长沙近几天连续中雨、大雨，此刻雨过天晴的岳麓山尽管比我半月前离开时空气清新了许多，但天空仍好像被一层浅黄颜色的薄纱笼罩着。云彩后面的天空虽也显现出了一点点蓝，但很勉强，没有光亮、没有精神，严格地说，那蓝，充其量也只能叫作灰蓝。此刻的我，方才觉得我在伦敦所得到的是一次多么奢侈的享受啊！此刻的我，第一次这么强烈地感觉到一种渴望，如同极喜爱篮球的男孩渴望得到属于自己的篮球一样。如果我的家乡、我的祖国首都北京能有伦敦那样的蓝天白云——蓝天白云下红墙绿瓦、绿树成荫，该是一幅多么美丽的图画，是一件多么令人高兴的事啊！

伦敦天空的美是远远出乎我意料的。

儿时印象中的伦敦是一座被雾霾笼罩的灰暗都市，狄更斯的《雾都孤儿》、柯南道尔的《福尔摩斯探案集》给了我太深的记忆，近些年来当人们对北京及众多中国城市的雾霾多有指责时，也有人说起曾经多雾的伦敦的现状。但我想，伦敦多雾难免与她特定的地理与气候条件有关，说她好，她又能好到哪儿去呢？一个人一旦对某个事物形成了成见，是很可怕的。

伦敦的蓝天白云是可以与我在任何国际大都市见到的媲美的！我说这话没有一点恭维的意思。我曾经用极为热情的语言赞美过新西兰的蓝天白云，新西兰的白云厚实，像田垄、毯子，伦敦的云是"堆"、是"垛"。但究其质地的"白"，两者是难分高下的。只是伦敦因为多雨，气候湿润，遇到阴天、雨天，天上会有乌云，小雨时，乌云与白云均匀地相拥，大雨时，乌云在整个云团中所占的比重会多一些。奇怪的是，很多时候天空即使乌云密布，躲在云朵后的天空还是那么蓝。至于在天气晴朗的日子，天空的蓝可就很难用语言形容啦！这时，飘散在天空的白云像絮花一般轻柔、洁净，天空像刚刚被水清洗过，纤尘不染，蔚蓝蔚蓝的，一直延伸到遥远的天际。此刻的你如果有意抬头多瞧瞧，心灵便得到一次洗礼。

可以毫不夸张地说，伦敦的蓝天白云在我心目中是可以与白金汉宫、温莎城堡、唐宁街十号等英国名胜比肩的景观。她是我十多天的英国之旅中极其奢侈的享受！一时间，我甚至怀疑，过去人们对"雾都"伦敦的描述是否言过其实了！

事实上狄更斯们对"雾都"伦敦的描述并非文学上的"虚构"，20世纪上半叶的伦敦是一座黑色的工业之都，1952年发生在伦敦的毒烟雾事件致12000余人因呼吸系统并发症而丧生充分证实了这一点。眼前伦敦天空的美是伦敦人在近几十年时间里痛定思痛、认真反思空气污染造成的苦果，通过一系列"铁腕"式的措施整治环境，方才取得的成绩。

几十年时间里，伦敦人为摘掉"雾都"的帽子，先后颁布并坚决推行了《清洁空气法》《控制公害法》《公共卫生法》《放射性物质法》《汽车使用条例》等多项法规、法令；减少居民煤炭用量，集中供暖；所有电

温莎城堡上空的蓝天白云

在紧邻海德公园的大马路上奔驰的大巴

厂包括可能影响城市空气环境的工业设施统统迁移至城区外，通过加收车辆"拥堵费"以减少私家车辆的使用；提倡"绿色交通"——鼓励市民骑自行车，为此，伦敦市市长鲍里斯·约翰逊还带头每天骑自行车上下班……

通过上述举措，伦敦人得到了丰厚的回报：雾霾天一年年在减少，直至从此与之 Byebye！

在此，我想将伦敦人治理雾霾的另一项举措单独拿出来说说：她的城市花园的建设。

伦敦的蓝天白云是无比美丽的，城市花园的美也是可以让伦敦人引为自豪的。据考证，大伦敦区有三十多个区和两个市，每个行政区里都有自己的城市花园，整个伦敦的土地有 40% 被绿色覆盖！走近白金汉宫等名胜景点，我就望见一大片"绿"，这便是圣詹姆斯公园。公园中央长方形水池聚集了大大小小许多水鸭与天鹅，从这里的桥上隔着湖水眺望白金汉宫简直让人心醉。可没有隔几个街区，我很快又瞧见另一大片"绿"：她就是闻名遐迩的海德公园，众多中国人在中学课本上就熟知的伦敦最大的公园。占地 160 万平方米，正好是半个颐和园啊！一时忘情的我竟然在海德公园的"演讲者之角"摆出个演讲的姿态让朋友给留了影。此时的我，望着对面街区绿叶掩映中的商住楼以及匆匆驶过的公交车和自行车，欣赏着眼前的花木，再一次地感觉到自己又"奢侈"了一回！

说句心里话，我真正应该感谢伦敦人。不！岂止我一人，所有希望自己家乡生活环境得到改善的华夏子孙都应该感谢伦敦人，因为是他们告诉我们：雾霾是可以通过人们的努力去消除的，蓝天白云压根儿不应该是奢侈享受，她也属于中国人，中国人有资格、有希望、也应该很快拥有她！

从英伦，我捎回家的一个个"谜"

我是带着有关英国科学家霍金的未解之谜开始自己的英伦之旅的。"结识"英国著名科学家霍金，不是因为媒体与教科书，而是得益于一位朋友的孩子。那是数年前我去一个县级城市的朋友家，朋友得知我当晚就会回到省会长沙，委托我务必为他正在读小学的儿子购买一本名为"时间简史"的书。听他那急切的语气，你一定会以为，这书如果买不到，他的儿子一周内将会被学校除名。时间过了两年，我十岁的孙女读小学五年级了，一天，她也从学校带回了霍金的书，不仅仅有《时间简史》，还有霍金的《果壳中的宇宙》《大设计》，以及《霍金传》。随手翻了下《时间简史》，瞧见里面五光十色的天体运行图案和一些"虚光子""雷达脉冲"之类的物理学术语，我不禁心生疑惑：这么深奥的物理学专著，一个小学生能读懂它吗？我观察了大半年，直至今日也未发现小孙女翻阅过它们。

霍金，还是霍金！当后来霍金的身影出现在2012年伦敦奥运会开幕式上，他在我的脑海里已经无法抹去了，尽管我对他的《时间简史》一直似懂非懂。

霍金毫无疑问是当代英国人的骄傲。他运用广义相对论解释了宇宙大爆炸与黑洞现象，把爱因斯坦所创立的理论宇宙学向前大大推进了一步，

霍金的相关作品

他在量子宇宙理论等方面的研究，为人类了解宇宙的起源和本性做出了一系列奠基性的贡献，是当今世界当之无愧最著名的理论宇宙学家。霍金不仅仅致力于宇宙学研究，对科学知识的普及也异常热心。《时间简史》一书前面的"出版说明"告诉人们：《时间简史》在1998年首版以来的岁月里，已成为全球科学著作的里程碑。它被翻译成40种文字，销售了1000万册，成为国际出版史上的奇观……

但让我以为是一个"谜"的，并不是霍金的成就与名声，而是他的传奇经历。21岁时，霍金就患有肌萎缩性侧索硬化症，医生宣布仅可生存两年。可就是这位连脖子也没有能力像正常人一样转动、整天歪躺在轮椅上的残疾人，却攻克了科学道路上的一道道难关，这不能不算是世界科学史上的一大奇迹。就说说被誉为"全球科学著作的里程碑"的《时间简史》的写作吧，当写作正在进行时，霍金的病情突然加重，一时"无法用鼻子与嘴巴呼吸"，在做了气管切开手术后，霍金不仅不能动笔，口里发声都成为问题，可他竟然依靠电脑制作的语音合成装置得以与人交流，在众人以为根本无法克服的困难条件下最终完成了《时间简史》的写作。

比霍金年轻几岁、患有一些老年病的我，近年来，在遇到一些生理上的困难——比如我因为眼睛黄斑病变，读报看书都觉得困难，且别说写作了——而感到心灰意懒时，我经常会想起万里之外的大不列颠岛上还有一位比我年长、条件比我差许多的人，至今还坚持着在科学的"崎岖小道"上攀登，就嘱咐自己：不要放弃、不能松懈！

说到此，我的读者们想必能够理解：得知自己终于可以去英国了，我怎能不第一个想到霍金，渴望能在英国见到他，和他共同解开我心底的这个"谜"呢？

来到英国，游览活动的第一站恰巧就是"牛津"，七十二年前的一天，霍金就降生在这座小城里，只是刚刚睁开双眼的他，尚不知觉希特勒的空军正飞越牛津的上空，对他的祖国实施狂轰滥炸。霍金眼下供职的剑桥大学，旅行社没有安排前往游览的计划，我也无法离开团队独自前往，何况，即使我去了剑桥，也不可能去拜会霍金先生。看到旅行团里众多团友们当下最为关注的是白金汉宫、爱丁堡、爱尔兰，识趣的我只得将我想要与霍金一起揭"谜"的愿望深埋心底，直到旅行结束回到湖南长沙我的家。

有关霍金的"谜"未能在英国解开，我竟然还从英伦捎回家几个新的未解之"谜"。

"谜"之一："巨人之路"。

"巨人之路"还有一种叫法是"巨人堤"，它坐落在爱尔兰岛北端面朝大西洋的海岸上。我们一行在完成了爱丁堡之旅后，乘坐海轮驶离大不列颠岛，用了不到两小时的时间在离北爱尔兰首府贝尔法斯特不远的一座港口登陆。导游没有安排我们去贝尔法斯特游览，也没有让我们去参观一下一百多年前沉没的"泰坦尼克号"的"娘家"——一家举世闻名的大型船厂，而是驱车直奔"巨人之路"。

车在离海岸不远处停下。下得车来，我迎面所见到的是一大片被黑色礁石所覆盖的海滩，沿着海岸向前走了百余米，所见仍旧如此。我一时有些沉不住气了，导游也许了解我们一行的心情，在一旁大声吆喝："壮观的东西在前面哩！好看的景致在前面哩！！"

后来出现的景象的确让我很惊讶、震撼！

这是六边形的黑色石柱组成的堤坝！

这是六边形的黑色石头铺就的通往大海的道路！

不是十块、百块，不是十根、百根，而是以万计、绵延数千米，一根根石柱紧密排列着，就像一排排阻挡巨浪的坚不可摧的大堤；紧贴地面、犹如蜂巢有规律地排列，犹如一条条人工砖石大道。

巨人之路的传说令人神往：相传远古的爱尔兰巨人要与苏格兰巨人决斗，爱尔兰巨人决心开山凿石，试图填平海底，铺就一条通向苏格兰的堤道，眼前被中断的"大路"是爱尔兰巨人在苏格兰巨人撤退后为防其卷土重来而有意破坏所致……

科学家对"巨人之路"的解释则是：它是一种地下岩浆从火山中喷出或从地表裂隙中溢出凝结形成的玄武石，后经海浪冲蚀，石柱群在不同高度被截断，便呈现出高低参差的石柱林地貌，事件发生时间为距今六千万年之前！

谜团一旦遭遇科学，就不再是谜。当我明白"巨人之路"的形成与玄武岩内在成分有着密切关联，我就不再以为这"巨人之路"是一个孤立的存在了！

1922年，"联合王国"终于同意爱尔兰共和国独立出去，按照常理，"联合王国"本可将整个爱尔兰岛交还给爱尔兰共和国，可它竟然坚持：爱尔兰共和国独立之前务必承诺放弃对地处爱尔兰岛东北部、土地面积仅为整个爱尔兰岛六分之一的"北爱尔兰"的领土要求。"联合王国"这么做，除了经济上的原因——借此留下那家建造了泰坦尼克号巨轮的船厂和别的工业设施外，是否还特别考虑到"巨人之路"这个被称为"世界少有的最奇妙地貌现象之一"的自然景观呢？须知，爱尔兰共和国独立以来近百年时间里，在"英伦三岛"内力争让北爱尔兰从"联合王国"中独立出来的呼声从没有间断过。"爱尔兰共和军"也一直将建立一个包括北部爱尔兰在内的统一的共和国作为自己的主要政治诉求，不断地对"联合王国"政府进行暴力、恐怖活动！

巨人之路

巨石阵

这"谜",就只能让"联合王国"当年的首相与大臣们来解开了！

还有"巨石阵"。

可巧，它又与石头脱离不了干系。虽然仅仅数十块，但这是每一块都是以十吨为计量单位的巨石啊！

"巨石阵"位于距离伦敦大约 130 公里的索尔兹博里旷野上。放眼四周，没有高大的建筑，也看不到一幢农舍，唯有不见尽头的青青的牧场和金灿灿的油菜田，突兀而立的巨石在这无边的旷野里颇为诡谲地围成一个个同心圆，据说马蹄形的开口正好与夏至那天日出的方向相吻合。黑色的巨石身上没有一个文字符号可供今天的人们查阅，也没有一张壁画以供后人欣赏，更没有留下一个陶罐或半截石斧给考古学家分析考证，留给人们的只是一个个无法解开的"谜"！

首先，这些每块重达 30 余吨的巨石是如何从 300 余公里外的威尔士搬运到索尔兹博里来的？须知，在四五千年前建造巨石阵的那个时代，没有铁器，自然也不会有起重机械，古人在非常"原始"的条件下，手推肩扛将这些巨石搬运过来，还要摆成一个个同心圆，并且搭建横梁、制造拱门，这简直是无法想象的。据介绍，有当代英国科学家做过这样的实验：试图用"原始"的方法搬动一块比巨石阵的巨石轻一半的石头。石头在半途中就陷入了泥沼。

巨石阵因何而建，用途何在？

有科学家认为，巨石阵是早期英国部落或宗教组织举行仪式的中心，也有一些专家认为，那里是古人观察天文的地方，还有人推测，巨石阵是古人的墓地。总之，对于巨石阵的真正的用途，现代人至今还拿不出一个定论，这是在同样具有几千年历史的古埃及金字塔、希腊的帕特农神庙身上都不可能出现的事！

看来，这些谜，我也只能带回我的家乡了。

根据巨石阵管理机构提供的文字介绍，在巨石阵的外围还有直径约 90 米的环形土沟与土岗，其内侧紧挨着的是 56 个圆形坑，但不待我弄清楚土沟与圆形坑的具体方位，搞清楚它们的用途，一场突然而至的大雨将我们搅得作鸟兽散。我干脆将摄影转换为摄像，录下了雨中的巨石阵。

终于找到避雨之处的我，眺望雨中的巨石想：将一些数十吨重的巨石从300里外的威尔士搬运到索尔兹博里，有目的地进行搭建，绝非几个人可以完成的。首先，它需要数名"智者"事先的谋划、勘查、设计，并提出"可行性报告"；然后通过有号召力的领导者在经过必要的宣传、鼓动后，组织相当数量的人力，有分工有合作，大家共同努力去实施它。因此，我以为，无论今人对巨石阵用途的最后结论是什么，完成于四五千年之前的巨石阵至少说明，当时的大不列颠人已经有了自己的部落组织，也有了自己的文化与文明，甚至于还有了自己的信仰！这是很了不起的事，是值得今天的联合王国人引为骄傲的事！

巨人之路、巨石阵、霍金，我从英伦捎回的尚待解开的三个"谜"，互相之间似乎毫不相干。但冥冥之中，我觉得三者有一个共同的特点：伟大、神秘、神奇！由巨人之路，我会不由自主地联想到霍金所研究的对象：茫茫不见边际的宇宙、神秘莫测的黑洞；由霍金的传奇人生，我会想起有关巨石阵身世的种种推测，眼前出现大不列颠人在泥泞山路上搬运巨石的悲壮情景……

我突然觉得：从巨石阵、航海大发现到文艺复兴与工业革命，再到霍金有关宇宙起源的研究，其间有一条有规律可循的线索，说到底就是四个字：探索、追求！

英伦大地因为有了它，才有昔日世界大国、强国的"花样年华"！

人类也正是因为它，才有了今天的发展进步，才会有明天更加夺目的辉煌！

别离开！苏格兰

迈入英伦，我突然记起英国的苏格兰独立公投，便找了机会向在英国生活了十余年的小徐打听，得知公投将在今年 9 月进行，离现在仅四个月时间了！

小徐还用不无惋惜的语气对我说：一旦苏格兰独立，英国的发展肯定是会受到影响的！尤其是在眼下英国经济复苏的关键时期。关注苏格兰，无形之中成为我此次英国之旅的重要课题：苏格兰的历史，以及它与英格兰千余年来的恩恩怨怨……

我与苏格兰的零距离接触，是在我英国之旅的第三天从苏格兰的首府爱丁堡开始的。这是一座古韵犹存的城市。我们一行中午时分刚到达爱丁堡，我就迫不及待地取出相机隔着餐厅临街的大玻璃窗拍摄爱丁堡旧城区街头古色古香的教堂、大楼……

小徐笑着劝阻说：吃过中午饭，我们就去卡尔顿山，那是爱丁堡的制高点，离这里仅五分钟路程！

的确如小徐所说，登上卡尔顿山顶，爱丁堡新、旧两城尽收眼底，著名的爱丁城堡上的炮台及城堡上飘扬着的旗帜清晰可见。在山上，一座建筑物引起我的兴趣，让我联想起希腊雅典帕特农神庙。小徐告诉我那是苏

苏格兰国家独立纪念碑

苏格兰的首府——爱

格兰国家独立纪念碑，原本是英格兰人还在修的一座仿雅典帕特农神庙的建筑，可没有等到修建完毕，苏格兰军队就赶走了英格兰人，于是就将这已经竖立起来的石柱作为自己的纪念国家独立的纪念碑，也算是对侵略者的一个讽刺吧！小徐介绍说：它实际动工的时间是在英格兰与苏格兰合并后的1826年，它是英国政府为纪念英国领导的反法联盟在战争中获得的胜利而建。只是因为"材料过于优良"，预算严重超标而停工，最后干脆按照当地苏格兰人的意愿将业已竖立起来的一排石柱定名为"苏格兰国家纪念碑"，保存至今。

　　小徐的讲法显然有错，既然苏格兰国家纪念碑是建于"联合王国"建立一百多年后的1826年，就不存在苏格兰将英格兰人赶跑后如何如何这一说。但对官方的说法我也有疑问：仿帕特农神庙的建筑既然是"联合王国"成立一百多年后动的工，出现烂尾工程，未免太有损"大英帝国"的脸面。在欧洲，一座教堂建它两三百年不足为奇，像德国的科隆大教堂、巴塞罗那的圣家族大教堂。我以为，仿帕特农神庙建筑的停建，它被定作

"苏格兰国家纪念碑",都是英格兰人(联合王国政府)与苏格兰人斗争妥协的结果,与苏格兰民众对国家本质的理解、对独立的强烈期求是脱离不了干系的。

苏格兰是由一大批性格倔强、勇敢无畏的人组成的伟大民族,即使是在罗马人公元1世纪大举入侵大不列颠岛时,罗马人也奈何不得大不列颠岛北边的苏格兰人。早在公元9世纪,苏格兰人就有了自己的王国。面对英格兰人的入侵,苏格兰人从来没有屈服过,为了民族的独立、国家的安宁,苏格兰人先后同入侵的英格兰人进行了两场独立战争。1707年苏格兰合并到"联合王国",三百年了,苏格兰至今还没有放弃建立独立国家的理想与追求。

随后游览的爱丁城堡,坐落在一处三面是陡峭的山崖的高岩上,这让我又一次联想到希腊雅典的雅典卫城。我想:人们称呼爱丁城堡为"北方雅典",是否就是这些原因呢?和伦敦的温莎城堡大不一样,这里没有王家的豪华殿堂、名家油画和古玩珍宝供人观赏,一些大厅被辟作战争博物馆向人们讲述千余年来苏格兰人为保卫家园、争取国家的独立与领土完整所进行的艰苦卓绝的斗争。油画大多表现战争的场面。有幅油画上,指挥官挥舞军刀高喊冲锋的口号站在队伍的前头,战士们个个英勇,毫不退缩,冲锋队伍中一位正鼓起腮帮子使劲吹奏的风笛手的形象非常显眼。有个展室,一进大门,迎面的油画上,一位将士在战马上挥舞战旗,旁边的文字介绍了这位将士在战场勇敢杀敌,最终将敌军阵中的军旗缴获的过程。还有几幅油画反映的是一个爱丁堡人在敌人入侵前收藏国宝,待外敌被击退后又将国宝成功取出的场面。这些,都给我留下了深刻印象。展厅更多展示的是一些锋利的刀枪剑戟、盔甲与战袍,足够观光者们想象并体味苏格兰将士们的英勇善战和坚韧顽强。城堡的各个重要位置都设立了炮台,炮身铮铮发亮,炮口怒指蓝天,让人觉得它们都不是展品,而是一旦有需要随时就可投入战斗保卫家国的利器。在整个爱丁城堡,即使没有城堡大门上苏格兰的国徽与建筑物上高高飘扬的白底的苏格兰国旗,你都

苏格兰城堡

城堡上的炮台

会强烈感受到："苏格兰"三个字就是爱丁城堡的一切。一个民族曾经遭受到的屈辱与痛苦、千百年来为自由与独立所进行的卓绝的斗争与牺牲，是刻骨铭心的！

从城堡步行往下，很快就来到了繁华的街区。在一幢门锁紧闭的大楼前，一位身着传统苏格兰裙服的男青年正在吹奏风笛，乐声悠扬婉转。过了好一会儿，男青年都没有停歇的意思，还踮起左脚的脚跟，

吹风笛的苏格兰人

足尖一起一落击打着地面，有节拍的声音清晰可辨。我曾在小沈阳身着苏格兰裙表演小品《不差钱》后，留意了有关苏格兰裙的信息，得知：苏格兰方格裙起源于一种叫"基尔特"的古老服装，1707 年苏格兰与英格兰合并后，苏格兰人坚持保留这一标志着本民族文化的服装，某种意义上表达了他们对英格兰人统治的反抗。1745 年，英国汉诺威王朝在镇压了苏格兰人的武装起义后，下达了英国历史上著名的"禁裙令"，违者将被处以监禁或放逐。苏格兰人为此展开了长达三十多年的斗争，最后于 1782 年迫使汉诺威王朝取消了"禁裙令"，为自己赢得了穿裙装的权利。

裙服、风笛，还有苏格兰威士忌，我从它们身上突然明白了苏格兰人坚守的深刻含义！

在爱丁堡吹风笛的苏格兰青年身前，我第一次用欣赏、赞美的心态去面对格子图案的苏格兰裙服。此刻的我，风笛青年身前的我，蓦地想起我曾经了解的一些属于苏格兰的伟大姓名，这是一些令举国为之骄傲的伟大人物：

瓦特，蒸汽机的发明者；

迈克里奥德，胰岛素的发现者；

贝尔，电话的发明人；

弗莱明，发现了青霉素；

辛普森，麻醉剂氯仿的发现者；

亚当·斯密，现代经济学的奠基人；

……

在中国，"文武双全"是用来赞美出色人才的。苏格兰民族就是由一群这样的人组成的。他们怎么能不渴望有朝一日独自在世界舞台上发出自己的声音，表达自己的意见与诉求呢？

一路上，爱尔兰旅行归来再次回到伦敦，我始终想着苏格兰。每一天，我都在留意有关苏格兰公投的报道。我也没有少与一直陪伴的小徐交谈，谈得多了，我对苏格兰公投独立的事情也日渐坦然。我想：生活在英伦三岛的"联合王国"人应该比我更了解苏格兰与英格兰之间近千年的民族矛盾与斗争、他们之间的爱恨情仇，应该比我更了解苏格兰人渴望建立独立自主国家的心情。

如果不是这样，1998 年，英国政府就不会根据 1997 年时通过的公民投票决议，公布恢复苏格兰议会的"苏格兰法案"。根据这一法案，苏格兰在时隔三百余年后又有了自己的议会，苏格兰地区大部分事务——包括独立公投这样的军国大事——从此可由苏格兰人自己的议会来决定。

如果不是这样，现任英国首相卡梅伦就不会与苏格兰首席部长签订有关公投的《爱丁堡协定》。"联合王国"的多数领导成员包括首相卡梅伦，尽管不主张、不希望看到苏格兰离开，但一再表示尊重苏格兰人民的决定。

没有暴乱、没有恐怖活动的发生，在事关一个国家的前途与命运的大事上，更多的是理解与相互商议，在苏格兰是否独立的事件上，英国人的绅士风度又一次得以表现。

从媒体上，我所得到的信息是："联合王国"的众多决策人和公众人物仍然没有放弃对苏格兰人的挽留，他们力图在有限的时间里说服苏格兰人。在一份英国报纸上，我就看到了有关布朗先生对苏格兰独立一事的态度与所做工作的评论。但不管人们怎么去预计、去猜测，苏格兰脱离"联合王国"而独立是有可能发生的事情。

一路上我和旅伴分析了苏格兰独立可能对"联合王国"产生的影响：那一天如果真的到来了，将宣告"日不落帝国"的陨落，这也许是历史的必然。

"日不落帝国"时代的大英帝国曾经用自己的坚船利炮征服近半个地球。盛极必衰，继众多原英属殖民地纷纷独立后，而今大不列颠本土的被"合并"国家也要来与"联合王国"的女王议论独立问题。日后，说不定还有更多英联邦国家与你说"拜拜"哩！唱衰大英帝国的人们是希望看到苏格兰实现独立的。

但当今世界还是需要有更多一些负责任的大国存在。因此我想：如果苏格兰人有充分的自主权利，能与英格兰民族一起享受建设的成果，与英格兰人、北爱尔兰人、威尔士人一起以"联合王国"的名义为世界和平与发展贡献自己的力量与智慧，就像当年的瓦特、弗莱明那样，世界人民是会乐见其成的。众人拾柴火焰高，集体的力量是强大的，不然，数十个东西欧国家就没有必要统一货币、组建欧盟。国土并不辽阔、人口并不众多的"联合王国"，不会不明白国力强大对于自己民族与国家的意义，试想如果没有苏格兰人、没有发明蒸汽机的瓦特，英国工业革命会是个什么模样？二战最艰难的时期，没有苏格兰，"联合王国"如何经受得起德国法西斯的狂轰滥炸？而今联合国"五常"之一的"联合王国"内更是需要苏格兰，欧盟集团里核心成员"联合王国"里也不能失去苏格兰的力量！更何况，当前正处于经济复苏关键时刻，苏格兰独立的折腾，对"联合王国"无异于雪上加霜！相信所有"联合王国"人，心里都明白这其中的利害。

只是，对"联合王国"充满善意的我，十多天来有件事一直如鲠在喉，很想一吐为快。在英国生活多年的小徐在介绍英国历史时说：英国的国徽上有一头代表苏格兰的独角兽，其身上至今仍悬挂着一根长长的铁链，那是当年实现征服后，英格兰统治者歧视苏格兰的标志。回到国内，我向北京的朋友李晖请教，李晖的解释与小徐正好相左：鉴于独角兽与狮子自古以来就是天敌，且独角兽异常凶猛，它是不能与狮子相处一室的，"联合王国"国徽上让独角兽戴上链条，是没有一丝一毫歧视苏格兰民族的意思的。我想，这解释也许是对的，不然，倔强的苏格兰人是绝不会容忍这一徽章存在三百来年的。

我只是觉得，无论苏格兰日后独立与否，"联合王国"国徽是必须立即改正的，如果国徽上的民族歧视元素的确存在的话。

翠叶藏莺爱尔兰

　　几十年了，总听人说英国，只差耳朵没有起茧；但对与英国紧邻的爱尔兰，我们却了解很少。这究竟是因为爱尔兰的韬光养晦，还是我的孤陋寡闻？得知此次英伦之行可以让我与爱尔兰零距离接触，我很高兴。

　　我们英伦三岛之旅是从伦敦开始的，逛过了五光十色的伦敦，游览了古韵犹存的爱丁堡后，大巴驶入爱尔兰，我所感受到的是她的独特风格：这里的绿，这里的静，这里田园牧歌式的格调。

　　说到绿，大不列颠岛难道不也满是绿色？我的相机可没少拍摄一路过来绿色原野的景色。而爱尔兰的绿意较之大不列颠本岛更加浓郁。在大不列颠本岛，坐在大巴里尚可瞧见大路两旁的草地和农田，而进入爱尔兰，绿地都被密密的灌木丛和隔离林带遮挡得严严实实，一百多公里的路程，我们的大巴似乎是在公园里的绿色长廊中行进。等到大巴将我等带进鲍沃斯考特庄园这座同时具备王家园林气质和国家级植物园实力的园林，等到我得知这个面积仅仅 7 万平方公里的国家拥有 400 多座高尔夫球场，我心里就"新西兰""新西兰"地念了近十遍了！

　　爱尔兰，你难道不也是"人类最后一处净土"！

　　且莫笑话我一进入爱尔兰就将她比作我十分喜爱的新西兰，我甚至还这么想：她俩一个在东半球的东南角上，一个在东半球的西北角上，遥相呼应，这是否是上帝的有意安排，想通过她们提高人类对绿地的呵护与珍惜？

和新西兰人一样，为了保护绿草，也为了牛羊每天都可吃到鲜嫩的草，爱尔兰人也用灌木将偌大的草场一块一块分别隔开，不仅美观，而且让草场更有立体感。爱尔兰的草场与新西兰比较，差别也是有的：新西兰更多表现的是她的精致，她的一丝不苟、无可挑剔，草场一块与一块相比，甚至可以让你觉察到它们成色的不同；爱尔兰的草场则有一种粗放、大气、深沉的美。在我的眼中，她们都是清纯可爱的美少女。

鲍沃斯考特庄园位于都柏林南部威克鲁山区，始建于18世纪，占地近300余亩，是几个世纪、几代不同家族的人们与大自然共同完成的园艺杰作。庄园里，远山近湖，错落有致，高大的橡树与艳丽的杜鹃交相辉映。刚与精美的意大利风格石雕擦肩而过，不觉又步入幽雅的日本风格庭院，感叹之余，我竟怀疑自己是否来到了传说中的伊甸园中。

英伦三岛的纬度比中国最北端的漠河还高，凭我的想象，大不列颠与

鲍沃斯考特庄园一角

爱尔兰岛一年里一定有许多天的气温达零下二三十度，奇花异草应与这儿没有"缘分"。来到鲍沃斯考特庄园方知自己错了，因墨西哥湾暖流的影响，即使寒冬，这儿也不过零下三四度，明白这一点，我对于眼前所见到的如同楠竹般"抱团"生长着的高大的树、红花比绿叶还要繁茂的树，还有多在热带与亚热带生长的棕榈科类的树，就不觉得奇怪了。爱尔兰人称呼鲍沃斯考特庄园为"爱尔兰花园"，显然是因为通过鲍沃斯考特庄园可以更生动、更真切地了解爱尔兰，我从而对世人将爱尔兰称作翡翠之岛表示理解与认同了。

多少年来，人们更多是赞美新西兰，说那儿是人类最后一处净土，而忘却远在西欧的这又一片净土。大巴里的我一开始将这一切"罪责"归咎于"联合王国"，以为是声名显赫的"大英帝国"这金玉屏风遮挡住了她，是"大英帝国"有意无意间"金屋藏娇"。

……

　　　翠叶藏莺，珠帘隔燕。炉香静逐游丝转。
　　　一场愁梦清醒时，斜阳却照深深院。

好一个"翠叶藏莺，珠帘隔燕"！北宋诗人晏殊描绘春暮夏初自然景色的诗句，恰到好处地表达了从"大英帝国"辗转来到爱尔兰的我此刻的感受，一时间里，我陶醉于眼前诗一样的图画、诗一般的氛围。

其实，启程之前，我在浏览有关爱尔兰的信息时并未在意其环境之美，以为青草绿树在西欧到处都是。我较多关注的是爱尔兰的历史，爱尔兰人的凯尔特人血统。我想弄明白二战前拥有世界各地多个殖民地的"大英帝国"何以在1922年时容忍"卧榻之侧"的爱尔兰独立？来到爱尔兰，首都都柏林许多条以爱尔兰民族独立运动领导者命名的街道，还有这些爱国领袖的雕像，无言地告诉我发生在百年前的那场斗争。但有关爱尔兰人与英格兰统治者斗争的更多往事，爱尔兰人没有刻意向我提及。像我

圣三一学院图书馆

健力士黑啤展览馆

在苏格兰的爱丁堡所见到的，有战争博物馆、国家独立纪念碑……倒是都柏林的圣三一学院、健力士黑啤酒厂让我从另一角度了解了爱尔兰。

圣三一学院是世界排名 100 强之内的名校，与剑桥、牛津齐名。它早在 18 世纪就初具规模，爱尔兰第一任总统道格拉斯·海德就是这所学校的校友，诺贝尔奖得主物理学家欧内斯特·沃尔顿、诺贝尔文学奖得主萨缪尔·贝克特，以及《格列佛游记》的作者乔纳森·斯威夫特、唯美主义作家奥斯卡·王尔德都毕业于这所名校。学校的图书馆我似曾相识，电影《哈利波特》展现过它的尊容。最值得骄傲的就是它的藏书了，一本中世纪时用拉丁文手抄的《凯尔特经典》显然是这里的"镇馆之宝",这里还收藏有初版的莎士比亚著作、17 世纪弥尔顿诗歌的手写本、1687 年在伦敦出版的牛顿的《自然哲学的数学原理》第一版,甚至包括牛顿赠送给圣三一学院的一块怀表……

圣三一学院告诉我,爱尔兰人作为曾经被视作"蛮族"的凯尔特人的后代,具有勇猛、顽强的性格,同时也崇尚文化,追求知识与现代文明,有充分的能力攀登人类科学的高峰,并达到光辉的顶点。人们称呼爱尔兰为"学者之岛""科学家之岛",显然是因为他们充分了解、看到了这一切。

在健力士黑啤展览馆,我所感受到的是爱尔兰人的智慧在工商业经营管理上的精彩表现。两百五十年前,爱尔兰人阿瑟·吉尼斯以一年 45 英镑的价格租下都柏林一家很不景气的啤酒作坊,从此翻开了健力士黑啤厂飞跃发展的新篇章。经过阿瑟·吉尼斯的大胆创新经营,工厂很快得到发展,时至今日,健力士黑啤成为爱尔兰销量最大的品牌,行销 150 多个国家,在世界有 50 多个分厂。我所前往参观的是主人用旧厂房改造的展厅,共计 8 层。下面的数层分别向人们展示了健力士黑啤的生产工艺:酿酒用的纯净水、麦粒和啤酒花都有实物在展厅展示,甚至展出木桶的材料与制作过程。展厅的最高层是健力士黑啤的品尝大厅,进入大厅的所有参观者都可凭门票得到一大杯新鲜的健力士黑啤,从不沾酒的妻子也在这儿留下了她端杯饮酒的"倩影"。整个展览活动运用了现代声光技术,人们在参观过程中绝不会觉得乏味,始终会是兴趣盎然。看到各个不同楼层里参观的人摩肩接踵、熙熙攘攘,我不禁对健力士人的精明由衷赞叹:前来参观须用十多欧元、约 130 元人民币购买门票,健力士人为自己的产品做了广告,不仅不用自己花钱,而且可从参观活动中赚取可观的利润。我接着又了解到,在中国妇幼皆知的"吉尼斯世界纪录"评选活动就诞生于健力士黑啤酒厂,是他们的一位经理在一次无所收获的打猎活动中突发奇想的产物。健力士黑啤走向世界莫不就是从这一天开始的?此刻,我不能不对面前的健力士人刮目相看了。

　　曾经去过德、法、意、比利时等许多西欧国家的我知道，对于西欧人来说，生产啤酒就像我们中国人做豆腐香干一样简单，仅一个小小的比利时就生产500多种品牌的啤酒！来健力士黑啤展览馆，刚进门时我还有些心不在焉哩！以一斑窥全豹，通过健力士人，我了解到爱尔兰人如何将自己的知识与智慧用在工商企业的经营与管理上。整个爱尔兰，正是因为拥有成百上千健力士人这样精明的经营者与企业家，他们才拥有人均GDP达47000多美元、世界排名16、超过日本、与美国接近的值得骄傲的成就。本想再多收集一些材料——爱尔兰信息产业的情况、医药工业的生产情况等等，以向同胞们介绍爱尔兰何以被誉为"世界发展最快的国家之一""欧洲小虎"，但来过健力士黑啤展览馆，我以为仅仅一个健力士黑啤酒厂就足以让人们明白许多了！

　　谈及"学者之岛""欧洲小虎"，我又要埋怨"伟大"的"联合王国"了，以为是她的高大身影遮盖住了爱尔兰——这是玩笑！其实，人还没有离开爱尔兰，我心里已经在责怪自己了：如果我早一点来到爱尔兰……

　　嗨！一场愁梦清醒时，斜阳却照深深院。

同情，更应该是钦敬

——华沙旧城区巡礼

几次去欧洲都没有能去波兰，心里总觉得缺了些什么。这一次，明明知道旅行计划书上有我曾经去过了的匈牙利、捷克与奥地利，我仍然在旅行社报名交了费，因为，旅行线路上有一个名叫波兰的国度。

印象中波兰是一个悲情色彩十分浓厚的国家。曾经三次被列强瓜分、一百二十三年消失在世界版图上不说，二战爆发之初，希特勒军队发射的第一颗炮弹就落在波兰国土上，那是 1939 年 9 月 1 日。9 月 17 日，苏联又出兵波兰东部地区，据守的波兰军警 25 万人战败被俘，随即发生 22,000 名波兰精英被秘密杀害的"卡廷惨案"。二战期间，因战争死亡的波兰人共计 650 万，为法国的 30 倍。即使是到了二战过去六十五年后的 2010 年的 4 月，以波兰总统卡钦斯基为首的波兰代表团为出席纪念"卡廷惨案"的活动前往俄罗斯的斯摩梭斯克，结果又遭遇飞机坠毁事件，包括总统夫妇以及国家安全局局长、外交部副部长在内的多名波兰政要在空难中丧失生命……

"幸福的家庭都是相似的，不幸的家庭各有各的不幸"，当今世界像波兰这样不幸的"家庭"，你能找到第二个吗？

　　我的确是怀着满腔的同情心进入波兰并下榻在华沙的。当晚，先是听同房的魏先生说了华沙大学生在二战爆发前对华沙旧城进行测绘的故事，很有些感动。第二天，去了华沙旧城一瞧，波兰人在我心目中完全变成另外一种模样：高大、英勇、顽强！此刻，我忽然明白，同情心固然是人类的一种美德，但被同情者在同情者心目中的形象大多都是弱小的：身材的孱弱、性格的懦弱或者命运的多舛……对于眼前的华沙，"同情"二字务必暂且收藏，给予眼前华沙人乃至波兰人的首先应该是敬重、钦佩！

　　这一天，我们一行直奔旧城区的札姆克约广场。广场中央有一座手持十字架的雕像，它是为纪念迁都华沙的首倡者泽格蒙特三世而造；一旁是雄伟壮丽的旧王宫，1971 年经过重建整修，现在作为博物馆对外开放。很快，我们一行商定以广场为中心点，先是东、再是北、最后是向西，顺着石砖大道各自步行三个来回，游览了旧王宫附近的圣十字教堂、肖邦公园与华沙大学等多个景点，观赏了城堡、箭楼、教堂和许多"洋楼"。一个多小时的游览无异是一次各种欧洲风格建筑的巡礼，仅就教堂而言，除

札姆克约广场上的旧王宫

重建后风格各异的教堂

了我们在一些西欧国家常见的哥特式、巴洛克式、文艺复兴式的之外，还有东正教风格的！没有车马的喧嚣，没有让人炫目的金碧辉煌，也没有我所下榻的华沙新区苏式大板房的单调，我所领略、享受到的是华沙旧城优雅的风度、深沉的内涵。

离开札姆克约广场，大巴不一会儿就来到集市广场。这与许多欧洲都市的广场没有太大的区别，三四厘米见方的麻石铺成的坪地，四周是一律四五层高的色彩各异的楼房，有的楼房底层建有临街的游廊，几乎都有带窗的阁楼。让人赏心悦目的是，这里楼房外墙上的装饰似乎更加精致、美观。有的在窗与窗之间的白色墙面绘上精细的图案；有的在房

美人鱼铜雕

比较我别处所见的广场，这里楼房外墙上的装饰似乎更精美、别致一些

梁之下、石门拱顶两侧的石柱上设置了生动的雕饰；还有的干脆就在墙面之上配上一组人物浮雕，所表现的有可能是某个有趣的神话故事……

让人们留恋难舍的还有广场中央的美人鱼铜雕。与我在丹麦见到的那温柔善良的美人截然不同，眼前鱼尾人身的女孩右手握剑、左手持盾，英姿飒爽，是波兰人民英勇不屈精神的象征，波兰人通过广为流传的卫国卫家、与侵略者英勇作战的英雄故事寄托着自己对自由和幸福的渴望。

旧城的游览如同我往昔在比利时市政厅广场、慕尼黑市政厅广场、巴黎协和广场游览一样，虽然辛苦，但十分惬意，直到我回到集市广场的入口，看到街边所展示的两张旧照片，我方才醒悟：自己一上午所参观的札姆克约广场、眼前的集市广场与比利时的市政厅广场、慕尼黑市政广场相比较，虽然规模、格局大致相仿，但它们的"命运"是大相径庭的。华沙的两个广场在严格意义上说是战争遗迹，七十年前，这儿连同整个华沙都是一片废墟！

面对希特勒的入侵，波兰人不是没有抵抗；恰好相反，波兰人民从战争一开始就进行了顽强的反抗，他们在战争初期所付出的牺牲远远超过别的一些欧洲国家，包括一些经济、军事力量比波兰强大许多倍的欧洲大国。其中，保卫首都华沙的战斗最为惨烈。当时，希特勒的第十集团军的两个装甲师冲到了华沙郊外，因为没有步兵跟随，遭到华沙军民的殊死抵抗，进攻一时受阻。此刻，明知自己已被德军重重包围的波森兵团司令库特尔齐亚将军决定向南进攻德军主力的侧翼，这次英勇果敢的波兰反攻，即所谓"布祖腊河之役"，不仅吸引住了德国第八集团军，以及第十集团军一部分，还逼迫希特勒慌乱中从北方战区召回第四集团军的一个兵团。恼羞成怒的希特勒决心报复华沙人，扬言"把华沙从地球上永远抹掉"，下令对华沙城区实施狂轰滥炸，华沙瞬间成为一片焦土，90%的老城区建筑被毁，86万居民丧生！

给华沙以重创的还有发生在1944年的德军对华沙起义的疯狂镇压。在开始于1944年8月1日的华沙起义中，波兰军民孤军奋战达65天之久，有大约18,000名军人和超过250,000名华沙平民在战斗中死去，战火熄灭之日，整个华沙仅剩下1500名居民，华沙城区可供人们栖身的房屋几近无处找寻！

1945年5月华沙解放，波兰人民所面临的第一件工作就是华沙的恢

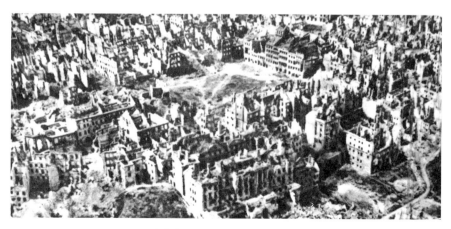

战争中断壁残垣、满目疮痍的华沙

复重建。早在 1938 年，当华沙人民了解到战争爆发的危险，一些华沙大学建筑专业的大学生走街串巷对华沙的城市建筑与街道进行测量，并绘制出一张张效果图，工作做得异常仔细，还抢在战争爆发之前把这些资料藏到绝对安全的山洞里。面对眼前的断壁残垣，当时有人这样悲观地认为："华沙不会重现人间，至少百年之内没有希望。"因此有许多人建议在废墟上修建新的居民住宅和写字楼，苏联专家则建议在华沙市中心仿建一座莫斯科红场，可华沙人坚持要按战争前的原样恢复建设华沙旧城。华沙大学的师生藏在山洞里的旧城图纸进一步激发了华沙人恢复旧城的决心与意志，他们纷纷上街参加集会、游行以表达自己的意愿。当华沙人民的意见得到波兰政府的首肯，华沙人纷纷寻找出保留在家的所有反映华沙旧城风貌的照片和图画，将其一一展示在华沙的主要街道两旁，供华沙大学的学生绘制施工图纸使用。很快，一张张建筑物与街区的施工图纸与效果图绘制了出来，重量竟然达到 500 多吨！不久，30 万业已移居国外的华沙人纷纷回到华沙，争相投入华沙旧城的恢复事业，有钱捐钱，无钱出力，不计报酬地从事义务劳动，很快形成了一股席卷全国的爱国热潮。在华沙人民艰苦卓绝的努力下，共计 900 多座中世纪风格的华沙古建筑，包括我在前面看到的王宫、城堡、教堂、学校、雕塑和各种风格的大楼先后重现人间。在重建过程中，华沙人坚持修旧如旧的原则，所有建筑一律坚决保持原有风貌，甚至做到了连战争前存在于某座建筑上的裂缝也依旧保留，致使联合国也不得不改变不给重新建设的"古代建筑"颁发"世界文化遗产名录"证书的常规做法，于 1980 年将"世界文化遗产名录"证书颁发给了华沙！有专家发出这样的感叹："除却华沙因毁于战火而复古重建外，全世界几乎再没有古城重建成功的案例了。"华沙人在旧城重建上的努力给同样面临旧城恢复建设工作的其他欧洲国家以启示，后者将华沙人在华沙旧城重建上所表现出的爱国热情称之为"华沙速度"与"华沙精神"！

这一切，包括联合国"世界文化遗产名录"的颁发，都是给百万华沙市民的极大肯定与褒奖！

二战胜利已经七十年了，莫斯科红场阅兵前夕，来到华沙的我看到华沙人仍旧没有停止对旧城的修缮和维护。

瞧着仍在修缮中的一幢幢楼房，看到正埋头工作的工人们，我心头涌上一股热流，眼角被泪水湿润。此刻的我，眼前浮现出欧洲大地一座座正在修建中的教堂的画面：德国的科隆大教堂——世界第二高的大教堂，经过六百年数十代基督徒们的努力终于竣工，可修缮工作至今还没有停止，两次去过科隆的我都因为教堂修缮工作在进行中，只能仰起头一睹教堂的外形作罢；西班牙巴塞罗那的圣家族大教堂——著名"疯子"建筑家高迪的代表作，动工于 1882 年，一百多年了，工程一直在进行！华沙旧城也在建设与修缮中，七十年了，华沙人似乎还没有停歇的意思⋯⋯

500吨图纸多么沉，

"沉"不过华沙人对祖国的爱！

手中的彩笔精心地描啊，

建筑物外的栏杆与覆盖在建筑物上的尼龙布告诉人们，旧城区的恢复工作仍然没有停歇

　　那是缝合母亲心灵创伤细柔的线。

　　美丽的古城，华沙人心中的耶稣，

　　烈火中涅槃，儿女们矢志必成的心愿！

　　沥血呕心七十载啊，

　　神谕：

　　还给你华沙民安国泰一千年！

　　……

　　写过近五十余万字旅游文字的我，第一次"憋不住"想用诗句来表达自己此刻的感情。在华沙旧城的恢复建设上，我感受到华沙人的顽强与执着，我听到了对祖国无比热爱的华沙人心底深处的猛烈心跳。在世界的许多地方，找一个、两个、十个、百个爱国者乃至英雄并不困难，像波兰这样，整整一个国家的人民对家乡表现出这样的感情——战争前，按照原貌事先绘制出城市建筑的图纸，在战争中前仆后继对侵略者拼力抵抗，面对夷为废墟的家园执意按照原貌重建、并为重建工作做出巨大牺牲——古往今来，这样的波兰人、这样的华沙人何处寻找？

写它，手中的笔多么沉！

——探访波兰奥斯维辛集中营

第二次前往东欧，为的是能在二战胜利七十周年前夕实现我盼望已久的波兰之旅——探访奥斯维辛集中营。可旅行回到家乡，我写捷克、写匈牙利的文章都相继完成，却迟迟未能提起手中的笔书写波兰，这笔握在手中一时重若千斤。

驱车告别华沙，我们的大巴直指南边 250 公里外的克拉科夫，她是 14 世纪时波兰的国都。前来克拉科夫旅行的游客显然比来华沙的多，游客在洋溢着中世纪风采的广场上争相乘坐马车的场面，即使是在华沙旧城我也没有遇见过。这里王宫的阔气与城堡的壮美时时在提醒人们昔日波兰国都的辉煌，其实，更值得克拉科夫骄傲的是她曾是欧洲文

王宫与城堡时时在提醒人们昔日波兰国都曾经的辉煌

在洋溢着中世纪风采的广场上乘坐马车

春风满面的波兰年轻人

盐矿教堂、岩盐壁上《最后的晚餐》的浮雕

化和科学中心，著名的天文学家哥白尼就是在这座城市接受大学教育，这里有当时欧洲排名第六的高等学府——雅盖隆大学。在这座城市里，大学师生的人数是整座城市总人口的五分之一还多！在维斯瓦河堤岸或是中心广场漫步的青春靓丽的青年，想必多是在这里就读的大学生吧！瞧着满面春风的他们，我这样猜想，并偷拍了好些照片。

旧都的附近有一座具有七百年历史的维耶利奇卡盐矿。盐矿开采了9层，供游客观赏的仅为上面的3层。为了方便视察和参观，早在1744年，人们就在矿井内兴修了楼梯通道，在离地面130多米深的盐道上建起了世界上罕见的游览胜地，有博物馆、娱乐大厅，且保留了盐湖、祈祷堂和矿工们劳动场面的原貌。我们一行如同在地面的基督教堂那样，观赏到保罗二世的盐石雕像，还有岩盐壁上《最后的晚餐》浮雕以及一些表现《圣经》故事的作品。当听说这些精美的雕刻作品均出自盐矿工人之手时，我们情不自禁地交口赞美。1978 年，维耶利奇卡盐矿被联合国教科文组织列入世界遗产。

奥斯维辛集中营遗址在克拉科夫西南方向 60 公里地的小城奥斯维辛旁。我们一行是在游览完克拉科夫和维耶利奇卡的盐矿才探访奥斯维辛集中营的。越往前行，心跳的频率越快，对奥斯维辛集中营的恐怖早有耳闻的我颇像一名即将进入手术室的病人：既想早早进入手术室完成有望治愈自己伤病的手术，又为可能出现的不测而紧张。

与克拉科夫古朴典雅的气质、维耶利奇卡的盐矿所洋溢的乐观积极的气氛形成鲜明对照的，是奥斯维辛集中营的冷酷与虚伪。集中营的大门门楼上的德文横幅是"劳动为你换来自由"，门边木牌上的一张老照片所表现的是昔日纳粹给初到集中营的人们演奏交响音乐以示庆贺的情景。不待波兰导游介绍完毕，当时的我就想吐。我记起自己曾经了解到的纳粹以同样的方式将无数犹太人骗进毒气室的事。为了提高屠杀效率，改善受害人进入毒气室的秩序，纳粹就在毒气室外制造一种温和、友善的假象：摆上鲜花、种上绿草，还让白衣少女站在门口演奏乐曲，让排队前来的人们误以为等待他们的将是久久盼望的一次舒适的洗浴……刚迈入奥斯维辛集中营的大门，我就感受到了一群恶魔对于生命的蔑视与嘲弄。

在我们首先探访的一号集中营区里，分行排列着 28 幢砖房，颇有些像我在上世纪六七十年代见到过的货运公司的旧仓库。而今作为博物馆，这些房间有些仍按牢房原

所有被押送到奥斯维辛的人就听凭图中这纳粹军官当场决定自己的生与死

"死亡墙"，有7000人在此被枪杀

样以展示被关押者当时的生活情景，一些则作为陈列室分别展示纳粹残害被关押者的罪证：有纳粹使用过的毒气罐，有被关押者的衣物、行李。让我感到揪心疼痛的是那一束束卷曲的头发、没有了镜片的眼镜架，还有脏分分的鞋子、残疾人用的假肢……

这些来自被关押者的头发、眼镜架、假肢成堆，像小山似的陈列在高至房顶的大玻璃柜中，透过这一个个眼镜架、一副副假肢、一双双鞋子，我看到的是被纳粹所杀害的成千上万有血有肉的生命，耳畔鸣响着一个个冤魂的愤怒控诉。

据调查，集中营自1940年4月建立到1945年1月被苏联红军解散，五年间，有150万被羁押者被纳粹德军残忍杀害！其中有90%是犹太人、苏联红军战俘、波兰知识分子，还有来自三十个国家的平民。就是说，纳粹在集中营存在的56个月里，平均每个月杀害2万人，1942年后的几年时间里，平均每天有6000人在集中营里遇害。1945年1月，当苏联红军解放奥斯维辛集中营，营里仅剩下7000条孱弱的生命，里面用人发编制的毛毯竟然有14000条！

人类因领土、财富、宗教、仇恨而出现的相互厮杀，几千年中一直没有停止过，可在奥斯维辛集中营里，没有天理、法规可言，没有对生命最起码的尊重，有的只是虐杀与摧残！奥斯维辛集中营根本不是为战争服务的集中关押敌方人员的场所，而是一座不折不扣的杀人工厂！

二号营区在离一号营区不远处的一片开阔地上，那里有供集中营使

LEOKADIA RAJSKA
26006
Polka/Pole, ur./born 04.12.1893
deportowana/deported 27.11.1942, zginęła/died 19.12.1942

所展示的遇难者的图片资料，他们的姓名、年龄后面的数据表明他们进入集中营的时间与死亡时间……

用的专用铁路，被羁押者大多是从外地乘火车先在这里集中，然后被分别安置于根据他们的性别、年龄、身体状况决定的某个营区。就是说，刚刚走下火车，被羁押者的命运——或立即送往死亡营、骗入毒气室死去，或先从事一段时间的苦役再被处决——就在这纳粹军官一摆手间给决定了！一号营区，在 11 号营房与 12 号营房之间的坪地里有片"死亡墙"——这名字是后来的人给起的，当年纳粹就在这墙前不经审讯枪杀了 7000 多人！一次可同时绞杀 40 人的绞架，就竖立在集中营的食堂门前。杀人对于纳粹如同儿戏，是他们随意用来威慑他人、消灭异类的手段。一号营地与我们即将前往探访的二号集中营共设有 5 个焚尸炉，自 1942 年 1 月 20 日举行的万湖会议通过"犹太人问题最终解决方案"后，纳粹就开始实施对犹太人的种族灭绝大屠杀。分为三层的焚尸炉夜以继日，每一次焚烧 44 具死尸，仍难以跟上毒气室的进度。在一间展厅走道两边的墙壁上张贴着许多张死难者的照片，从他们上衣上所缝制的标记可以知晓他们多为犹太人，他们的遗像下有各自的姓名和年龄，从他们进入集中营的时间与死亡的时间上，我很快发现，他们在集中营存留的时间一般在两至三个月！

他们不是被枪杀、毒气致死就是被折磨死。在一间阴暗的地下室里，我分别看到一间仅仅一平方米和一间三平方米的禁闭室，纳粹经常惩罚性地在这里面分别关押 4 名或 40 名在押人员，被关在里面的人只能贴身站立，无需多长时间，他们不是因空气稀薄窒息而死，就是困乏而死！

在奥斯维辛集中营，有关纳粹罪行的材料说不完、道不尽，"罄竹难书"四字用在此处似乎都不够分量。如果让我再往下尽可能详细地述说一下毒气室内外惨不忍睹的情景，我不等述说完毕就会控制不住内心愤怒的情绪，对眼前纳粹军官的照片厉声怒骂：畜生！畜生！

在毒气室将受害者处死后，纳粹紧接着疯狂地在死者身上搜寻财物：撬开死者的口腔拔除金牙，搜走死者身上的戒指、耳环与项链。一部分熔化为金锭，一天所获金锭最高达 10 千克；一部分则送到柏林的当铺卖掉。因从死者身上所获金银首饰过多，以至于柏林的当铺拒绝接受。对于死者身上别的东西，可恶的纳粹也不放过：毛发编制毛毯，有纹身的皮肤制作灯罩，死者的脂肪制造肥皂，骨灰卖给农民做肥料……

除了我们探访的一号、二号营地，纳粹在波兰及欧洲其他国家境内还设有三十多个集中营，所有营地被纳粹杀害的在押人员都以数万计。这其中包括在德国布痕瓦尔德集中营被残杀后毁尸灭迹的世界著名的工人运动领导者、德国共产党主席台尔曼。纳粹还对在押的人员进行了活体实验、生物实验等多种骇人听闻、惨绝人寰的残害。在奥斯维辛集中营，我的确有过这样的念头：这些纳粹或许根本就不是地球人，而是从传说中的"潘多拉盒子"跑出来给人类制造灾难的恶魔！正是在此刻，我的脑海里浮现出另一些狰狞的面孔：日本的东条英机、岸信介以及他身后的一群军国主义者，还有在南京大屠杀期间杀人取乐甚至进行砍头竞赛的一群畜生！

在奥斯维辛集中营，唯一能缓解我沉重心情的仅有两个场景：一是在一号营地的探访即将结束时，我在营地外围的几幢小楼前看到一个绞刑架，这是二战胜利后专门为惩处在集中营作恶多端的纳粹罪犯设立的；第二个

二战胜利后对纳粹
战犯处以极刑的绞刑架

正在进行的纪念活动

场景出现在二号营地的遇难人员纪念碑前的坪地里，纪念碑前摆放的花束与长明灯告诉了我那里正在举行一场纪念活动。会场庄严肃穆，接二连三有人发表讲话，虽然我听不懂他们的话，但我们之间对纳粹罪行的声讨、对遇难者的悼念与追思是无须用声音来传达的，它刻写在我们的心底！

2015年是二战胜利七十周年，奥斯维辛集中营被苏联红军解放的时间是二战胜利当年的1月。在我们之前，欧洲许多国家的政要与平民相继前来奥斯维辛集中营凭吊遇难者、声讨纳粹罪行。其中有法国总理和卢森堡公爵。牢记历史、维护和平是世界各国人民的共同心愿。从这个意义上说，奥斯维辛集中营也是一个极好的大课堂。2005年1月24日，在联合国纪念奥斯维辛集中营解放六十周年特别会议上，德国外长根舍发言说："奥斯维辛代表了 20 世纪反人类的最大罪行，今天我们低头深深哀悼，这些罪行永远是德国历史的一部分。"德国外长的话从另一角度上说明了一切，德国作为二战的挑起者，对欧洲、对世界人民犯下了罪行，而今的德国政府能够不回避历史，既继承前任政府所留下的积极成果，也承担前任政府的罪责、纠正他们曾经犯下的错误和罪行，这对于国家今后的发展、改善与世界各国人民的关系、共同维护世界和平具有积极的意义。可我们国家那个"邻居"的现任政府却连对自己的"前辈"、对前任政府曾经有过的对邻国的侵略事实也不肯承认，只能说明它的骨子里还存留着法西斯恶魔的血和肮脏的东西。是不是应该来奥斯维辛集中营接受一下教育呢？我以为，是完全应该的！

谨以此文向奥斯维辛集中营的遇难者表示深深的悼念。

当我迈出"音乐之都"的大门

　　"音乐之都"，当然是指奥地利的首都维也纳。2015年4月重游维也纳，我似乎仍旧没有"掰"清弗兰茨·约瑟夫皇帝之前哈布斯堡家族与神圣罗马帝国之间的历史渊源，所收获的是对奥地利土生土长的音乐家莫扎特、施特劳斯，以及并非奥地利籍但在维也纳留下多部传世之作的音乐大师贝多芬的更多了解。这能怪谁呢？在维也纳霍夫堡皇宫前有座英雄广场，偌大的坪地上留给后人瞻仰的"英雄"仅仅两位：一位是卡尔公爵，一位是欧根亲王。"英雄"虽仅两位，广场上有几个游客能对他们的身世说出个子丑寅卯来呢！而在维也纳城内环城路附近一些街区，我们这些初来乍到的"老外"随便走走就可与贝多芬、莫扎特、施特劳斯、舒伯特等音乐大师"邂逅"，游人们见到他们就像见到了久别的亲人，一个个争相与之合影——这些当然是玩笑话，人们了解音乐大师是源于他们的艺术成就，源于他们广受欢迎、历久弥新的音乐作品。

　　"公爵现在有的是，将来也有的是，而贝多芬只有一个"——这是当年贝多芬针对几个拿破仑军官的非礼行为，给一位公爵的信中的一段话。维也纳街头"巧遇"大师贝多芬时，我的脑海里突然冒出它，帮助我解答了许多问题！

　　维也纳城内环城路附近一些街区，随便走走就可与贝多芬、莫扎特、施特劳斯、舒伯特等音乐大师"邂逅"

音乐会现场与音乐会宣传册

　　4月26日，一个星期天的夜晚，我与旅伴魏先生——一位收藏有百余盒古典音乐CD的北京大学82届毕业生，不顾白天车马劳顿之苦，一同迈入维也纳的音乐会大厅，实现了各自的在维也纳欣赏一场音乐会的夙愿。第二天一早，我们就开始了"东欧文化之旅"——这是魏先生的说法，而非旅行社的广告词。这位北京大学国际政治系的研究生对文学艺术颇有造诣，提起我们即将前往的匈牙利、捷克与波兰的文学家、艺术家，他就像介绍自己的同班同学那样如数家珍！

　　果然，待我从维也纳这"音乐之都"走出，还没有等到《拉德斯基进行曲》的旋律在我的耳畔消逝，还没有让我从昨晚音乐会上一段短笛演奏的《土耳其进行曲》带给的亢奋里平静下来，一些音乐大师的伟大姓氏就纷至沓来：

　　匈牙利的李斯特、捷克的斯美塔那、波兰的肖邦……

　　作为东欧文化之旅"微信朋友圈"的新成员，一路上我享受到了这样的"待遇"：一旦我们的团队迈入某东欧国家的国境，我的手机就会收到旅伴——岂止北大高材生魏先生，还有中科院某研究所的退休院士、北京电视台某专栏的主持人——发来的一些东欧音乐家的代表作的音频。在匈牙利是李斯特的《匈牙利狂想曲》，来到捷克是斯美塔那的《我的祖国》，抵达波兰华沙，就是肖邦的《C大调练习曲》了！音频之外，还附有网上下载的作者介绍与作品分析。我俨然成了音乐学院一年级学生，不是前来

圣十字教堂——这里安放着肖邦的心脏

旅游，而是前来实地观摩学习东欧古典音乐艺术！

对于肖邦这些东欧的音乐大师，我并非一无所知。陪着小孙女跑了七年钢琴学校的我，哪会不知晓肖邦的祖国就在波兰，李斯特的代表作是《匈牙利狂想曲》呢？去波兰旅行，我很快就了解到：波兰人最感到骄傲的不是他们国家的某个帝王将相，而是三位文化伟人，一位是哥白尼——天文学家，一位是居里夫人——两次诺贝尔科学奖的获得者，再就是音乐家肖邦！这次在华沙老城区，我们特地前往瞻仰了圣十字教堂，事先虽知教堂维修不能入内游览，我们一行仍执意前往，仅因为教堂里安放着肖邦的心脏！

李斯特、斯美塔那、肖邦等都是世界音乐史上大师级的人物，他们的音乐之路无一不受到以贝多芬为代表的西方古典音乐的指引。如李斯特，他的老师就是贝多芬最得意的学生卡尔·车尔尼，"我的一切都是车尔尼教我的"——李斯特是这样向人们介绍他这位奥地利籍恩师的。肖邦在音乐道路上受巴赫影响较大，斯美塔那也有在瑞典从事音乐创作的经历，但他们都以自己在音乐上的建树为欧洲、为世界音乐事业的发展做出了卓越的贡献。李斯特被称为19世纪最辉煌的钢琴演奏家，是他确立起了欧洲钢琴演奏艺术史上影响最大的一个流派，他所创作的钢琴曲被列入世界古典钢琴曲的文献宝库。如同人们提到圆舞曲就会想到约翰·施特劳斯、提到交响曲就会想到贝多芬一样，提及李斯特，人们就会自然而然地想到他那让人痴迷、心跳不止的《匈牙利狂想曲》。肖邦的作品多系钢琴乐曲，体裁多样，结构灵活，紧扣波兰人民的生活，被誉为"浪漫主义钢琴诗人""19世纪欧洲浪漫主义的代表人物"。时至今日，在华沙，五年一次的肖邦国际钢琴比赛被称为世界上最著名、最严格、最权威、级别最高的钢琴比赛之一，有"钢琴奥运"之称。

但是，人们之所以喜爱、推崇李斯特这些东欧的音乐艺术家，是因为他们具有比别的音乐大师们更突出的民族艺术风格与鲜明特色！

李斯特、斯美塔那、肖邦等人当年所生活的东部欧洲（我暂且按照过去划分东西方阵营的习惯如此称呼），除了俄国，多为弱国、小国。在列强争霸、弱肉强食的动乱时代，它们经常是今天依附于这个列强，明天又被另一大国吞并，人们长时期没有一个能独立于世界民族之林的祖国借以栖身，就像著名作家卡夫卡所说的那样，"必须经常想着如何去寻找一个祖国，或者创造一个祖国"。卡夫卡生活在被哈布斯堡家族统治了四百年的捷克，他的话表达了同为捷克人的斯美塔那无比苦闷的心情。因为华沙起义的失败，波兰仍被沙俄侵占，肖邦久久滞留于异国他乡的法国巴黎直至死去。但这些国家的人民普遍具有极强的民族自尊、自强与自信，在捷克作家米兰·昆德拉的心目中，生长于一个小国是一种优势，因为身处小国"要么做一个可怜的眼光狭窄的人，要么成为一个广闻博识的世界性的人"。无数波兰、捷克、匈牙利等小国的人对于自己民族的这种自尊、自强与自信必然也会通过文化与艺术的形式表达出来，我在这次东欧之旅中对此很有体会。和我去过的大洋洲、中南美洲、北美洲不同，匈牙利人一直坚持使用匈牙利语，紧邻的捷克则是捷克语，有过三次被列强瓜分经历的波兰，所坚持的仍旧是波兰语。这是这些国家人民长时期斗争的结果，他们的音乐家们在这方面也有过自己的贡献，如捷克的斯美塔那。长期以来，捷克舞台基本上被德语歌剧所占领，捷克的老百姓也被要求说德语，斯美塔那见到这种情况，毫不犹豫地连续创作了八部具有民族风格的捷克语歌剧，从德语歌剧推广者手里夺回了属于捷克人民的歌剧舞台！为了发扬光大捷克文化，斯美塔那还力排众议，在布拉格创立了"布拉格音乐学校"。

李斯特、斯美塔那、肖邦等人，出于对侵略者的反抗，对自己祖国命运的忧虑，对生我养我的人民的热爱，在对待本民族民间音乐的挖掘与推广上表现出了坚定意志与热忱态度。

李斯特的钢琴具有鲜明的演奏特点：快速、响亮，气势狂放，风格浪漫。这完全仰赖他对于匈牙利吉卜赛人的民歌与民间舞蹈的大胆继承与借鉴，他的19首《匈牙利狂想曲》是他这一艺术特色的突出代表。聆听《匈牙利狂想曲》，眼前会油然浮现出这样的情景：远处，许多名吉卜赛女郎款款朝你走来，一袭麻布长裙曳地，胸峰高耸，身姿修长，艳丽动人，不待走近，不待你对她挑逗的眼神作出回应，急促节拍的舞步就已迈开，让你心跳蓦地加快，恨不得自己也加入舞者的行列……

斯美塔那的创作得益于捷克的民间歌曲，他喜欢采用民间歌曲与舞蹈，尤其是波尔卡舞曲的节奏。波尔卡舞曲本是起源于捷克的民间舞蹈，它以男女对舞为主，基本动作由两个踏步和一个跳踏步组成，具有活泼、欢快的风格。他的歌剧代表作《被出卖的新嫁娘》不久前曾经在北京的国家大剧院上演过，反响热烈，其中一幕名为《波尔卡舞曲》，哆来咪——来，哆来咪——来，民族特色非常浓郁。

伟大的波兰音乐家肖邦自幼喜爱波兰民间音乐，七岁就创作了《波兰舞曲》，后来所创作的舞曲多采用波兰民间的玛祖卡舞曲的旋律、简单的ABA三段体歌曲形式。而最能体现肖邦作品强烈民族精神的是波洛奈兹风格的舞曲，波洛奈兹舞曲是一种充满了傲慢、威严气氛的列队行进的波兰民间交际舞蹈。但在肖邦的作品里，舞曲原本注重外在华丽效果的倾向被一种深刻、强烈的民族精神和朴实豪放的艺术风格所代替，他的《降A大调波洛奈兹舞曲》是同类体裁乐曲中气势最宏伟、磅礴的，其主题热情豪迈的旋律以及明亮的大调式和声，表达了不屈不挠的民族英雄豪杰们的高尚情怀。

以上所说一切，难道是巧合吗？No！在文字创造出来之前，远古时期的人类表达情感的途径就是音乐与舞蹈，民间音乐是表现一个民族性格与情感的窗口，"只有民族的才是世界的"，从这个意义上说，坚持民族性、注意对民间音乐的挖掘与开发，对于一位音乐人而言是使命，同时也是责任。曾经有着与李斯特这些东欧音乐大师相同命运的中国的聂耳、冼星海，在民间音乐的发掘与借鉴上也有成功的尝试，聂耳的《卖报歌》《茶山情歌》，冼星海的《黄河大合唱》可以为证。可当今极少数音乐家似乎对民间音乐不感兴趣，比如有一位偏去研究什么水的流动、石头敲打的声音，并将水盆与石头搬上音乐殿堂，比千年前楚地的编钟还要倒退千年，对这种做法，我不敢恭维。我们旅行团的老魏，也认为这位音乐家"路走偏了"——也许是因为到了李斯特的家乡，我这个音乐门外汉竟然有了敢对当今乐坛名声显赫的音乐大家"说三道四"的勇气！

这应该不是对李斯特、斯美塔那、肖邦音乐创作的过度解读，这些东欧国家的音乐家们不仅仅在创作上坚持民族特色、注重对民间音乐的发掘与继承，也经常通过音乐创作表现对祖国的热爱、对自由的渴望、对侵略者的鞭答。

肖邦在旅居巴黎时，当得知自己的同胞反抗沙俄统治的起义失败，他饱含着对祖国的爱创作了《革命练习曲》，他的许多夜曲与幻想曲中也都流露出对祖国的怀念、对亲人的思念。因此，同为音乐大师的舒曼称赞他的音乐像"藏在花丛中的一尊大炮"，在向全世界宣告"波兰不会亡"。1837年肖邦严词拒绝沙俄授予的"俄国皇帝陛下首席钢琴家"职位，临终时，这位自称"远离母亲的波兰孤儿"特别嘱咐亲友把自己的心脏运回祖国。捷克音乐家斯美塔那则是运用音乐旋律直接表现祖国山河的壮美以表达对祖国的热爱，他的《我的祖国》就是突出的代表。

我是旅途中先聆听了斯美塔那的《我的祖国》，然后去了伏尔塔瓦河。

当我踏着旧城区蜿蜒的碎石小道迈上查理大桥，美丽的伏尔塔瓦河便出现在我眼前。我在心底深处呼唤："斯美塔那、斯美塔那！"

也许是河道中的水利设施的关系，眼前一会儿是激流汹涌，一会儿是平缓流淌，水面呈锯齿状的伏尔塔瓦河多姿多彩，活泼生动，而驾临于河面之上的查理大桥则宛如一条流淌在天空的五彩河：不停歇的人流，不绝于耳的琴声，让人叹为观止的各种人物雕塑，桥塔与栏柱上的风格迥异的图案，还有那听不完的动人故事，与这五彩河流遥相呼应的橘红色屋顶的建筑、古韵犹存的城堡和街市……此刻，你会在心底呼唤：伏尔塔瓦河，叫我如何不爱你？人民的音乐家怎么能不讴歌你？

斯美塔那的《我的祖国》共有六个各自独立的乐章，其中第二章就是《伏尔塔瓦河》，这一以伏尔塔瓦河为主题的乐章被认为是整部乐曲中最精彩的篇章，篇首长笛独奏部分委婉、平和，所表现的是水流逐渐减缓时的状态，用小提琴演奏的一段曲谱高昂而急促，所表现的则是河水从远处的森林急促流淌、奔腾向前的情景，在乐曲中人们甚至可以感觉到伏尔塔瓦河水流动和漩涡移动的声响。让人难以置信的是，乐曲中所出现的反复变换的曲调，竟然是由一位失聪的音乐家完成的。斯美塔那在他晚年的回忆录中这样说道：伏尔塔瓦河的激流声是捷克人心灵的呼唤，而历经几百年风雨血火的查理大桥，则是我心中的祖国。

作为斯美塔那的代表作，《我的祖国》在世界音乐史中有着很高的地位，被认为是捷克民族交响音乐的起点。1882年11月5日，当《我的祖国》在布拉格公演时，失聪的

伏尔塔瓦河岸边的斯美塔那塑像

多姿多彩的伏尔塔瓦河

查理大桥上的雕塑　　　　　　　　查理大桥上忙碌的街头艺人

斯美塔那仍然坚持完成了这部交响乐的指挥。捷克人民理解他、热爱他，一直到今天仍然充满热情地称呼他为"我们捷克的音乐家"。

十余天的东欧之旅，计划中的二战寻踪，不意之中增加了这个音乐文化之旅，我觉得很有意义！

"言必称希腊"，研究世界历史，躲不过希腊；谈古典音乐，必言维也纳，更少不得贝多芬，这一切，都无可厚非。但是，世界很大，一个希腊、一个维也纳是容纳不了它的，山外有山，长江后浪推前浪，即使是苏格拉底、贝多芬在世，他们也希望自己所热爱的事业后继有人！李斯特这些东欧音乐家们通过艰苦卓绝的努力证实了自己祖国、民族在西方古典音乐殿堂的崇高地位，我们在迷恋"音乐之都"的时刻，千万不可忘却东部欧洲的这一道迷人风景！

从行程上说，我们这次东欧音乐文化之旅在伏尔塔河畔、在查理大桥划上了一个休止符，我们中的每一个人——我、老魏，我的"东欧之旅微信朋友圈"的伙伴们——对东欧音乐文化的兴趣与喜爱绝不会因为旅行的结束而"休止"，大家今后会更多地关注东欧文化，不仅仅是她的音乐，还有她的文学、哲学、自然科学，会继续关注和研讨天文学家哥白尼，物理、化学诺贝尔奖得主居里夫人，以显克维奇为代表的获得诺贝尔文学奖的四位波兰作家，匈牙利的著名诗人裴多菲、著名小说家莫里兹·日格蒙德，捷克斯洛伐克的《好兵帅克》作者哈谢克、浪漫主义诗人密茨凯维奇、还有存在主义文学大师卡夫卡、《生命中不能承受之轻》的作者米兰·昆德拉……

啊！我的音乐艺术之旅！我的东欧文化之旅！

不得不说说我的捷克小镇

　　一辆大巴把我们四十多名中国游客先从德国的慕尼黑拉到奥地利的维也纳，紧接着又是匈牙利的布达佩斯，八天行程里，我们在德国、奥地利与捷克都是两进两出，还不包括"顺访"的斯洛伐克首都布拉迪斯拉发。原以为到了捷克的布拉格可静下心好好欣赏一下这座美丽的都市，未料到因为下午要赶着看一个小镇，我们仅仅在黄金小巷转了转，瞻仰了一下现代派文学宗师卡夫卡的故居，来不及等到广场上天文钟里报时的雄鸡发出

黄金小巷里的卡夫卡旧居

卡夫卡

第一声啼鸣，就马不停蹄往餐厅赶。下午时分看了捷克的一个小镇后又被"拉"回到德国的德累斯顿，夜晚在那儿喝了地道的德国啤酒，第二天再回到捷克去游览另一座迷人的小镇……

维也纳、布达佩斯这两座世界名城，值得回忆的地方实在太多，回到家中许多天了，满脑子还是贝多芬、施特劳斯和茜茜公主的故事，来不及思量如何向同胞们介绍与贝多芬同样重要、同样值得赞美的两个捷克小镇——克鲁姆洛夫和卡罗维发利。好在我把相机、摄像机都带齐了，相片照了近千张，影像资料不少于六个小时，忙完了这些事儿后，我就将自己关在房间里许多天，回顾与整理捷克小镇的所见所闻，这景况颇像一些反刍动物——把匆忙中咽下的食物从胃里吐回到口腔里，经过反复咀嚼后，再吞回到胃囊中。

我所游览的第一个捷克小镇是克鲁姆洛夫，1992 年，联合国教科文组织就授予了它"世界文化和自然双重遗产"的头衔。史料记载，早在六千年前，这里就有人类生活，城镇的建设可追溯到 13 世纪。统治这儿的相继有南波西米亚豪族豪威特克家族等几个家族，16 世纪是她的全盛时期，因为银矿资源丰富而富甲一方，号称当时欧洲最富有的城市。

大巴驶近小镇的一块坪地停下。我们下车步行到一条水泥预制板铺就的小道上，没多一会儿，就听见了淙淙的流水声。那是一条宽不过四五米的小河——伏尔塔瓦。河流湍急，呈 U 字形环绕小镇而去，河流的左岸是地势渐高的山丘，山丘上有古城堡和许多依山而建的样式不一的建筑。走过小桥，见狭窄的麻石路旁安置了许多桌椅，似在静静等候前来光顾的客人。我与同伴没有继续往小镇深处行进，经验告诉我：高处更能领略小镇的"妙处"。于是离开大"部队"原路折回朝山上急奔。事实证明我们判断正确，来到城堡脚下凭栏俯视、远眺，我们几乎被眼前的所见醉倒：显然与小镇的纬度比慕尼黑和维也纳更高有关，这儿的树木红叶更多，色彩更浓更重，漫山的红叶与哥特式、巴洛克式建筑屋顶的"橙黄"交相辉映，让人深深感受到波西米亚人的浪漫与火一般的激情！

小镇木桥上的游人

克鲁姆洛夫

在橙黄色小楼的"海洋"中，高高的塔楼突出于"海"面，似在召唤热爱小镇的人们：塔楼里有更多让你心旷神怡的景物在等候着您的大驾光临。视线里的伏尔塔瓦河显得有些稠黏，沿岸建筑物与树木色彩的浓重成了压在它身上的重负，听不见它水声淙淙，望不见它清波荡漾，似乎仍沉醉于小镇五百多年前曾经的繁华。

听刚从古堡出来的游人说，我们身后的古堡极为富丽堂皇，地板上铺着大黑熊的标本，展列室里的黄金马车，满墙的锦旗和家族标记似在向来人述说自己光辉的历史。我相信这话。世界上有几个朝代能维持五百多年的！只可惜时间不允许中途离开队伍的我们去听这古堡讲述过去的故事。

待我们急匆匆赶着下山想深入小镇继续探寻其中的神奇时，我们被一群同样前往小镇的人群拦住了路。站在小镇的木桥上，眼前清一色的欧洲游客，几乎个个是满头银发，我一时怀疑自己走进了童话世界，也将像白雪公主那样在树林深处遇见七个小矮人！

小镇也有广场，那是我在罗马、巴黎、维也纳所见的城市广场的浓缩版。我们中午用餐的餐厅就在广场一旁，餐馆二楼的墙壁上，可看到保存尚好的超过百年历史的壁画，为了不致被用餐者损坏，现有木制栅栏围挡着。

位于布拉格西边的卡罗维发利小镇是另外一种景象，这儿除了地方小，其建筑的壮美、景色的幽雅丝毫不让巴黎与罗马。依照我在克鲁姆洛夫小镇的经验，一进小镇，我就相邀同行的伙伴朝小镇右手边的山冈上奔。可在这儿，我看见的不是一片哥特式建筑橙黄色的房顶，而是一幅欧式建筑的"长卷"：各种样式的楼房依山势而建，把本来并不高大的山冈几近遮盖，里三层、外三层，成为一座楼房的"崇山"与"峻岭"。楼房不仅样式各一，颜色也有意区分，或黄、或绿、或桃红、或紫红，掩映在楼房前后红叶绿叶中，让前来观赏的人们无不羡慕与神往。

卡罗维发利温泉取水处

卡罗维发利因温泉而著名。泉水从地下 2000 多米深处喷往地表，人们喝到的都是含有 30 多种矿物质的泉水。小镇深处不同地点有用数字标明的泉眼十多处，每一处的矿泉水都用文字标明了温度。我发现其中竟然有72 度高的，在杯子外都可感觉到烫手。我用杯子在一处温度标明不甚高的泉眼里接了一点泉水喝了，有些涩。多少年来，因为此地的矿泉水可以治疗新陈代谢紊乱等

卡罗维发利小镇街景

多种疾病，许多人慕名前来游览、疗养，乃至建造别墅长期居住，其中不乏达官贵人、一代名人，如彼得大帝、贝多芬、果戈理等。更有从中发现无限商机的人们在此修建旅店与疗养场馆，我在山冈所见的楼房就是这样产生的吧！这里每两年举行一次电影节，中国电影《芙蓉镇》获奖就是在这个"福地"。

小镇入口处有不少贩卖小瓷杯的商铺，瓷杯的样式不下百种，价格都不高，我挑了六个，还买了两面捷克的天文木钟——这天文钟的原型我在布拉格的广场见过，很有趣。我按自己的算法给了店主 140 欧元，可店主先将 40 欧元退给我，再找回我 48 欧元！

捷克，这个曾经的社会主义"大家庭"中我们的"兄弟"，没有让我欣赏到我曾在儿时就听过的她闻名世界的机械工业成就，却让我目睹了一个个迷人的小镇、小城，明显感觉到这个国家对历史人文景观维护工作的重视。捷克政府与人民对这些历史文化景观按照"整旧如旧"的方针保留了特有的历史风貌，让后人感受到没有遗憾的美！世界人民应该感谢他们。在和平环境里，许多国家都在做历史文物、人文景观的维护工作，捷克的小镇、小城非同小可，它们不是一座寺庙、一幢大楼、一个小院，而是几百、几千幢楼房与塔楼组成的城镇！其中的艰辛，我明白。

布拉迪斯拉发"小"，斯洛伐克"大"

　　我们一行是在游览完波兰的克拉科夫后去的斯洛伐克，中途经过了捷克的第二大城市布尔诺，到达斯洛伐克的首都布拉迪斯拉发是第二天上午。吃过晚餐回到宾馆，同行的一位老年团友坚持说我们刚刚游览过的布尔诺是斯洛伐克的布拉迪斯拉发，我俩在旅店大厅争论了好一会儿，直到导游出面答疑。

　　也不能怪我的团友，捷克是我们东欧五国之旅后半程中的一个重要国家，我们六天后将在其首都布拉格待两个晚上，其间游览该国的温泉小镇

旧城广场上一幢幢夹在老建筑中的现代建筑颇不协调

卡罗维发利，然后从布拉格机场登机飞回北京。团友显然是因为这个原因给弄糊涂了。嘿！二十年前，捷克与斯洛伐克本来就是同一个国家。

布尔诺作为捷克第二大城市，值得游客一看的地方比布拉迪斯拉发要多一些，这是我的这位团友后来所没料想到的。

布尔诺是捷克著名作家、《生命中不能承受之轻》作者米兰·昆德拉的故乡，是捷克的机械制造工业基地。作为兵家必争之地，1805年拿破仑曾在此指挥过有名的奥斯特利茨战役，是年，奥、俄的皇帝也御驾亲征来到了布尔诺，史称三皇会战。二战中，布尔诺受伤很重，从旧城广场上一幢幢老建筑中夹杂着一些现代建筑这一颇不协调的境况，我们可以揣摩到这些。这里有许多大教堂，其中最著名的是建于14世纪的圣杰克大教堂、建于15世纪的圣彼得和圣保罗大教堂以及建于17世纪的圣托马斯大教堂。围绕圣彼得和圣保罗大教堂有过这样的传说：在17世纪"三十年战争"时期，久攻布尔诺不下的瑞典将军对部下说：如果明天正午12点还不能攻陷布尔诺，就鸣锣退兵。教堂里的敲钟人不知是有意还是一时糊涂了，才11点就敲响了大钟，听到钟声的瑞典将士按事先约定纷纷退兵。从此以后，圣彼得和圣保罗大教堂每天上午11时都会敲响教堂的钟，以示纪念。教堂外坪地里有一尊全白的石雕，相对拱手而立的是《圣经》故

圣彼得和圣保罗大教堂外的雕塑与教堂里正在进行的集体祈祷仪式

圣米歇尔塔门，人迹罕至

旧城城堡："门庭冷落车马稀"

事中的彼得和保罗，双十字以石缝形式在两人之间穿越。只是，这石雕无论怎么看都有些像我们中国古代的两个儒雅风流的学者——孔子门下的颜回与冉求。傍晚时分，我有幸在圣彼得和圣保罗大教堂里观赏到一场进行中的集体祈祷仪式，耳畔的悠扬歌声，我以为可以净化人的灵魂……

与布尔诺形成较大反差的是，身为一国之都的布拉迪斯拉发的"小"与"少"。

布拉迪斯拉发也有古代遗迹，圣米歇尔门是古城中唯一一座中世纪城门，塔顶是天使圣米歇尔的雕像，塔里现在是小型兵器博物馆，在城门下方有一个罗盘，刻满了世界各大都市的距离；圣马丁大教堂是远近闻名的著名宗教圣地，1563 至 1830 年间，有 11 位匈牙利国王和 8 位王后在这里加冕，只是，眼下虽正值正午时分，来往于布拉迪斯拉发城区的游人仍不多。米歇尔门塔下人迹罕至，即使城堡也是"门庭冷落车马稀"。

旧城区里有几座形单影只的铜像，曾经来过一次布拉迪斯拉发并与它们照过相的我，这一次又与它们"第二次握手"，新鲜感明显少了许多。

旧城广场上的铜雕

瞧着比我上次所见旧了许多的木椅，我不免心存恻隐，担忧它某一天承受不了游客身体的重量而拦腰断裂。

不要责怪我如此"不留情面"地描述布拉迪斯拉发城市的"小"与游客的"少"。我相信如果能从历史及地理位置上深入分析布拉迪斯拉发，读者是完全可以理解我的。

最初在布拉迪斯拉发这块土地上生活的是凯尔特人，公元前5世纪，凯尔特人受到日耳曼人部落的排挤而离去。从公元1世纪到4世纪，布拉迪斯拉发成了罗马人与日耳曼人的边界，公元5世纪时又有许多斯拉夫人在这里定居下来。从1536到1783年，这里是哈布斯堡王朝统治下的匈牙利王国的首都……

布拉迪斯拉发有过许多个名字，德国人叫她普莱斯堡，匈牙利人称呼她波佐尼，希腊语里她是多瑙河之城，拉丁语、法语、捷克语叫法都不一致，即使是在斯洛伐克，布拉迪斯拉发这名字也是在1919年第一次世界大战结束，捷克斯洛伐克共和国建立，首都定在布拉格后方才被确定的！布拉迪斯拉发成为斯洛伐克的首都是二战期间的事，可当时的斯洛伐克政府是一个被纳粹控制的傀儡政府！

斯洛伐克是世界上唯一一个将首都定在同两个国家——奥地利与匈牙利——接壤的边境上的国家，也是世界上少有的让自己国家的首都距离邻国的首都很近的国家：从布拉迪斯拉发到奥地利首都维也纳仅 60 公里，一个小时不到的车程！可以与之媲美的是梵蒂冈与意大利首都罗马，它们之间的距离是零！用过去东西方阵营的概念说，布拉迪斯拉发是与"西方"距离最近的一国之都。某种意义上，斯洛伐克是一个不设防的国家。国家领导人能有这样的思维，与斯洛伐克长期以来为外族、外敌所侵占，没有能够较长时间独立存在于世界很有关系。

城堡下是静静流淌着的多瑙河，一桥跨河而过，连接大桥的是一大片红色屋顶的建筑。没有林立的摩天大楼，也没有车水马龙的布拉迪斯拉发朴实平和，给人与世无争的感觉。堤岸边一位身高两米的父亲领着儿子在照相，见到我这陌生的"老外"，孩子有些害羞。多瑙河畔这一父一子，触发我脑际浮现出了一个小小的布拉迪斯拉发和她的祖国斯洛伐克相依在一个庞大的世界身旁的颇具漫画风格的画图，十分有趣！

回到宾馆，与旅伴谈及发生在捷克斯洛伐克领土上的"天鹅绒革命"——一场无须暴力就改变了一个国家的政治体制、决定了一个国家的归宿的群体活动。作为一个国家首都的布拉迪斯拉发在我心目中很快"大"了、"多"了起来！

1968 年"布拉格之春"后，捷克斯洛伐克实行联邦制，布拉迪斯拉发成为西斯洛伐克邦的首府，斯洛伐克作为一个新成立的邦在经济上得到中央政府更多一些的扶助。没多久，斯洛伐克地区的国民人均收入增长达到实施联邦制前的 3 倍，增速为捷克地区 5 倍，但斯洛伐克人仍旧不满意，这主要是钢铁、石油、军工等重工业企业大量迁入斯洛伐克而引起的。随着时间的推移，捷克和斯洛伐克之间共有的社会融合渠道日趋狭窄，捷克人的主流思潮是反对联邦政府的政治体制，斯洛伐克人的主流思潮是环境保护和宗教自由，这为最后的"天鹅绒分离"打下了思想基础。1989 年的东欧变革正起于捷克斯洛伐克。是年，在布拉格、布拉迪斯拉发等城市爆发了众多群众参与的集会与示威游行，其实，同一诉求的集会与示威游行早在 1988 年就在布拉迪斯拉发发生过。1989 年，捷克斯洛伐克脱离

多瑙河畔的父与子

华约组织，在国家内部实行许多涉及政治体制的变革，仅仅三年后，1992年西斯洛伐克联邦通过全民公投，于1993年1月1日以斯洛伐克共和国的名义宣布脱离捷克斯洛伐克共和国，成为一个独立的国家，这是又一回"天鹅绒革命"，导致"天鹅绒分离"最终成为事实。

斯洛伐克作为一个国家，一点也不"小"！ 尽管她的面积仅有49000平方公里、人口才540万。虽然历史老人仅仅给了这个身上流淌着凯尔特人血液的年轻国家一次机会，她却在人类社会史册的"天鹅绒革命"与"天鹅绒分离"的"条目"上留下了自己的名字。不应过多计较国家的"大"与"小"，"给我一个支点，我就能撬动地球"，斯洛伐克作为小国，之所以能完成一件"撬动地球"的大事，关键在于她成功地找到了这个"支点"。

"奥匈帝国"的美丽记忆

我这次特意去了趟东欧,"捎带"上了两个西欧国家:德国与奥地利。也好,过去仅在书本上读到"奥匈帝国",现在实地考察了一番这个虽然只在历史上存活了五十余年,但在世界近现代史上影响深远的帝国,也乐得自在、逍遥。

这儿有真正意义上的"石头城"

维也纳是音乐之都,也是建筑之都。在这儿,哥特式、文艺复兴式、巴洛克式、洛可可式,还有19世纪末的仿古典风格的各式建筑汇聚一起,堪称欧洲建筑的浓缩版。她的新霍夫堡皇宫、她的美泉宫、她的维也纳国家歌剧院都是欧洲建筑的精品,让人叹为观止,就甭说一座座在蓝天白云映照下熠熠生辉的教堂了。而最让我痴迷的是那儿的"石头"——用石头建筑的一幢幢房屋和用石头铺就的一条条街道,正是因为这些,我将"石头城"三个字毫不犹豫地赠送给了这座了不起的城市。

"石头城",这本是许多中国人一直以来对中国南京城的称呼。其实,"石头"在南京城不是指用石头建造的房屋,也不是指"逶迤雄峙"的城

"石头城"里的石头建筑

楼与城墙，而是指城楼所依傍的石山："石头山"和钟山。相传，当年诸葛亮在赤壁之战前夕骑马来到时称"秣陵"的南京城观察山川形势时，曾经发出"钟山龙蟠，石头虎踞，真乃帝王之宅也"的感叹，足以说明"石头城"南京是因山而名。

我以为维也纳才是真正意义上的"石头城"：旧城区的环城大道、科特纳大道等几乎见不到一幢用钢化玻璃、铝合金等建筑材料建造的现代高层建筑，幢幢都是以光滑、坚硬的花岗岩、砂岩为材料修建。皇宫、议会大楼、歌剧院自不待言，街道两旁的商铺、民宅、旅店什么的也多如此，楼层一般仅为五六层，整洁、厚重、美观，凸显出千年古都的帝王气派。

一个国家的首都拥有几百上千幢漂亮的楼房本不必大惊小怪。在同样是一国之首都的新德里贫民窟至今仍然可见，或如我的家乡长沙，六十多

石头铺就的街道

年了，一天也没有停止城市的改造，尤其是近三十年，新的高楼如雨后春笋般出现，让多日未来长沙的人们恍若隔世，但时至今天，市区主要街道上仍然有不少破旧的板房与棚户等待着人们拆除。

在维也纳，不仅房屋是石头所建，许多小街、步行街就更不用说了，也是由一块块石头铺就。凿成 10 厘米至 30 厘米见方的方形麻石坚实、平整地排列在路面上，有些路段连电车道都铺上了与轨道颜色相差无几的麻石。比之水泥的平坦与光滑，麻石路给予人的是古朴与闲适的感觉，能让许多路过的行人因它"发思古之幽情"。

岂知，离开维也纳来到匈牙利的首都布达佩斯，我发现自己差点又遗漏了一个十分重要的内容。这里，竟然又是一座"石头城"！起点为英雄广场的安德拉希大街堪称布达佩斯建筑的典范，歌剧院、博物馆可与维也纳同样功能的建筑比肩不说，两公里半大道两旁耸立着的各个国家的驻匈机构和一幢幢坚石建造的"楼堂馆所"美观、气派，彻底颠覆了我对一个东欧小国的"成见"。安德拉希大街的建筑不仅大气，也很注重装饰：门与窗的上方与周边——门楣与窗楣、窗棂都有石质的雕饰，很美！人行道也多用麻石铺就。维也纳与布达佩斯两座城市共同诠释了德国大文豪歌德的"建筑是凝固的音乐旋律，音乐旋律是流动的建筑"这句名言。

两座城市风格如此一致，怎能不让人由此联想到奥地利与匈牙利曾经共同拥有的一段辉煌历史篇章呢？答案因此定格在"奥匈帝国"，在奥地利皇帝也就是后来"奥匈帝国"皇帝弗兰茨·约瑟夫一世身上了。

"奥匈帝国"是奥地利皇帝弗兰茨·约瑟夫一世迫于匈牙利人强烈要求自治的压力而与匈牙利国王相互妥协的"成果"。这个当时欧洲第二大国实施的是二元君主制度，奥皇兼任匈牙利国王，但奥地利与匈牙利各自有独立的立法机关，两国之间在帝国的框架里有合作、有权利，有责任、有义务，也有相互间的约束。就是在帝国存在的五十一年间，资本主义生产方式传播到整个帝国，旧的封建主义制度渐渐消失，"奥匈帝国"的经济发展速度一度超过了英、法、德！这不能不算是欧洲近现代史上的一大奇迹，其中耐人寻味的经验教训肯定有不少——2012年国庆期间匆忙来欧洲一游的我，为自己又学习了一些新的知识而欣喜不已。

奥匈帝国的存在与发展，无疑对帝国所辖的两个国家的建设与发展提供了极好的机会。据统计：从1879年到1900年的二十一年间，奥匈帝国修建铁路25000千米，并于1896年以庆祝马扎尔人建城一千周年的名义，在布达佩斯城成功铺设了一条五公里的地下铁路，比伦敦的世界第一条钻挖式地铁的正式运营时间仅晚六年，系欧洲大陆第一条地下铁路。奥匈帝国的"能耐"，由此可见一斑！

"奥匈帝国"皇帝弗兰茨·约瑟夫一世在布达佩斯住过一段时间，与匈牙利的宰相和议会一起管理政务，还学说匈牙利语，穿过匈牙利军装，他在维也纳城市建设方面的"经验"无疑能对布达佩斯的建设有指导意义。

相传，一百多年前的维也纳曾经遭遇了一场大火，挤在城市狭窄街道的民居毁于一旦，让奥地利帝国的皇帝痛下决心彻底改造这座城市的交通与房屋建筑。诚然，这不是一个朝代用短短几十年就可完成的。在长达七百年的时间里，统治过这里的历届王朝都对维也纳的建设做出了贡献，只是多表现在宫殿与教堂的改造与修建上，如1696年烈奥波特一世皇帝建造的霍夫堡皇宫，同年动工建造的圣斯特凡大教堂，1713年玛丽亚·德雷沙之父查理六世为了祈求早日消弭黑死病下令修建的卡尔教堂，1743年，女皇玛丽姬·特蕾西亚下令将烈奥波特一世皇帝建造的一座宫殿改建为一座夏宫，这就是我们一行今日所见的美泉宫……不可否认的事实是，我们熟悉的茜茜公主的丈夫奥地利皇帝弗兰茨·约瑟夫一世完成了维也纳城市的改造。在他的指导与关注下，房屋的间距设计得更加合理，主要道路更加宽敞，而所有的民房、公共建筑从此一律改用石质建筑材料。

弗兰茨·约瑟夫一世始料未及的是，布达佩斯这座依山傍水的城市有远比维也纳优越的地理条件，布达佩斯人不仅将维也纳的霍夫堡皇宫、圣斯特凡大教堂和美泉宫"搬"到了多瑙河岸的山上，而且在"蓝色的多瑙河"上先后修建了好几座不同风格的桥梁，布达佩斯成为一颗镶嵌在美丽

维也纳金色大厅

多瑙河上的明珠、一座被无数欧洲人喜爱地称作"多瑙河畔蔷薇花"的美丽都市！

白天，伫立渔人堡凭栏眺望多瑙河两岸风光，可谓赏心悦目。这条美丽的河流将布达佩斯"一分为二"，河的西岸是布达，河的东岸是佩斯。五十多年前，一位著名的中国电影人前来匈牙利参加活动，喜爱上了这座美丽的城市，回国后竟分别将"布达"与"佩斯"用作他两个儿子的名字，从此，中国影视界就有了一位叫"陈佩斯"的喜剧演员。渔人堡，这座全系巨石垒建的"堡垒"一时间将人们带入梦幻世界，流连忘返。身后，玛加什教堂巍峨壮观；山下，多瑙河水波光激潋；对岸街区的各式建筑色彩斑斓，让人遐想无限。

乘游船夜游多瑙河宛如在仙境里漫步。山上的自由碑、布达皇宫、桑多尔宫沐浴在金黄色的灯光里。伊丽莎白大桥、链子桥、自由桥、裴多菲桥等多座桥梁张灯结彩，牵手茫茫夜色里的一座座石头建筑，似正在劝说一群生性腼腆的孩子快快走进这无比神奇的世界来。

奥匈帝国，一个历史不长的帝国，两座流芳百世的名城！

美丽、率真，而且善良……

迈进维也纳，我就听到一个熟悉的名字：茜茜公主。2006 年，我与妻子去威尼斯，一登岛，就听导游指着岸边两根高高耸立的石柱对大伙说：这就是当年威尼斯王国的国门，茜茜公主就是从这国门里进入威尼斯的。在国内还曾经听说过一部以茜茜公主命名的电影，可惜没有来得及观看。大千世界需要学习的东西太多，谁会对一个远在欧洲、相隔一百多年的王室公主特别留意呢？但在维也纳、在布达佩斯，你会强烈感受到茜茜公主的存在，这儿不仅有她居住过的皇宫，她被册封为皇后时举行仪式的教堂，她三次光临的修道院，还有以她的名字命名的桥梁，至于流传在民间的她的故事真可车载斗量。一句从平民百姓口里喊出的"我们的皇后"，让我感到无比亲切，感受到人民对她发自心底的喜爱。

美泉宫简直就是她的化身。那巍峨壮美的宫殿仿佛就是她头上的皇冠，山坡与平地的茵茵绿草是她拖地的长裙，池中的清泉是她一双会说话的明眸，那林间被精心修剪了的树木——有的像展开来竖在桌上的书，有的像高耸的官帽，有的像正襟危坐的军人——是茜茜公主的一头秀发。

漫步美泉宫花园，看花木工人在高约十多米的特制花木修剪车上忙碌，我仿佛觉得他们正在给茜茜公主梳妆打扮。茜茜公主仍生活在美泉宫里，正在梳妆台前等待着上午的出巡。

茜茜公主画像

伊丽莎白大桥

美泉宫里的园艺

正在忙碌的机器

　　至于那在"蓝色的多瑙河"上以茜茜公主命名的桥梁，无疑是匈牙利人为茜茜公主树立的丰碑。1903年落成的伊丽莎白大桥，是当时最长的悬索桥，跨度290米。该桥通体白色，匈牙利人用"白鸥凌波"赞美这座大桥，并表达对当时的伊丽莎白皇后即茜茜公主的爱慕。夜色降临时，灯光勾勒出优美的悬索链和桥塔身的轮廓，更显诱人。在茜茜公主的一生中，她与匈牙利人民的友谊是最浓墨重彩的篇章。

　　茜茜公主——严格地说，应该称呼她为伊丽莎白·亚美莉·欧根妮，或伊丽莎白皇后，"茜茜"是她的昵称，出于对她的喜爱，让我就一直这样称呼她吧！茜茜公主对于匈牙利的爱发自内心，她无比同情匈牙利人民，欣赏那里的音乐、马匹、骑士，喜爱布达佩斯的巴洛克式建筑，她刻苦学习匈牙利语言，和匈牙利平民百姓广泛接触，这一切帮助她后来促成丈夫弗兰茨·约瑟夫一世与匈牙利政府的谅解，成功调解了弗兰茨·约瑟

多瑙河畔的
国会大厦

渔人堡

多瑙河夜景

夫一世与昔日奥地利政府的反叛者、他的宿敌安德拉希伯爵的关系，对奥地利政府的最后妥协起到了至关重要的作用。出于对茜茜公主为匈牙利所做贡献的肯定，匈牙利宰相安德拉希伯爵将一顶王冠戴在她头上，茜茜公主从此成为匈牙利女王。茜茜公主在丈夫身上和奥地利宫廷没有得到的爱在匈牙利得到补偿，匈牙利人选择了她，亲切地称呼她为"我们的女王""我们的皇后"。

中国历史上也有过武则天、慈禧等，我以为她们所得到的来自人民的爱几乎为零，更多的是非议、咒骂。她们不失外貌的美丽，但似乎缺少一个纯真少女的率真、一位伟大母亲应有的宽厚与善良。

15岁的茜茜公主无意间邂逅18岁的奥地利皇帝弗兰茨·约瑟夫一世，很快得到后者的青睐，在她得到当今皇帝献上的玫瑰花时，人们问她的感受，她的回答是：我怎么能不爱他呀，他要不是皇帝就好了！在皇宫，她受到婆婆的冷待，孩子的监护权被剥夺，生性率真、厌恶皇宫繁文缛节的茜茜公主以远离宫廷表示反抗。平日，她乐意与爱犬或自己的兄弟们合影，却不情愿同自己的丈夫合影。她与志趣相投的安德拉希伯爵密切交往，在日记里毫不掩饰地记录了平日与安德拉希伯爵交往的情况和对后者的评价。茜茜公主待人随和，平日出巡轻装简从，她因此付出了生命的代价：她被一个无政府主义者刺杀时，身旁仅随从两名。

可我们在武则天、慈禧的身上所看到的是武则天对李氏后代的猜忌、排斥，是慈禧对维新人士的夺命追杀……

只是，在美泉宫、在茜茜公主画像前，我仍在想，像北魏的冯太后、辽国的萧太后、明朝的大脚马皇后，她们可都有可圈可点的善举，但即便这样，她们受到后人的尊崇与喜爱较之茜茜公主也是差之霄壤！美泉宫绝不仅仅住过弗兰茨·约瑟夫一世皇室家族，但我们今天见到的美泉宫给人的感觉就是茜茜公主她一人的"旧居"；梅尔克修道院这中世纪的求知之地，不知多少皇室、名门来瞻仰、拜谒过，可如今进大厅后第一间房里的墙上悬挂的就是茜茜公主与其丈夫的巨幅油画像；就不必再次强调布达佩斯多瑙河上那以茜茜公主命名的桥梁了。我们常说，要严于律己、宽以待人，我们对待中国历史上"女强人"的态度是否受到传统男尊女卑观点的影响？

茜茜公主远比我们国家历史上众多女性名人——从武则天到民国的作家萧红——幸运得多。历史上，一天中仅梳理长发就要耗费四个小时的茜茜公主一生中大部分时间是在国外居住、旅行。后来她在自己的日记里这样描述自己的感情生活：婚姻真是个荒唐的东西，一个 15 岁的孩子让人给卖了，还让发个誓，也不明白什么东西，结果之后三十年里甚至更长的时间里都后悔莫及……尽管如此，无论是奥地利人，还是匈牙利人都没有对她多加批评。如果换成我们某些国人，对茜茜公主与安德拉希伯爵的关系完全可以"发挥"为一桩桃色新闻，用来吸引许多人的眼球，获得上百万条"点击"，如果那个时代也有互联网的话。

从茜茜公主的身上，我们可以不可以领悟到一些什么呢？

待回到家乡，我一定要看看《茜茜公主》这部电影。

维也纳，请不要让我再犯错

　　维也纳是一个值得多去看看的城市，我这话不是为自己的错误开脱，虽说我所犯的是一个"美丽"的错误。

　　我曾经将维也纳称作是一座石头城，乃因英雄广场及环城大道两旁那一幢幢大楼给了我极深的印象。维也纳旧城的楼房大多五六层高，所用石头不是花岗岩，也是某种砂岩或麻石。这一次去维也纳，我发现有石头缝隙的墙面是建设者利用混凝土制造出来的效果，混凝土后面不是什么花岗岩或砂岩，而是一块块砖窑烧制出来的砖块。只是这混凝土墙面有一定的厚度，从缝隙的深度上就可以感觉得到。有的建筑物正是利用这厚度做足了"文章"：在其间填充防寒保温或通气的材料，起到给大楼保温、通气

墙面那凹凸不平的效果，会让你觉得那石头不是花岗岩，也是某种砂岩或麻石

霍夫堡皇宫，货真价实的巨石堡垒

维也纳艺术史博物馆，此建筑物本身就是一件堪称完美的艺术品

的作用。自然，维也纳内城区也有采用巨石建造的大楼，而且为数也不少。霍夫堡皇宫就不用说了，与霍夫堡皇宫比邻的玛丽亚·特蕾西亚广场两侧的自然博物馆与艺术史博物馆就是其中的"杰作"：真正的石头城、货真价实的巨石堡垒。那是在19世纪下半叶，奥皇弗兰茨·约瑟夫——这位茜茜公主不怎么爱恋，但据说很勤政的统治者决心在维也纳进行旧城改造：将维也纳老城墙拆除，绕着皇宫修建一条环城大道。如今人们所见到的两座宏伟的博物馆就是当年用拆除老城墙留下的巨石建造的。且不说馆内珍藏的包括鲁本斯、伦勃朗、丢勒、拉斐尔等著名画家美妙绝伦的作品，博物馆本身也是一件堪称完美的建筑精品，给世界各地前来观摩的人们以极大的享受。

我在第二次维也纳之行时，对全是巨石建造的维也纳旧城仍旧充满了喜爱。我进一步发现维也纳旧城建筑物墙面上那一道道缝隙的长度与宽度也是有讲究的，比较我在布拉格见到的建筑，维也纳建筑上的缝隙普遍要长一些、宽一些，维也纳建筑所用石头要大一些、重一些，楼房显得更沉稳、厚重，更具有历史沉淀感，布拉格建筑的"石头"较小些——也是墙面缝隙的长与短给了我这感觉，城市也仿佛显得"年轻"些！这也许是因

即使不去计较"石头"的大小，建筑物外墙的装饰也是美不胜收，给人以极大的艺术享受

为时代的演变，各个城市在建筑风格上有了一些变化。即使不去计较"石头"的大小，建筑物外墙上的装饰也给予人们美不胜收的感觉——较之我第一次的维也纳之旅，这一次我更多关注到：房梁部位——横梁或梁柱、挑梁上有各种石雕，有人物，也有花草图案，制作精细；门楣与窗楣、窗棂上有各种石质的雕饰与造型，甚至在一些墙体部位安放宗教人物或花鸟动物作品，精雕细刻、栩栩如生。一座楼房俨然一件具有很高观赏价值的艺术品。

完全是因为旧城区建筑物的美，围着维也纳旧城区跑了两三天的我，每晚回到下榻的第十区就颇不适应。这里玻璃幕墙与混凝土框架结构的写字楼和商品房跟旧城的建筑相比，显得单薄、俗气、不协调。

我在维也纳所犯的第二个"错误"发生在美泉宫。宫殿后面花园里的那些"树墙"——这是我给它起的名字，它们不是我原先以为的纯天然的，而是经过了人工的嫁接处理的。我在这些有成人手腕粗的乔木的树干上看到了很可能是嫁接产生的疤痕，我以为只有这种说法方能解答何以一排排6米多高的乔木能从脚跟到头顶都生有枝条和叶片，以方便园艺工人将其

我的调查证实：这些身高6米多的"树墙"之所以从头到脚都长枝叶，完全是因为园艺工人在植物的枝干上进行了嫁接处理的缘故

修剪成一片高高、密密的"树墙"。我曾经将这树墙比喻为茜茜公主的一头秀发，比起美泉宫里陈列的皇室用品和王公贵族所欣赏的油画，我似乎更喜欢后花园里的园艺，压根儿都没有去思索美泉宫的"树墙"与我平日所见的树木有什么不同的地方。

说来好笑，在美泉宫后花园，当旅行团里的同伴都去观赏美泉宫的喷泉与花池的时候，我一个人单独行动，就弓着背，围着高高的树木转过来转回去，还拍了照，好在没有人关注我的异常举动。"尽职尽责"工作的我一时忘却团队集中的时间，因迟到受到领队善意的取笑，但我心里在乐，为自己收获了一个新的发现、纠正了一个"错误"而偷着乐。

我的第二次维也纳游，还会再犯错吗？我心里没底。

来维也纳的第二个夜晚，早早回到宾馆的我与同屋的老魏商议跟随当地导游——一位在维也纳生活了十三年的华人去看看夜晚的多瑙河。我们一行先是乘坐公共汽车，接着又换乘地铁。能体验一下当地市民的生活，颇觉有趣；不然，天天跟着旅行大巴跑，我怎么会知道自己所尊敬的日耳曼人也有随地乱扔烟头的习惯呢？那是在维也纳城区的一个公交站，见到公交车来到身前，正在大口吸烟的烟民等不得熄灭手中的大半根香烟就随手扔在地上。那扔烟蒂的姿势一律是那么"优雅""潇洒"，有的用眼瞟一下地面，有的望也不望地面，五个手指一张开来就OK，无论是身材伟岸的男性，还是相貌姣好的女士。我没有任何责备维也纳烟民的意思，倒是有些为遭"老外"诟病的同胞叫屈。人啊，真怪！

在多瑙河的所见让我很快忘却了不快的画面，因为一走出地铁站，我就见到了真正的蓝色多瑙河！多瑙河全长2850公里，是欧洲仅次于伏尔加河的第二大河流，发源于德国南部的黑森林，自西向东流经奥地利、斯洛伐克等十个欧洲国家注入黑海。早些年我就在别处见到过她：布达佩斯的多瑙河，还有从斯洛伐克首都布拉迪斯拉发城堡下流过的多瑙河。因为过去所见的多瑙河都未见我听说过的蓝色，甚至有些浑浊，因此以为所谓"蓝色多瑙河"仅仅是音乐家的想象罢了。而眼前多瑙河的蓝是一种浓郁、纯净的蓝，是一种会很快让你喜欢的莹莹的蓝，它没有因为距离的远近而不同，也不因电光的照耀而迷乱，这蓝就是它本来的颜色，而不是凭借任何别的条件，即使用盆舀起摆在你眼前，它也会是与你书桌上的纯蓝墨水毫无差别的那种蓝。

有些兴奋的我围绕多瑙河的蓝色一个劲儿找导游问这问那，而他告诉我的是，多瑙河的蓝，与天气、季节都有关系，并非天天都是这个模样。"那同是多瑙河，为什么布达佩斯的多瑙河没有这样的蓝呢？"我如是追问。导游又就水的成分给我分析了其中的原因，身旁有驴友则解释说是天空云彩的倒影所致。好在导游对我说起多瑙河治理的情况分散了我的注意力，没有让我再打破砂锅问到底。

多瑙河发源于德国的黑森林，维也纳是多瑙河流经的第一个异国的大都市。很早以前，维也纳地区的多瑙河河汊纵横，水患与污染给市民的生活带来诸多不便。后来，维也纳人对这些河汊进行治理，在多瑙河左岸开出一道与多瑙河平行的 21 公里长的泄洪河道，所挖出的泥土就置于两条

蓝色的多瑙河

河道中间，成为有名的多瑙岛。22公里长，拥有700公顷绿洲与40多公里长河滩的多瑙岛，如今成为维也纳人修身养性、进行体育健身活动的胜地。至于我们在维也纳市区见到的那条同样名为"多瑙"的清澈、细长的河道，是一条既可起到美化城市作用又有泄洪功能的运河。

时下，我们一行就漫步在这被称作"多瑙岛"的长岛之上，岛上没有五光十色的大楼，也没有居民住宅，所见全是树木、花草和树木掩映下的几处休闲设施。我很快对面前的多瑙岛发生了浓厚的兴趣，我的家乡长沙有"山水洲城"之称，山是岳麓山，水是湘江河，其中的"洲"指的就是夹在两条湘江中间的一座长型的岛。我们叫它"橘子洲"。

橘子洲宽约300米、长6公里，中华人民共和国建立前，这座十年中会有九年遭受洪水侵扰的"岛"在长沙所代表的是"贫穷"、"脏"与"乱"，尽管如此，仍有许多穷人在上面搭建棚屋居住，在岛上种菜，在岛上偷偷掩埋死去的人，尤其是夭折的婴儿。二十年前长沙市政府为长沙市民做了一件大"善事"：出巨资让岛上的居民悉数搬迁至长沙市区的某安置点，将这当年毛泽东"激扬文字"时提到过的"橘子洲"改造成了一座公园，如今的橘子洲桃红柳绿、树木成荫，头上有湘江大桥越过，脚下有新建成的地下铁路，橘子洲成为家乡人民的一方乐土，乃至我北京的朋友老李几次向我提到要从北京举家"移民"到长沙来！

触景生情——触异国他乡之景生思念家乡之情。眼下，在我们一行五人中，我以为只有我最能理解多瑙岛对于

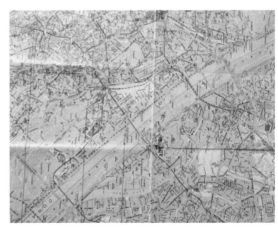

维也纳市区地图（局部），图中表示河流的就是文中说的四道多瑙河。图中央就是多瑙岛

维也纳步行街街头所见：在闹市区教儿子功课的父亲

维也纳人意味着什么！

在我右前方、多瑙河的彼岸有一个建筑群，其中一幢楼估计有50层高，导游指着它旁边的几幢呈半月形的建筑告诉我们，那是一些联合国机构办公地，当年聪明的维也纳人以一先令的租金租给联合国，回报给维也纳人的是一座集娱乐、休闲、办公、居住于一身的自成格局的城市小区，是继纽约、日内瓦之后世界第三座联合国城。

更远的前方是夜幕下的维也纳森林，此刻，黑黢黢的一大片让我神往。维也纳森林是众多音乐家钟爱的圣地，这里有贝多芬、舒伯特的故居，从小就在这里生活的约翰·施特劳斯，其作品《维也纳森林的故事》的灵感就来源于此。1250平方公里的伟大的维也纳森林美化了维也纳，给了维也纳人清洁的空气、美好的生活环境，在维也纳的"世界上最美丽城市""世界最适宜人居住城市"桂冠上添上了浓墨重彩的一笔。

公园所见：将书房搬进公园的女子

　　神奇的维也纳森林，还有美丽的多瑙岛：维也纳多瑙河的蓝或许是因为有了你们给予的色彩，因为你的光影所致？——关于多瑙河的蓝，我似乎并不满足于所有人提供给我的解释。

　　离开多瑙岛，登上回宾馆的大巴，我的思绪依旧没有离开蓝色的多瑙河。此刻，我想对维也纳说，从今天起，我会向世人大声地证明多瑙河的蓝，讴歌这美丽的多瑙河！

　　想到白天在维也纳公园和步行街街头的所见，我的眼前浮现那位将书房搬到了公园的女孩，那在闹市还不忘教儿子功课的父亲的身影，我对自己说：赞美维也纳，讴歌这美丽的城市永远不会错！

噩耗从京津塘高速传来

到达慕尼黑机场是当地时间 2012 年 10 月 1 日的清晨，机场空荡荡的，马路上来往的车辆也很少，仅见机场外的道路一侧静静停泊着一长溜有奔驰标志的出租汽车。2000 年春节我去深圳度假，华侨城附近一家酒店正在举办婚礼，门前停泊的婚车就是一色的奔驰，虽然不过七八辆，我和我的同伴仍表示无比惊讶与羡慕。但在德国，奔驰却"充任"出租汽车！除了再一次的惊讶与羡慕，我还能说什么呢？据介绍，在汽车工业大国德国，奔驰并非人们最爱的座驾，曾有德国成年人这样训斥小孩：不好好读书，将来去开奔驰——当的士司机！德国，牛！

我们一行在机场磨磨蹭蹭了一个多小时才登上前来接站的旅游大巴，因为赶早出去也白搭。我们所去的第一个景点是我曾经去过两次的 1972 年奥运会赛场旧址和隔街相望的"宝马"博物馆。那儿，特别是"宝马"博物馆，开门的时间是上午 9 时。

当地导游上车后，先介绍为我们服务的大巴司机。原来，今天要到晚上 9 时才能到达我们在维也纳的旅店，我们的司机今天早上是 4 时出的车，为了不违反德国关于一个司机一天在外工作的时间不得超过 13 小时的规定，旅行社特地为我们安排了两名司机，其中一名在今晚到达维也纳后会

在慕尼黑科技博物馆

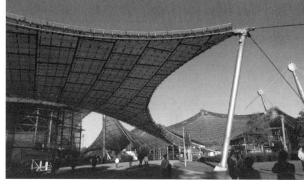

慕尼黑的奥运会旧址

独自坐车赶回他在匈牙利的家。导游这样说显然有表现自己公司对行车安全重视的意思，我们游客听了心里高兴，鼓掌也是很应该的了！

参观完奥运会赛场旧址和"宝马"博物馆，又去了我同样去过两次的玛丽恩广场，并在附近的街市购物，很快就"磨蹭"到了吃午饭的时候。我们一行离开慕尼黑前往维也纳，已是当地时间下午2时了！

路上，导游非常热情地继续为我们解说德国的情况。已经三十多个小时没有摸过床铺的我，哪还有精力听他"唠叨"。

噩耗是在第二天上午传到我们一行旅行团成员耳朵里的：一辆载有十多位德国医师的旅行客车在京津塘高速因追尾造成6死14伤的惨剧。车厢里一时鸦雀无声，直至某人的一声长叹才打破沉寂。还用得着车内的人们对此车祸发表什么评述吗？

此时，我相信国内的朋友们，谁也不会比正在德国境内高速公路上行车的我们更郁闷。在德国，医师是一个收入很高的职业，一个大学生想从医学院拿到毕业证成为执业医师，连读书带实习需要八年时间。其间要分别参加四次全国统一考试——这四次全国统考将淘汰近50%的学生！攻读别的专业，在德国是宽进严出，医学专业则是严进严出，德国人对医师的教育和培养一点也不含糊。想到几位好不容易得到医师执照的德国医师一个人花上 2200 欧元跑到中国进修中医，顺便看看中国，却不幸命归黄泉，让人深深痛惜。后来的几天里，德国医师的事一直在我的脑海盘旋，更多的话不便与同伴唠叨，便更多关注德国有关交通安全方面的规章制度了！似乎可以借此抚慰一下自己愧疚的心情。

德国政府有关载客大巴行驶的规章制度规定，一台载人大巴司机一天的 13 小时工作时间，包括吃饭、休息，是从司机出门那时算起，到司机将车入库时截止，大巴在路上行驶的时间仅为 9 小时。同时又规定：司机连续行驶时间一次不得超过 4 小时 30 分钟，在这期间，司机必须停车休息 45 分钟。不要小看这看似简单的"数字"，执行起来还让人很费脑子，一天中连续行驶的两个 4 小时 30 分钟是分开计算的，这就无形之中给车上的导游增加了一个艰巨任务：结合每个景点所需时间为司机安排路上的休息时间。在高速公路上行驶，大巴的时速是受到严格限制的，即使是在允许"飙车"的路段，大巴也不得超速行驶。"有关部门"如何来监督以上这一系列规章制度的实施的呢？就凭一张"卡片"！这张汽车出厂前就被"植"入车身的卡片可以如实反映司机每天什么时间上车、什么时间将车入库，一天中在路上行驶了多少时间，分别休息了多少时间等等，滴水不漏，准确无误。

可以想象，若每个大巴司机都在这"卡片"的管理和监督下行车，像我国延安地区有疲劳驾驶嫌疑的"8·26"特大车祸就完全可以避免了。基于这个认识，眼下正在德国高速上行车的我们，还会为自己的安全过分担忧吗？汽车占有量仅为整个世界的 1.9%，而公路恶性交通事故却是全球的 15% 的中国的交通安全管理工作，是应该认真学习先进国家的经验，好好整顿了。

来过几次德国的我，对德国人做事风格的严谨早有所闻。不仅交通安全管理，德国人在其他生产、生活领域都有自己严格的法律、法规与规章制度。在近十天的旅行里，只要有时间，我就向导游询问有关德国在其他领域严格管理上的经验，问得多了，竟然让导游都感到心烦："我这些不

慕尼黑街头所见：骑自行车的德国成年人与他们的孩子

是在车上说了吗？"言语中似有埋怨。一直因为发生在京津塘高速的车祸对德国人心存些许愧疚的我，并没有在意，仍"我行我素"。

谈话中我了解到，德国政府为了减少交通压力，鼓励市民使用自行车。所有城市的街道都有自行车专用车道，即使有些路段街道狭窄，本来的人行道被自行车道"占领"也在所不惜。德国人显然也很喜爱这既可健身又利于环保的交通工具，慕尼黑地区竟然拥有自行车600万辆！在德国，骑自行车已经成为一种时尚，我在街头就亲眼看见一家几口人相邀骑自行车健身的。把自行车架在小车顶篷上的情景随处可见。

在慕尼黑，我还发现家长们鼓励小学生使用自行车。一天下午5时许，我在街边等候旅游大巴时，发现四五个年龄在7岁上下的孩子在家长的陪伴下放学骑车回家。那时正是学校放学的时间，待到过了5点30分，在街边捧着相机等了近一个小时的我，就再没有"抓"到一个骑自行车的小学生了。想到这是发生在每个家庭普遍拥有两辆以上"宝马"与"奥迪"的德国，我感触颇深。

在德国，有益于老百姓生产生活的举措都有人去琢磨、去实施。德国一些家庭既有汽车又有摩托车，因为气候的原因可能在某几个月里搁置家中不用，但闲在家里的交通工具又必须按章缴纳税费、保险费，一些家庭为了节省费用常常花时间去办理交通工具暂时停止使用的手续，或者干脆将其牌照废掉，待用车时再去登记。"有关部门"针对这种情况想出了一个在牌照上标明使用时间的主意，很实用。为了保持城市的清洁卫生，德国还对垃圾的回收颇动了一番脑子，他们竟然发明了一种"垃圾日历"，将一周中的每一天分别收集什么类型的垃圾在"日历"上标明，以便于各个家庭统一执行。为了城市的交通不至于因为市民休假或上下班人群"扎堆"导致交通堵塞，德国还将各个州、各个学校的放假时间有意错开，减少了一些公共场所和交通部门的压力。

在德国的一些景点，如教堂、公园，学生都由老师带着，走到哪儿，老师讲到哪儿，认真、负责的态度丝毫不亚于在课堂上给学生们讲课。见我对这事儿感兴趣，导游主动说一次他带团去威尼斯，听到老师这样交代学生们：每位学生在五分钟时间内用自己的语言谈一下对威尼斯的感觉。说到此，导游对这些年中国一些学校组织学生来国外搞夏令营的现象表示了忧虑。据说，有些老师将学生带到巴黎的"老佛爷"大商场门口让学生站在马路边啃汉堡包，自己却跑到商场里抢购名牌，国外舆论对此颇有非议，戏称之为"中国学生集体出钱陪老师到国外旅游购物"。

同样是亲眼所见的"画面"，让我对德国人的工作态度和负责精神感慨良多。也是在慕尼黑街头，在一处陈列着安全警示标识的马路上，几名德国工人正在给马路换井盖，他们先是将需要调换的井盖揭开摆在一旁，紧接着又用一铁质的工具在井里掏，竟然又掏出一个模样像汽车轮胎内钢圈的东西，见到它我立刻就想到一年前的一场暴雨中落入下水道里而丧命的"老乡"，一个刚刚研究生毕业的女孩。我想，如果我所在城市的下水道在井盖下也有这么一个装置，悲剧就不会发生了，不禁叹息。接着，我看到德国工人将井口遮盖后，又用切割机器将井口周边的柏油路面切出一个圆形的洞；再将井口的遮盖物搬开，将那汽车轮胎内钢圈式的东西放进

的士，清一色的"奔驰"

中间的数字表示的是摩
托车使用时间

井内，盖上新的井盖；然后开来一铺路用的工程车，在挖开的路面上铺上柏油；待一切工作进行完毕后，工人们还没忘用水平仪测量路面的水平状况……看得几近发呆的我此刻想说的是：我们的"有关部门"如果在涉及人民群众生命安危的环节中都能以这样的态度来工作，我们身边会少发生多少危及生命的事故啊！

在德国旅行的几天里，对早已去过的奥运会旧址、市政厅广场，还有"宝马"总部，我没多加注意，就这样一路上一个劲儿打听有关德国的新鲜事，琢磨德国可供我们国家借鉴的经验、政策、法规、制度，一直到离开德国、离开欧洲……

看不到"窗栏"的国度

1998 年 7 月,正值世界杯足球赛在法国酣战,我与国内医药商业界的朋友一行三十余人去欧洲五国考察。首站是比利时,其次是荷兰、德国、卢森堡、法国。在登上飞机之前,我跟领队小杨开了开玩笑,因为,1997年去美国在特拉华大学被"关"了 11 天的事还让我们许多朋友"心有余悸",这次去欧洲,总不会又这样吧!小杨拍胸脯对我保证:这一次,一定让大家多跑跑,多看看!

后来的情况的确也是这样,十来天时间我们到了许多地方。比利时的滑铁卢我们去瞻仰了,有名的"小尿童"我们也去拜谒了,荷兰的风车群、伟大的长堤也专程前往游览了。到了德国,我们更不会忘了去歌德、马克思的故居。在法国巴黎,卢浮宫、凡尔赛宫让我们将欧洲的油画艺术好好地"饱餐"了一顿;在埃菲尔铁塔上,我高兴得几乎像小鸟一样飞起;而让我永远难忘的是:在宽广的凯旋门广场,我和一大群法国青年共同欢呼胜利,只是这"胜利"不是法国军队战胜了德国法西斯,而是法国足球队获得"大力神"杯。至于巴黎的红磨房、阿姆斯特丹的"人肉橱窗",领队没说要带我们去,我们也知趣,没有提出要求!

总之,我们一行在西欧五国,看了不少,玩得也尽兴,但满车的人也没有听到有谁特别想多说点什么。对于我们这一车成天国内外到处跑的人，像我这样看到什么都感到新鲜、都要拿照相机照一照的人并不是很多。欧洲有埃菲尔铁塔，中国有万里长城；欧洲有塞纳河，我们的西湖也很美；德国有歌德故居，我们有杜甫草堂；凡尔赛宫的油画固然很美，北京故宫的名家字画同样价值连城。

西欧之行给我无穷回味的是一种不为许多人所注意的现象：无论在城市，还是在乡村，所有房屋的窗户都没有安装窗栏——就是在我们中国的城市里几乎都要安装的那种防盗金属栅栏。如果说在布鲁塞尔车站旁的民居没有安装金属栅栏，是因为这儿治安条件较好，常见警察巡逻，尚可解释；而在阿姆斯特丹郊外，我在一条长堤上看到一长排风格相异的木屋，其门道与堤面平行，过路人一抬腿就可迈入小院，大玻璃窗伸手可及，人们可以清楚地看到房间里的家具、摆设，仍然没有安装防备外人进入的金属栅栏。我这个装修房屋必定要考虑安装金属栅栏的游客看到这一切，要想无动于衷也是做不到的了！

如果说我对于居民房屋的窗户没有安装金属栅栏感到惊奇，而我所到过的这些欧洲国家的"大门"也没"遮"没"拦"，对此我又会有何感想呢？

没有窗栏的民宅

我们一行从布鲁塞尔出发，一辆大客车载着我们，十来天跑了五个国家，经过若干个闻名世界的欧洲大城市，最后从法国的巴黎回到布鲁塞尔的飞机场打道回国。这一大圈少说也有 3000 公里，一路上，我们的车子从没有因为要检查游客的护照或缴纳过路费而停下来过。一路上，要不是领队指指路边飘扬的旗帜给我们介绍，我们根本不知道车子已从一个国家进入到另一个国家。

对于西欧五国，这些小事惹得我心情久久不能平静，一路上很想跟人好好讨论一下，从欧洲五国的政治、经济、文化等方面，从社会治安的角度上找一个满意的答案，苦于没有机会。我只是从城市和乡村看到的一支又一支结队郊游的自行车队——车手们都是一些穿着五颜六色衣衫、头发花白的老年人的笑脸上，从在高速公路上高歌猛进的一辆辆去度周末的房车上，从正全神贯注驾驶着一辆辆豪华摩托车的车手的背影上，悟出了点什么！

建筑物上的防治艾滋病标志

但是，在这些房屋的窗户不安装金属窗栏、国家的"大门"也没"遮"没"拦"的国家里，他们对于事关人民生命的药品管理却安装了十分牢靠的"栅栏"。

我们一行毕竟是来考察药品管理的，在这里，我深深地感受到当地政府及药品管理机构对于药品管理工作的重视。在法国的一家医院里，我们了解到药剂师们比我们中国的多了一项职责：负责审核医生开出的药品处方。病人的用药档案是他们向医生提出意见的重要依据，一旦药剂师提出建议，临床医师是必须认真考虑并对自己处方进行修改、调整。在比利时，我们访问了一家当地的医药商业协会，这个民间机构在本行业的权威不亚于我们中国的各级"医药管理局"。他们有自己的药品检验机构，有权抽查所有药品经营企业的药品，并照章处罚任何违背政策、法规的行为，此外，对药品生产经营企业进行必要的指导，也是他们的日常工作。协会制定的许多管理办法十分科学、严谨。比如，协会规定：所有药店，无论业务大小，必须有员工三人以上，其中必须有一人是具有大学学历和专业技术职称的药学专业人员，而且不允许他在其他企业兼职，如有违反，协会有权责令其停止营业。协会还规定所有药店必须严格凭医生处方方可出售药品，让我亲自尝到了"苦头"：此次来欧洲，我身负购药的任务，因为家父不幸得了癌病，我很想给他在欧洲买些抗癌药品。但尽管我通过我认为有能耐的人找到当地协会的官员，他们都只能把双手一摊、耸耸肩，表示抱歉了事。

我说的这些，不就是欧洲这些国家对药品的生产与经营所安装的"安全窗栏"吗？

西欧国家民居的窗户不安装金属窗栏，归功于他们国家法治的健全，这"法"，可能指的是"民法""个人财产保护法"什么的，而涉及药品、医疗管理领域，就是"药品管理法""医生、药剂师职责"之类。我们国家的民居普遍安装金属窗栏，老百姓时时为财物安全担忧，这一现象本身就是对我们国内众多领域法治不够健全的反映。此时此刻的我，对自己国家这些年药品质量监督管理的状况颇为不满的我，为中国在这方面与欧洲国家的差距而深感不安，为自己作为一个药品经营者在药品质量管理工作中的一些缺陷感到内疚。

西欧五国，这是房屋上看不见金属窗栏，但医疗、药品管理上却安装了牢固"窗栏"的国度！

还愿欧罗巴——欧洲十一国旅行日记

下面这些日记体游记，记录了2006年春一次不平常的西欧之旅。去欧洲，名义上是去"躲"六十大寿，实际上是想借此排泄心头的苦闷。此行我的情绪十分低落，第一天早晨就不小心摔坏了手中的相机，但绝未料想到的是，十余天后的我判若两人，在日记的结束处总结说：

"在这次欧洲之旅中，所见所玩虽然有限，但在思想上、精神上收获颇多。一切都是因为一种表现在广大欧洲人民身上的追求真理、勇于探索、积极向上、永不言败的精神！"

在列举了培根、布鲁诺、狄德罗、米开朗琪罗、笛卡尔等众多西方资产阶级民主运动先驱们为真理、为人类进步事业所作种种努力与艰苦卓绝斗争的种种业绩后，我紧接着说：

"在西欧的十多天，我为自己乘坐的大巴一次次'大摇大摆'地从一个国家跑到另一个国家而不需经过边境检查感到震惊，为在欧洲人民身上所表现出来的开阔的思维、宏大的气魄所折服。他们实际上是在努力完成前辈培根、康德、卢梭未竟的事业，即化干戈为玉帛，克服对抗而走向和谐，各个国家规范自己的行为，由此建立良好的联盟和世界意义的普遍立法的公民社会……

"世界，是由时间与空间组成的，时间与空间是没有边际的，在无边无际的时间与空间面前，人的躯体如同尘埃一样极其渺小，但人的进取精神和他对社会所作的有益工作是与天地共存的。在水城威尼斯的'叹息桥'上、圣彼得大教堂的天顶画下，在阿姆斯特丹的长堤上，我一直这样在思索……欧洲的十四天旅行，让我回到了立志高远的青少年时代！曾经奋斗过的我，刚在巴黎的咖啡馆度过六十岁生日，将告别过去，翻开我人生新的篇章！"

机舱里的苦读者

　　T2 次特快列车于上午 11 时许到达北京西站，刚出站，我就与安如一起打听开往飞机场的公共汽车，这是我十多年来到达北京后第一次考虑坐公共汽车去目的地。自打身份转变后，我已经逐渐习惯了低调的生活，过去在湖南长沙，出门就有专车在门外候着，可这几年连"出租"都坐得少，觉得还是坐公共汽车安全、节省，还环保。就说这次出国吧，5 月 14 日就是我的六十大寿，湖南的风俗，人的一生，六十岁生日是必须要隆重庆祝一下的，而我却不声不响地筹备了这次与妻子的出国之游——"躲寿"。

　　民航汽车站就在北京图书馆附近，一问票价，从汽车站到飞机场只要 16 元，远远低于我们的预算。对于这次出国，我和安如是做好压缩开支的思想准备的。我立即将这一情况用短消息发给了十分关心我们夫妇出国行程的女儿。

　　我们坐的是南方航空公司的波音 777 飞机，飞机比我平时在国内坐的大许多，备有旅客个人专用的小电视和耳机，机舱内有一些老外，更多的是我们这样的中国游客。飞机准时起飞，先向北过蒙古，再向西飞越西伯利亚，经彼得堡向南，跨越北海，到达目的地荷兰的首都阿姆斯特丹。整个航程有 8000 多公里。飞机大概飞了两个多小时，就到了西伯利亚上空。

我伏在飞机的舷窗上向下观望,已经是中国南方5月早稻插秧的季节了,而飞机下的西伯利亚仍是白茫茫的一片。也有黑色的、细细的线条,可让人借以分辨哪是公路,哪是山脉,至于跑动的车辆和行走的人、畜,是机舱里的我无法"捕捉"得到的。飞机继续向前飞行了一个小时,舷窗下面依然如故,我不由默默念了句《红楼梦》中的句子:"落了片白茫茫大地真干净。"

机舱内倒是温暖如春,按照北京时间,现在是晚上9时了,一直关闭的舷窗的外面,阳光十分刺目,许多旅客都在闭目养神,几位显然有经验的旅客戴上黑色眼罩躺在后排空余的位子上睡得很香。

飞机飞过彼得堡没多久,渐渐可以看见一片片绿色的树林、绿色的田野。飞机下面的北海尤其让人迷恋,蔚蓝的大海波澜不惊、洁净无瑕,偶然有一艘快轮驶过,泛起白色的浪花,像水银泻地,给这一片蔚蓝添上一道亮色。

十个小时的飞行并不算短,飞机刚起飞我就注意到身前身后好多位老外,而且多为女性,一直在埋头看书,密密麻麻的外文书,很厚,和我们的《新华词典》差不多。整个旅途,除了用餐,他们没有和身边的同伴交谈,也没有像我一样到处走动,甚至连看书的姿势也没有变化。我出于发自心底的敬佩,当然,也有作为同样喜爱书籍的人惺惺相惜的意思,全然不顾及自己作为一位六十岁老人应有的矜持,先后为这几位"苦读者"偷偷拍摄了好几张照片。

飞机是在北京时间2006年5月5日凌晨1时、当地时间5月4

飞机上的读书者

日下午7时抵达阿姆斯特丹的。机场的出关手续简单到不能再简单，待兴奋的我们登上大巴时，阿姆斯特丹的天空还是亮堂堂的。车窗外，过往行人不多，形态各异、美观结实的洋楼静静地排列成队伍，似乎在欢迎我们这批中国旅客。大巴驶离城区，我们的眼前就全是一片绿色了，绿色的草、绿色的树，在这片绿色的怀抱里，短脖的羊、花斑的牛在悠闲地嚼食青草。

久违了，我在八年前曾经"品味"过的欧洲田园风光！

我们的住地在离市区90分钟车程的一个小镇上，旅店只有一位服务人员，厅堂很小，除了我们一堆中国人，没有别的客人，卧室倒是很大，也很干净。

2006年5月4日

第一天就摔坏了心爱的相机

来到欧洲的第一个早晨。

当地时间早上 3 时我就醒来了，到 6 时许起的床，坐了十多个小时飞机的我，一晚仅睡了三四个小时，看来，是时差在作怪。

小镇也刚刚从梦中醒来，路边的灯还淡淡地亮着，公共汽车又宽敞又漂亮，隔一会儿开过去一辆，里面看不到几个乘客。赶路的小轿车一辆比一辆开得快，我看见好几辆小车的"屁股"上还架着自行车，不待我掏出照相机，它们就驶远了。

我试着在人行道上跑动起来，脑子里却一直在过电影似的闪现出故乡的许多人与事，这是否与自己的六十大寿将在万里之外的异乡度过有关呢？难说。作为本省一家国有大型商业公司的总经理，我本来可以有一个非常舒心、安逸的晚年，到六十岁退休不会有什么问题，但当我看到医药市场竞争愈演愈烈，旧有体制无法与蜂拥而上的个体药商比拼时，我策划与北京一家上市公司进行资产重组，于 2000 年成立了本行业在本省的第一家有限责任公司。公司成立后，我执意将公司总经理的职务交给一位年轻的大学生，自己仅在董事会任职，前面还带一个"副"字。岂知，一旦失去公司的决策权，情况就大不一样了，我过去为公司发展描绘的美妙的蓝图不可能按照自己的时间表去实现了！没过多久，因为对一系列事关公司发展方向的工作持不同意见，并非公司法定代表人的我遭到新任总经理及远在北京的控股方的猜忌与排斥，最终被迫调离。可就在我离开公司后不到三年，这家我为之辛苦了大半辈子的公司被弄得资不抵债，许多因为公司最终破产而被以改制名义"下岗"的同事也因此对我用人失察多有抱怨……在荷兰小镇的街头，我就这样一边回顾着烦心的往事，一边来回跑着。不料，不知碰着了一个什么物件，我左手腕上的照相机被重重地摔在地上。回到房间，无论我怎样摆弄，也无法开启。欧洲旅游还未真正开始，就遇到这样的事儿，我懊恼得不行，竟至于有些怀疑此次我坚持来欧洲旅游是否有欠妥当。可我担心第一次来欧洲的妻子扫兴，仍装出一副若无其事的样子。安如显然也担心出来躲寿的我情绪受到影响，很快把话题转移到别处，谈着谈着，就谈到我六十大寿办寿宴的事。安如的意见是从欧洲回到长沙后，还是要邀请一些重要亲友来聚聚，毕竟是六十大寿呀！对于安如的提议，我心里是赞成的，但嘴里却说：先不谈这些，我们现在的任务是旅游，除了旅游，就是旅游！

莱茵河畔的房车

上午的目的地是德国的科隆，严格地说是科隆大教堂。我们这个旅行团有 52 名团员，七十岁以上的就有 6 位，我在其中算是"中青年"。导游是一位三十多岁的大小伙，长得很结实，黝黑的皮肤，穿着很随意，满口京腔，一看就是一位旅游界的"老资格"了。他让我们叫他"托尼"，"就是拖泥带水的拖泥"，他坐在副驾驶座位上，背对着大伙儿在麦克风里这么说。

托尼说话、办事一点儿也不拖泥带水，在他滔滔不绝的解说里，没有一句多余的话。他这样概括我们这个旅行团的旅行安排："我们这次旅行只能算是一次欧洲新体验，14 天，11 个国家，跑呗！"

我们在科隆大教堂的时间仅仅半小时，真正是"跑"。这儿，我八年前就来"跑"过一次。不过，当时可没有专职导游陪伴我们。这一回，我才了解到，科隆大教堂号称世界第七大教堂，与法国的巴黎圣母院、梵蒂冈的圣彼得大教堂并称欧洲三大宗教建筑。它是 1250 年动的工，整整持续了六百年，经历了十代人才建成，多少年了，科隆大教堂的维修、改造工作一直不间断地在进行，我们这一次就遇上了。科隆大教堂有两座并肩而立的高塔，教堂总高度为 150 多米高。"150 米"——这是我任总经理时公司那座 19 层的办公大楼的两倍，就是说，科隆大教堂有近 40 层楼高。从塔尖到下面厚重的石壁，整个大教堂从外表看是黑黑的；其实，这座教堂原本是用磨光的白色石块建造的，因为年代太久，石头风化才变成现在这种颜色。

吃过午餐，大巴朝莱茵河开去。莱茵河、多瑙河、塞纳河，在儿时的书本上，我就熟悉这些名字。在大巴上，我琢磨：我们中国老一辈的翻译家们真够有才的，把严复老祖宗"译事三难"里所强调的"信、达、雅"发挥到极致，将这些外国河流的名称一个个翻译得如此美妙：写在纸上好看、念出声来中听！只要读到、听到其中某一个名字，你就能感觉到她的美丽！

大巴在一段山路上行驶了一会儿，我们就可以通过车窗看到波光粼粼的莱茵河了。大巴顺着山路蜿蜒而下，驶入一座僻静的河边小镇，托尼称之为"波帕"。下车的时候，我们被眼前的景象惊讶得说不出话来：在绿树红花的环抱中，一座座造型美观别致的小楼像一件件专供人们品味的艺术品，迎着灿烂的阳光排列在山路的两侧，向人们展现其主人的富有与闲适。小镇洁净得让你觉得，在这里穿鞋都是多余。路上行人出奇地少，也出奇地安静，偶有小车驶过，司机们好像都在有意放慢速度，不让车子发出一点点声音。

上船一会儿，船就开动了。河水清冽，在离岸较近的水中，我看见植根于石块缝隙间的水草随着波浪舞动着身体。河面上看不见一根杂草或白色污染物，河的堤岸全用石块铺盖得严严实实，整个航程，我没有看见堤岸边有裸露出泥土的地方。莱茵河，一条和她的名字一样美丽的河流！

游轮溯河而上，船移景换，看不完的洋楼、古堡，阅不尽的人间春色。游轮行进一个小时，到了一个名为莱茵岩的地方停了下来，托尼抬起手指指点点，告诉我们哪儿是猫堡，哪儿是鼠堡，哪儿是莱茵堡。莱茵堡历尽沧桑，只剩下残垣断壁，与其隔江相望、体积仅为莱茵堡三分之一不到的猫堡和鼠堡倒是"保养"得很好，像两个小精灵高高地"趴"在各自的山巅上。在猫堡与鼠堡脚下的江边，有一座名为"莱茵女妖"的石雕，女妖勾着头，似乎想向游人述说什么伤心的往事。在游轮前方岸边的河滩上，密密麻麻停着一大片房车。这种专供人们外出旅行、与大自然亲密接触的房车曾让八年前来欧洲的我激动过好一阵；今天是周末，还未到下班的时间，房车的主人们就把车子开了出来并安置好，不少人还将睡椅架在房车边，人躺在椅上，双手交叉搭着，欣赏过往的游船和游船上的红男绿女。

瞧着眼前这一幅幅美景，平日尤其喜爱摄影的我，因为照相机摔坏了不能将其"留"住，觉得很不是滋味。

"跑"到法兰克福，已经是下午6时了。在路上，托尼告诉大家，法兰克福是德国最现代化的国际大都市，是世界知名的博览会中心、金融中心、证券业中心和航空中心。法兰克福有欧洲最大的空港，平均每分钟有

法兰克福的大教堂

17架次飞机起落，号称欧洲的门户。在法兰克福，不仅有全德国最大的银行——德意志银行，实行欧元后的"欧洲中央银行"也设立于此，就更不用提起其他400余家世界各地的金融机构了，难怪有人给这个被誉为"美因河畔的曼哈顿"的法兰克福送了个昵称：美哈顿。法兰克福还有欧洲第二大的证券交易所和大大小小770家保险公司，但让法兰克福人更加引以为傲的是具有悠久历史传统的"国际博览会中心"的美誉。在这儿，每年要举办15～17次大型国际博览会，如每年春夏两季举行的国际消费品博览会、两年一度的国际"卫生、取暖、空调"专业博览会、国际服装纺织品专业博览会、汽车展览会、图书展览会等等，届时，法兰克福城区人近千万……

一口气听完托尼有关法兰克福的介绍，我差点透不过气来，而当耳畔响起"歌德"两个字时，我的两眼顿时为之一亮：自幼爱好文学的我到了法兰克福才知晓，法兰克福还是大文豪歌德的故乡。歌德的处女作，也是

美因河

他的成名作《少年维特之烦恼》就诞生于此。我16岁时就读过《少年维特之烦恼》，"文革"时期搞"斗私批修"——员工之间互相批判，公司竟有人还为这件事写过我的大字报哩。到了欧洲，我怎么还提这些陈芝麻烂谷子的往事呢？我是不是真的老了？

大巴开到市区的罗马广场停了下来。因为第二次世界大战，德国的许多大城市都遭到过盟军炮火的"洗礼"，法兰克福也在其中。许多大楼都倒塌了，但有两座石雕被人保存下来，一座叫正义女神，一座叫战争女神，目前就安置在罗马广场上。广场上有许多白皮肤的年轻男女，在广场四周的小桌前，他们倚在靠椅上不露声色地望着我们这些匆匆而过的游客，有的则自顾自地小声交谈着什么。小桌上是咖啡、啤酒。

2006年5月5日

托尼说的德国"立体制氧机"

来欧洲的第二个早晨。

早上醒得比昨天晚了些，待我走出旅店，街上仍然没有什么行人。旅店的后面是一大片树林、草地，不等我走近，一股醉人的青叶的香味钻入我的肺腔，我感到自己不是在用鼻子闻，而是在用嘴咀嚼，顿时神清气爽。在林边的小路上，我来回地跑着，脚步轻盈，血液通畅，几次想停下来，没等完全站住，双脚又不由自主地跑开了。

我想起托尼关于德国重视环保的介绍，他说，德国人视环境保护为生命，为了改善空气质量，他们大面积地植树造林，在城市道路两侧、乡村的农舍前后、山坡与堤岸所有空坪隙地一律种上青草。森林、灌木丛、草地三者合而为一，成为一台"立体制氧机"，向天空不停地输送氧气。托尼用颇为内行的口气向我们强调：灌木的制氧能力是很强的。我现在身后就是好大一片灌木林，醉人的香气似乎就是从这儿发出来的。

今天上午的目的地是慕尼黑。我记忆中的慕尼黑是与两个"黑色"事件联系在一起的。其一，希特勒在发动第二次世界大战前，曾在慕尼黑市中心的玛丽恩广场跪在圣母像前请求祝福与指点；其二，慕尼黑曾于1972年主办过第二十届奥运会，在奥运会期间，11名以色列运动员和教

德国的"立体制氧机"

练员遭到恐怖分子的绑架，史称"慕尼黑血案"。

大巴离开旅店不一会儿，托尼给我们讲起了《圣经》故事。他说，《圣经》分为《旧约》与《新约》，《旧约》是由犹太人用希伯来文所写，它的第一章叫《创世记》，里面讲的是上帝怎样先创造了天与地，接着创造了光，有了光就有了白天与黑夜，接着，上帝又创造了河流、日月星辰、植物、动物，还有男人与女人——亚当和夏娃。总之，世界上的一切都是全能的上帝所赐。《新约》不同，主要是介绍"我们的主"——也就是耶稣，他的生平和思想。耶稣是未婚的童贞女玛利亚在马槽边生下来的，这一天，就是我们现在许多中国年轻人尤其喜爱的圣诞节。《新约》中有许多篇章，像《马太福音》《马可福音》《约翰福音》都是耶稣的门徒所写，多是记录耶稣平日对门徒的训导。在 11 世纪，基督教内部发生大分裂。有一派声称自己只信仰全能的上帝；有一派则一心敬奉圣母玛利亚；自然也有人对童贞女玛利亚何以生下耶稣一案提出质疑，强调自己是上帝之子耶稣的忠实信徒；还有的则不仅信仰上帝，也信仰耶稣、信仰圣母玛利亚。不久就有了天主教、东正教与新教等教派的区分。说来真有些难为了托尼，有关基督教的这些知识以及一些《圣经》故事，如"亚当偷吃禁果""最后的晚餐""耶稣复活"等等，他都娓娓道来，让车厢内的人们听得入神。

早些年，我就听行家说，要去欧洲旅游，要读懂欧洲，宗教与艺术是两块"敲门砖"。就是说，你要去欧洲，最好要掌握一些有关宗教与艺术的知识。在欧洲，教堂超过100座的较大规模城市比比皆是。欧洲的人口总计七亿三千万，信奉基督教的占了65%，全世界10多亿基督教信徒，将近一半在欧洲。如果连耶稣是谁，什么是基督教都一问三不知，美丽的欧洲对于你就不仅仅只有一道语言障碍，还有一道重要的文化习俗的障碍啦。至于艺术，就更不用说了，欧洲是文艺复兴的发源地，且不说欧洲还有一个古希腊，可以说，近现代世界上最好的油画、最好的雕塑、最好的歌剧、最好的音乐作品大都产生在欧洲，大都集中在欧洲；当然，我们还不能忘却托尔斯泰、巴尔扎克、歌德、雨果这一代文豪的鸿篇巨制。

　　我还想补充的是，去欧洲，不仅要掌握一些宗教与艺术的知识，还应该懂得一些欧洲与世界的近现代历史。欧洲是两次世界大战的发源地，也是工业革命的发祥之地；欧洲是老牌殖民主义的诞生地，又是共产党的老祖宗马克思、恩格斯、列宁的家乡；近现代欧洲对整个世界的影响很大。

　　按照托尼的说法，目前中国的自费旅游者——"公费旅游"又当别论——分为三种：一种是真正来"行万里路、读万卷书"，享受旅游乐趣的；一种是来"探路"的，这类人以年轻人居多，他们打着旅游的牌子，为日后到国外工作、读书先来探一下路；一种是来还愿的，他们在年轻时许下心愿，日后等有了机会，一定要到自己从书本上了解的美丽国家去亲眼看看，能不能看出点什么名堂来，他们管不了那么多，来一趟国外，"还"了年轻时的"愿"，这一辈子没白活了！

　　托尼说，我们这个旅行团，就是一个这样的"还愿团"。听到这儿，我在心里笑了。还真让托尼说得像是那么一回事儿。我们这个团，五十岁以上的占了一大部分，基本上都没有来过欧洲，看来，平时出国旅游也不多。每天早上乘车时，不少人早早地就等候在车门外，以便找个靠前的位置，各人的行李也非要亲手放进行李箱不可；晚上回宾馆，又必须亲手将其从行李箱搬出来，拖回到自己的房间去，而不是按"规矩"让专职司机搬运。弄得我们的意大利司机很不解地问托尼：这些中国老人的行李箱里到底装了些什么宝贝？在路上，除了老伴，大家互相间什么都不谈，也没有想谈什么的意思，结交朋友显然不是他们这次旅行所考虑的事。路上，大家一个劲儿地照相、摄像，还不时拿出《世界地图》指指点点，听了托尼的讲解，立即用笔在本子上记点什么，瞧那个认真劲儿，真让人忍俊不禁。仅有坐在大巴后几排的几个年轻人没有管窗外的什么风景不风景的，一路上咕咕哝哝说个不停。

　　从我们的住处到慕尼黑有五个小时的路程，公路两旁，看不到一块空地，也看不到人的踪影，只有如茵的绿草地和成片的密林。一座座美丽的小木屋安静地"停泊"在绿海中，迎着灿烂的阳光。

望着窗外的草地，安如不止一次地问我，这些德国人为什么放着好好的田地，不种粮食，不种蔬菜，专种草；既然是种草，又不用它来喂牛、养羊，太难以理解了。托尼对此解释说德国有钱，可以到外国买粮食，买蔬菜。但我想事情不会那么简单，美国难道没有钱？他们生产的小麦、大豆自己吃不完，卖到国外赚取美钞哩！带着这个疑问，我利用每两小时下车休息的机会，一次次独自跑到草地里寻找答案。我的回答是：德国人不仅仅利用青草制氧搞环保，他们还在改良土壤，进行资源的储备。我在小学的课本上就学过，我国有一个农业"八字宪法"：水、肥、土、种、密、保、管、工。其中的"土"就是强调土壤改良的重要。我在"侦察"中发现，这儿青草下的泥土和我在我国东北牡丹江地区看到的东北大平原的黑土地一样黑，一样油，这是长期进行改良土壤工作的结果。改良了的黑土地，是德国人的宝贵资源，到了必要的时候，德国人想要它们长啥，它们就会长啥。这就像现在一些西方国家，明明自己国家地下的石油储藏十分充足，他们都没有拼着劲儿去开采，而去国外用高价进口石油，是一个道理。

玛丽恩广场，市政厅所在地

托尼安排我们在慕尼黑观光的地方，一个是玛丽恩广场，一个是1972年奥运会旧址。《旅行安排》中要去的纽姆普芬王宫，他没说要去，52名游客竟没有一个人吭声，难怪托尼说我们这个旅行团是一个"还愿团"！

玛丽恩广场中央树着一根高高的石柱，石柱顶端是镀金的圣母玛利亚；石柱下，

慕尼黑足球场

市区大街上的足球迷

就是希特勒当年挑起第二次世界大战之前下跪祈祷过的所在。广场一侧有一座哥特式、貌似教堂的建筑，托尼说是现在的市政厅。附近还有一家建于 16 世纪、名为 HB 皇家啤酒屋的啤酒店。据说，希特勒当年发动政变就在这家啤酒屋内。因为急着买照相机，我没在此停留。实际上，我从年少时就讨厌希特勒，讨厌这个曾经屠杀过几百万手无寸铁的犹太人的战争狂人，游览一个景点还要把他扯上，烦！

1972 年奥运会旧址一点儿也不"旧"，室内体育场的顶棚采用的大块大块透明的玻璃钢，三十多年了，看起来还像新的一样。

室内体育场右前方有一汪小湖，水很清，天鹅、鸳鸯们成双成对地在湖上"漫步"，也有的大大咧咧地在岸边与游客嬉戏。湖的彼岸有一座小山冈，上面满是修剪整齐的茸茸绿草，远看，像姑娘身上抖散开来的绿裙。前来进行体育活动的人不少，有老人，也有小孩，而且因为是星期天，随处可见全家大小一起来锻炼的。

1972 年奥运会旧址的正对面是著名的宝马汽车公司的总部。来德国两天了，总算看到了作为工业大国的德国的"工业"！

慕尼黑是德国足球运动开展得很好的一个城市。在来奥运会旧址的途中，我看到一座银光闪烁的室内体育场馆，造型颇像鸟巢，2006 年的足球世界杯将把它的开幕式与首场比赛安排在这座耗资两亿多欧元的场馆里，拜仁慕尼黑队的主场也将设在这儿，我会在今后观看德国足球联赛的电视转播时经常看到它。回到市区吃饭时，我又一次体验了欧洲足球迷的狂热。前一次是 1998 年法国世界杯时的巴黎，那时法国和意大利正争夺决赛权，天还没黑，在我吃晚餐的那条街上就看不到一个当地人，车也少得出奇，像是一座空城。今天，黄昏时的慕尼黑街头却是热闹非常：一辆接一辆飘舞着彩旗的小车呼啸而过，车上的青年男女露出头和身子挥舞着彩旗，大声喊着什么，脸上洋溢着欣喜与激动。听人说，今晚，慕尼黑足球队将在主场与客队争夺德国联赛冠军，难怪！

2006 年 5 月 6 日

茵斯布鲁克街头的军乐方队
与德国公厕的电脑收据

　　大巴一早从旅店开出，径直奔往奥地利。说是去奥地利，托尼却连首都维也纳也没安排我们去，而是去一个与德国、意大利接壤的叫茵斯布鲁克的边境小城，我颇觉失望。

　　奥地利是一个人口仅有 700 万、土地面积 8.4 万平方公里的小国，她的国土大部分在阿尔卑斯山区，因此，水力资源十分丰富，电力输出是该国的重要外汇收入来源。在政治上，奥地利给世界留下深刻印象的是在 1914 年 6 月间，奥匈帝国皇位继承人斐迪南在萨拉热窝被塞尔维亚族青年用手枪打死，奥匈帝国以此事为借口向塞尔维亚宣战，这一事件于是就成了第一次世界大战爆发的导火线。一战的战败，让奥匈帝国从此成为历史，奥地利永远与匈牙利分割开来。1938 年，奥地利被德国吞并，随即一起卷入二战，不用说，它又成了战败国。两次参加世界大战、两次失败的奥地利政府终于痛下决心解散了自己的军队，并宣布自己为永久中立国。在车上，52 名游客成了托尼的学生，双方一问一答，一起回顾这段历史。

　　在现代人的心目中，奥地利应该是与美丽动人的音乐永远联系在一起的，海顿、莫扎特、舒伯特、施特劳斯这些名扬世界的音乐大师都出生在这个美丽的国家，身为德国人的贝多芬，二十二岁就来到奥地利从事音乐创作直至晚年。奥地利每年的"新年音乐会"是其世界音乐王国身份的体现。说到"新年音乐会"，托尼话又多了。他说，每年的"新年音乐会"都是在维也纳的金色大厅举行的，金色大厅从外面看并不起眼，里面的音响设施却是世界一流的。大厅里有不少包厢，价格高达一两万欧元一间，45% 为日本企业界的大亨所预订，一订就是二十年。高雅的音乐厅成了日本企业界大亨在欧洲显示身份、借以产生广告效应的场所。托尼后面所说的话应该没有讥讽的意思：他希望，将来有我们中国的企业家也出现在这儿的豪华包厢里。

大巴很快进入阿尔卑斯山区，因为有很多隧道，上山并不觉费劲，很快就到了海拔 2000 米的地方。灿烂的阳光下，一座接一座白雪皑皑的山峰与我们相望，雪峰下绿色的山林绵延不见边际，山林的脚下是繁茂的草地，草地上小洋楼星罗棋布。

茵斯布鲁克似乎离阿尔卑斯山雪峰更加贴近，人们不用仰起头就可与城市尽头的雪山照面。与德国的小城相比，这儿的楼房要高大、气派得多，楼房的墙体是一色的花岗岩，给人厚重、坚实的感觉。也许是因为星期天的原因，除了几家啤酒店和卖纪念品的小商店，商店都关着大门。马路上依然是一尘不染。

托尼是安排我们来观光"黄金屋顶"的，这是一栋五层的楼房，突出的阁楼屋顶上盖着镀金的瓦片，大概十米见方，阳光下金光闪耀。来这儿之前，托尼怕我们因为景点的可观赏性不高而失望，给我们事先打了"预防针"。但我以为，来此一游，我至少增长了这样一些见识：在 15 世纪的茵斯布鲁克，为了夸耀自己的富有，当地的王公贵族，在自家的屋顶盖上涂上金粉的瓦片，可以想象，许许多多的"黄金屋顶"一旦集中在一起，那景象是够富丽堂皇的了！但君子之泽，五世而斩，这句中国的古训同样适用于这些茵斯布鲁克的王公贵族。今天，我们看到的"黄金屋顶"根本不是由那个时代的王公贵族用货真价实的"金瓦"铺盖，而是今天的茵斯布鲁克人为了游客观光而精心仿造，"独此一家，别无分店"。

托尼唯恐我们小瞧茵斯布鲁克，在队伍离开"黄金屋顶"前又特别提醒人们：茵斯布鲁克，曾于 1964 年与 1976 年举办过两届冬季奥运会，现在，高空跳台还在。一看，真不假。不过，现在跳台的周边是绿树成荫，尽管雪山就在不远处，这里一时半会儿是不可能开展什么雪上运动的。

黄金屋顶

当我们一行正准备向茵斯布鲁克挥别时，不远处传来悠扬的鼓乐声，声音越来越近，越来越响亮；鼓乐声里，整齐划一的脚步声清晰可辨。突然间，人们像刚刚睡醒过来似的如潮水一样向同一个方向涌去，只见一列身着中世纪盛装的乐手方队朝我们款款行来，乐手多为动作有模有样的成年人，也有稚气未脱的小男孩和小姑娘，个个目不斜视，表情认真。乐曲，我叫不出名，音色很美，很齐整。每个乐手方队后还有仪仗方队，约五十来人，中年人居多，也有皱纹满脸的长者，一律头戴礼帽，佩挂勋章，身挎军刀。方队一个接着一个地走过来，继续相跟着款款而去，持续了近半个小时。我用新买的照相机照了一张又一张，有全景，也有特写。

待大家上车坐好后，托尼对大家说，这都是茵斯布鲁克当地的老人、小孩经常性自发组织的活动，碰上什么纪念日了，或者什么可庆祝的事情发生了，大家一合计，搞个活动吧，也不用政府来管，于是就……托尼说得轻松，但我和车上的许多人都以为事情没有那么简单。穿一色如此华丽的服装，用这样清一色、价格不菲的洋乐器，一下子组织这么多成年人与小孩，没有广泛的群众基础、良好的艺术氛围及雄厚的经济实力，让我们

茵斯布鲁克街头的
乐手方队

中国人来办，试试看！

我们这一次没能去海顿、莫扎特、舒伯特、贝多芬、施特劳斯等一代音乐大师长期生活并进行音乐创作的维也纳，但茵斯布鲁克这个边境小城很"尽职"地让我们这些中国游客一睹了奥地利这"音乐王国"里一代"音乐传人"的风采，让我们多少明白奥地利何以产生了海顿、莫扎特等一代音乐大师以及一部部让全世界人民世世代代享用的优秀作品的原因。

大巴沿阿尔卑斯山麓继续向南行驶，进入了意大利后，托尼又拾起他的日耳曼民族与拉丁民族的"比较学"说，日耳曼民族办事认真、负责，一丝不苟，有时表现得很固执、古板；拉丁民族懒散、散漫，但也浪漫，这让他们常常表现得很有创造性。托尼对日耳曼民族似乎有着某种偏爱，他举了一个发生在中国的例子。德国的汽车制造业是很发达的，有一家与中国合作生产汽车的合资汽车制造厂，平时对质量要求很高，其汽车使用的钢材是按二十五年不磨损的标准来配料生产的。该厂在中国的工程师为了降低生产成本，就向其德国的总部建议，考虑到中国的汽车使用期一般不会超过二十年，可不可以改成以确保二十年不磨损的质量标准配料生产所需汽车钢材。德国总部的回答非常干脆："我们不会生产这样的钢材。"谈到我们即将去的拉丁民族国家意大利，他说了三个字：脏、乱、差。在德国有许多不能做的事，却可以在意大利做：痰，随便吐；垃圾，随

雪山下的茵斯布鲁克

便丢！言语中表露了他对拉丁民族的些许成见。

　　我对托尼提到的关于日耳曼民族与拉丁民族各自性格特点的比较产生了兴趣。的确，就"办事认真"这一说，德国人似乎持有"专利"，这次在德国，我也让他们给上了一课。昨天，我去德国境内一家加油站旁的超市的洗手间时，门口有一位中年妇女守候在那儿收费，每位5角欧元。我从里面走出来时，她认真地交给我一张电脑收据，我一下子没反应过来。到车上后，我把收据夹在本子里，晚上回到房间，我干脆将它"留"在了我的数码照相机里。同样是去洗手间，同样也是要收钱，今天在意大利境内的一家超市的洗手间，一位二十多岁的女青年守候在那儿，我交上5角欧元后，没有立即离开，因为我不知道应该交多少钱。见我不走，女青年很不情愿地找回我2角钱，回到车上，有人说，这儿的洗手间是收2角钱，她还是多收了我1角钱。钱虽少，意大利人的马虎、德国人的认真，可见一斑。至于说到环境保护，德国人的认真负责简直到了痴迷的地步。在公路上，我就看见大片大片正在用拖拉机翻耕的黑土地，不是种庄稼，而是种草。我昨天路过一座地下通道时，旁边有一个不到两米高的斜坡，如果在中国，这个斜坡用水泥一铺或者用石块垒上，谁都会

洗手间的电脑收据

说 OK，但德国人仍在上面植了草，绿油油的，修剪得整齐、漂亮。相比之下，意大利在绿化这件事上就要大打折扣了！这不，才过意大利边境不到半小时，阿尔卑斯山渐渐露出它褐色的脊梁，山下的建筑物四周也有草地，但显然没有经过精心修剪，在德国、奥地利从未见到的寸草不长的砂石地，在这儿，随处可见。

在快要到达我们今天的住所时，托尼用一种在正式场合下才用的口气向我们宣告，这次旅行的第一个高潮就要到来了。这次旅行，虽然号称是 11 国，但有一些国家，只是路过一下，重点是三个国家，也是此次旅游活动的精华所在：第一是意大利，第二是瑞士，第三是法国。想到我们来欧洲三天了，刚刚观赏过了不起的德国与奥地利，竟然还没有接触到欧洲的"精华"，我对马上就要看见的意大利，顿时充满了极大的兴趣，说给安如听，她脸上也露出喜色。刚刚进入意大利时所产生的不快，在我心中很快消失。

托尼说，意大利有看不完的古迹，听不完的音乐，尝不完的美食，踢不完的足球。意大利是一个有着悠久文明的国家，公元前 6 世纪，就有了地中海奴隶制大国古罗马。早在公元前 1 世纪，现在的英国、法国就领教了与凯撒大帝名字紧密相连的古罗马帝国的威风，从 11 世纪到 13 世纪搅得地中海东岸国家没有安宁的"十字军东征"就是从这儿出发，而曾给世界带来深远影响的 16、17 世纪的文艺复兴运动也起源于意大利的佛罗伦萨。如果说，18 到 20 世纪的欧洲是英国、法国、德国在"发言"，再往前上溯一千多年，意大利"咏叹调"应该是整个地中海、整个欧洲的"主旋律"——后面这段议论，可不是从托尼口中说出，而是我此时的临场发挥。

其实，就整个欧洲而言，意大利在中国普通老百姓的心目中是分量颇重的一个国家，他们可能不知道法兰克福的博览会，可能没听说茵斯布鲁克，但一定多次听说罗马的古斗兽场、凯撒大帝、马可·波罗、威尼斯、意大利歌剧、意大利通心粉、比萨饼和意大利足球。至于托尼反复提到的意大利小偷——意大利电影《警察与小偷》在中国首映时，托尼还在他妈妈的怀抱里呢！

意大利有30万平方公里国土、近6000万人口。作为世界第七大工业国，意大利的电力工业、塑料工业、拖拉机制造业居世界前列。意大利的石油加工能力很强，有"欧洲炼油厂"之称，出口贸易十分发达，是居日本、德国之后的第三大贸易顺差国。都灵—米兰—热那亚是意大利的工业三角地，主导全国工业。米兰是与巴黎齐名的世界时装之都。意大利更为出色的还有她的旅游业，每年五六千万人次来此观光，给意大利带来的旅游收入有700多亿美元，是意大利贸易顺差的重要来源。托尼显然知道大家对汽车尤其感兴趣，他特别介绍说，意大利有个"菲亚特"轿车很不错，但它的跑车也了不起。德国有个"保时捷"，让众多跑车爱好者瞩目，排名在"保时捷"之前的"法拉利""兰博基尼"可都产自意大利！

大巴继续在意大利广袤的国土上行进，公路两边不再是让安如颇有意见的草地了，意大利人在土地上种上了蔬菜、庄稼，坐落在原野上的房屋也不够精致，残墙断壁、荒芜的土地不时映入眼帘。

2006年5月7日

威尼斯："浮"在潟湖上的城市

　　一早，大巴又回到昨天傍晚来过的威尼斯外岛，码头上停泊着许多货轮和客轮，还有四五艘豪华游轮停泊在离岸远些的水域。托尼指着豪华游轮说，从这儿坐游轮，一天两夜就可以越过亚德里亚海到达希腊的雅典。看到眼前这千帆竞发、运输繁忙的景象，我可以感受到在以水上运输为主要交通方式的那个年代，濒临亚德里亚海的威尼斯是何等地繁华、热闹！

　　在中国人的心里，威尼斯是一个很亲切的名字，提到威尼斯，我们就会想起马可·波罗，想到莎士比亚的名著《威尼斯商人》。威尼斯几乎成了水城的代名词，人们说到别的什么地方的"水城"时，一般都会将它们与"威尼斯"三字联系在一起说，称呼它们为东方威尼斯、某某国威尼斯。威尼斯是一座名副其实的水城，整个威尼斯"浮"在一个由海水、地下水、雨水组合成的潟湖中。潟湖（不是亲身来到威尼斯，我可真忘了"潟湖"是怎么一回事）有五条水道与亚德里亚海相通，"湖"中有被2000余条运河分隔开来的118个小岛，运河上的401座桥梁将这些小岛联系为一体。威尼斯的开发大约始于公元5世纪，当时，一些因战争逃亡过来的王公贵族看中了水上交通非常方便的威尼斯，并着手建设。他们将从阿尔卑斯山开采来的大树一头削尖，打入沼泽地，不是一根、两根，而是一个地方就几千根，然后在上面铺上木排、铺上厚重的石块，基础筑好后，就在上面建造教堂、楼房。据专家预测，威尼斯一年年地在下沉，预计在三百年后，她将沉入水下。每年有 1600 万来自世界各地的游客，让她不堪重负；另一方面，这也是政府可观的收入来源。

我们在码头换乘游轮向威尼斯本岛驶去，不一会儿，我们就看见了"浮"在潟湖上的威尼斯了！高大、坚固的教堂，巨石垒就的大楼，还有拱桥、石雕以及熙熙攘攘的人流，这一切，都与浩渺的大海仅有咫尺之隔。威尼斯真像一个放大了的盆景。

我们是在离圣马可大广场不远的地方登陆的，在堤岸上"恭候"我们的是一尊高约 5 米的石雕，身着戎装的主人公是意大利统一运动的领导者艾马努埃尔二世。堤岸前有一些赭色的木桩东斜西歪地竖在水中，那也许就是当年打入沼泽地的树木留给今人的"记忆"吧！如果将威尼斯城比为中国的万里长城，这一根根露出湖面的赭色的木桩就是一块块"秦砖汉瓦"，见到它们，我仿佛看到了当年威尼斯人的英武身姿。

我们的队伍从当年威尼斯王国的国门进入圣马可大广场。国门并没有"门"，我们的一侧，每隔 20 余米，就竖立着一根二三十米高的石柱，石柱的顶端是双翅的狮子和姿态各异的人物。传说当年茜茜公主就是从我们刚刚经过的这个"国门"进入威尼斯的。我想，这"国门"实际上是在无数次提醒今天的人们，在 1866 年并入意大利国之前，威尼斯是一个具有一千多年历史的海上强国。圣马可大广场被圣马可大教堂及两侧的新老国会大厦所环抱，融拜占庭、巴洛克、哥特式风格于一体的圣马可大教堂宏伟壮观，其雕刻之精美、色彩之绚丽、各种建筑风格结合之巧妙，使之既不失宗教圣地之庄重，又给人们以极高的艺术享受。

听托尼说，在威尼斯，光教堂就有 120 座，我脑海里再一次浮现威尼斯人当年为建造教堂往泥滩深处打木桩、垒巨石的场面，心脏怦怦地跳个不停。

广场有一个足球场那么大，除了熙熙攘攘的人群，就是旁若无人的鸽

威尼斯水城

群。只要游客喂食，鸽子会立即飞到游客的头上、肩上，与游客合影、嬉戏。

来到威尼斯，不可能不坐上小船深入水城一游。这种名为"贡多拉"的油光闪亮的小船，船体不宽，并排仅可坐两人。船的两头高高翘起，尖尖的像一弯新月。驾船的意大利男人浓眉大眼，皮肤黝黑，木桨在握，挥动自如。船儿很灵巧地驶离了码头，窄窄的水道两旁，高楼林立，"略无阙处"，充作堤岸的楼房墙体伸手可及。楼房的年代大都超过百年，石壁和铁器受潟湖水侵蚀的痕迹明显可见。"贡多拉"不时从一座座石桥下穿过，桥上的游人友好地与船上的人们致意。"贡多拉"在没有任何标志、迷宫式的水道行驶了近一个小时，我左顾右盼，始终没有看见岸上、桥上有机动车辆的踪影。当我再一次看到楼房大门边堆放着的货物时，我突然想起，在登上威尼斯本岛时，我看见岸边停泊着一长排仅可供七八人乘坐的小船，船顶上架着的小牌上的字样是"TAXI"。

世界上任何一个城市的出租汽车都将标志安置在车顶。威尼斯的没有车轮的"TAXI"却告诉人们：在这儿，它就是威尼斯岛上供人们乘坐、供货物运输的唯一交通工具，威尼斯是世界上少有、也许是唯一一座没有机动车辆的现代城市！

岛上的街道和水道一样狭窄，但很干净，没有我刚进入意大利时看到的脏、乱、差现象。商店多买卖玻璃艺术品。威尼斯岛有足以傲人的玻璃制造业，世界上的第一面水银玻璃镜子就产生于威尼斯。据称，在法国凡尔赛宫，一迈入大厅就可见到威尼斯工匠的杰作。我们随托尼到了一家玻璃艺术品制造厂参观，两位工匠在十分钟不到的时间就为我们"吹"出一件烟具。楼上的展厅里，一件件绘上彩、镀上金的玻璃艺术品形态各异，晶莹剔透，让我们眼花缭乱。想购买的实在太多，但想到还有好几天的旅游路程，自己实在没有能力胜任"护花使者"这角色，我只得作罢。

离岛时，我们的队伍又一次经过叹息桥。传说，当年有犯人从附近的监狱押出经过这桥时，环顾四周，为自己不能自由享受美丽的大自然而由

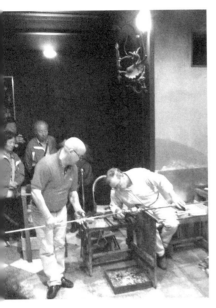

威尼斯岛的玻璃制造业

圣马可大教堂

衷叹息，故名"叹息桥"。今天，聚集桥头的我们，所感叹的是：意大利人真了不起，人类真伟大！

吃过午饭，大巴继续朝南"跑"，"跑"到圣马力诺吃晚餐。

圣马力诺共和国，人口2万多，国土面积62平方公里。公元3世纪末，一名叫马力诺的石匠带领一班基督教徒来到此处广做善事，后接纳逃亡者逐渐形成"石匠公社"，1263年宣布建立共和国。有这样一种说法：意大利政府之所以乐意这国中之国的存在，与圣马力诺国可在自己国家境内建一个F1汽车拉力赛赛道，让圣马力诺国以一个独立国家的名义获得F1汽车拉力赛的举办权有一定关系。对此，我一时来不及考证，但有一点我是了解的，这两个国家的亲密关系是别的国家无法相比的，经济上，意大利政府对圣马力诺帮助很大。

圣马力诺一直坚持实施其历史悠久的民主政治制度，他们用全民公决的方法选举产生了一个由六十人组成的议会，每半年选举出两名执政官共同为社会服务，这两名既当"国家总理"又兼议会"议长"的执政官，不管他们在任期间的政绩如何，半年之后一定改选，由新当选者接替执政。

圣马力诺是个山国，从平坦的意大利公路上向左转个弯，再往高处走，就算进入了这个不设防的国家。进得山来，情况就与山下大不一样了，无论是绿树丛中的民居，还是山路旁边的商场，都整齐、漂亮了许多。到了一处房屋较为集中的地方，大巴没有再往前行，这儿有一块专供车辆停泊的空坪，路边是紧挨着的商店和旅馆。也许是天色较晚的缘故吧，街上人很少，但很干净。山路上的轿车一辆接着一辆，速度很快，我想可能与这个国家经常举办F1汽车拉力赛有关吧！利用等候晚饭的时间，我跑到山路旁扶着栏杆观赏山景。这儿的空气尤其清新，山下的白色墙壁、红色屋顶的小楼错落有致地掩映在丛林中；山的高处，是深灰色的古堡和古城墙。对在圣马力诺看到古城堡，我一点也不感到惊奇，在这深山老林中，城堡肯定是用来防御的。而莱茵河两岸的城堡就不是这样了——我大前天从莱茵河归来后了解到，莱茵河两岸的城堡是当地贵族豪门收取过往商船的税金与过路费的关卡。此时的我真想立即听托尼讲讲眼前古城堡里曾经发生过的许多许多与"石匠"马力诺有关的传奇故事！

2006年5月8日

歌德：意大利"古代文物比比皆是"

今天的目的地是"Rome"，意大利的确没有我想象中那么富裕，但意大利的悠久历史、灿烂文化是我享用不尽的美餐，想到神秘的罗马离我越来越近，我心跳得很欢。

大巴不久就进入亚平宁山区。连绵数百里、横亘意大利中部的亚平宁山麓，高树葱茏，绿草如茵。少年时的我曾反复读过一本叫"牛蛇"的外国小说。亚平宁山区是小说中出现频率非常高的一个词语，小说中意大利革命者的武装斗争基地就设在大山深处。《牛虻》是进步的英国女作家艾捷尔·丽莲·伏尼契的作品，作者在年轻时非常崇拜意大利一位叫马志尼的革命家，后者一生致力于意大利的民族解放运动，是意大利的革命组织"青年意大利"的创建者。《牛虻》就是以马志尼所领导的发生在意大利的一场反对奥地利统治、争取民族解放的斗争为背景的。小说中的男女主人翁亚瑟与琼玛是我年轻时非常崇拜的英雄人物。坚强的牛虻在牺牲前一夜在给他一生深爱的琼玛的遗书里写道："我将怀着轻松的心情走到院子里去，好像一个小学生放假回家一样。我已经做了我应做的工作，这次死刑判决就是我忠于职守的证明。"亚瑟临刑前的大义凛然、视死如归曾深深地打动我，让我至今难忘。

由《牛虻》，我又想到改天换地、创造人间奇迹的威尼斯人。我还要去法国，那也是一个拉丁民族国家，我希望我的此次欧洲之行能增加我对导游托尼没有多加恭维的拉丁民族的了解。

离罗马渐近，托尼的话更多了。谈到罗马，托尼提到了中国作家余秋雨，他说，余秋雨讲到罗马时这么说：人们可以把许多美丽的词汇——古典、神秘、壮观、精致等等用在欧洲的许多大都市上，唯有一个词汇大家不会去抢——"伟大"，这个词属于罗马。

罗马是一个对欧洲乃至全世界有过深远影响的大都市。很小的时候，我就听说了"条条道路通罗马"的谚语。罗马城的兴建可以追溯到公元前8世纪，传说有一位武士的一对双胞胎儿子遭人暗算，被一只母狼救起并奶大，后来，这双胞胎兄弟中的一位就成了罗马城的建造者，"母狼乳婴"的图案成为罗马的市徽，正源于历史上这么一个故事。

罗马古城一直是人们心目中全世界最大的"露天博物馆"，世界八大名胜之一的古罗马露天竞技场，也称斗兽场，就在罗马古城的繁华地段。斗兽场建于公元1世纪，这座椭圆形的建筑物占地约2万平方米，周长527米，是古罗马帝国的象征。现在的她已是残墙断壁，颇像一位额头满是皱纹的老农敞着胸，露着怀。距斗兽场几步之遥，是特拉亚诺市场，古罗马的商业中心。在这儿，已看不到一幢成形的建筑物，满地沙砾、人车空寂，广场中间孤零零地矗立着一根二十余米高的凯旋柱，柱上螺旋形的浮雕描绘了特拉亚诺大帝远征多瑙河流域的场景。此时，我想，如果时光可以倒流，我眼下看到、听到的该是一幅何等壮观的景况啊：斗兽场里的吼声、尖叫声一阵接着一阵；特拉亚诺市场里人头攒动、车水马龙，叫卖声此起彼伏，人们应接不暇，忙着买卖、交换各自的物品……

斗兽场的北面，是记载塞维皇帝远征波斯功绩的凯旋门，南面是记载蒂都皇帝东征耶路撒冷战绩的蒂都凯旋门，在蒂都凯旋门南面不远处，还有一座为纪念君士坦丁大帝战胜马克森提皇帝而建立的罗马最大的凯旋门，所有的凯旋门似乎是在不厌其烦地提醒来到罗马的人们，莫要忘记昔

威尼斯广场

古罗马露天竞
技场街景

日罗马帝国的赫赫战功！从斗兽场再往市中心走，不到四百米的地方就是威尼斯广场，广场正面有一高台，高台上是由数十根圆形石柱组成的带石顶的长廊，石顶两侧是人物与战马的群雕，远望颇像巨人左右张开的手掌。在高台下方大理石基座上，是艾马努埃尔二世骑马的镀金大铜像，铜像身后是平顶的无名英雄墓。乳白色大理石上面的浮雕很精美，有别于我刚刚提到的一些人们无暇顾及的历史古迹。这里的每一个细小部位都得到精心保护，当我们回转身来准备登上高台瞻仰时，高台前面的铁栅栏因开放时间已过，已经关闭。这儿纪念的是包括艾马努埃尔二世在内的为意大利统一事业做出过贡献的先烈，她有一个美丽动听的名字——"祖国祭坛"。与艾马努埃尔二世相比，凯撒大帝就似乎太被冷落了，此时的他，一个人孤零零地待在离"祖国祭坛"不远的马路边，这位曾将古罗马帝国的疆土扩展到遥远的英吉利大地的伟大人物，半身石像下仅斜摆着一个脸盆大小的花圈，上面的叶子已经枯黄。

在被"冷落"的凯撒大帝石雕前，我不能不承认德国大文豪歌德在他的《意大利游记》所说的一段关于意大利古代文明的论述的英明与正确了。歌德说，在别的地方，人们必须搜寻重要文物，而在这里，古代文物比比皆是，挤得我们透不过气来。到处都是形形色色的景观：宫殿和废墟，花园和荒郊。纵有千支笔，也画不尽这里的景色……

在我的记忆中，意大利最兴旺的时期是公元前后五个世纪这一千来年的时间，历史学家称之为奴隶制时期。在这个时期，更具体地说，在凯撒、渥大维时期，罗马帝国疆土扩展到欧、亚、非大陆，地中海成了它的内湖。但是，只要你多在罗马古城斗兽场待一会儿，听听托尼讲述两千年前在这儿发生的人兽决斗，王公贵族杀人取乐的场面，你会觉得奴隶制度太残忍、太落后，实在没有什么值得人们夸耀的地方。但是，从人类社会发展的角度，奴隶制时期作为人类社会的一个发展阶段，对于社会生产力的发展是起过积极作用的。就说斗兽场吧，这座可供6万人同时使用、上下分四层的圆形建筑，即使是在两千年后的今天，也是一项大型工程，而在当时，没有起重机器，没有现代测量仪器，不要说是用一块块巨石将它建造起来，就是将它制作成施工图纸，也不是一件易事。古罗马能够有时间、有经济实力建造供人们娱乐的斗兽场，自然也有能力建造许多许多供人类生活、学习、聚会、劳动的场所，据托尼介绍，罗马古城的引水工程也十分了不得！奴隶制时期的古罗马的社会生产力的发展水平，从斗兽场这一宏伟建筑可见一斑。其实，人类早就认可了奴隶制时期的古罗马在建筑学、文化艺术上对整个欧洲乃至于整个世界的重要贡献，不然，周边一些国家长期以来不会一直在以上许多方面有意识地仿效它。

午饭后进行的梵蒂冈观光是今天活动的高潮。

梵蒂冈在拉丁语中是"先知之地"的意思。越过一条马路，迈过地面上的一个什么标志，我们的队伍就进入了一直在人们心目中富有神秘感的"城中之国"梵蒂冈。她有 0.44 平方公里土地和 1000 多名国民，是世界上最小的国家，但拥有全世界最大的基督教堂。

我们面前是一个比威尼斯圣马可大广场还要宽敞的广场，广场正面是圣彼得大教堂，教堂两侧由 200 多根高约 30 米的石柱分别组成的弧形石廊，像是从大教堂的庞大"身躯"里抖开来的两只宽大的袖袍，象征着至高无上的教皇对亿万教众的呵护。教堂大门两边各立着一尊有三个成人高的人物石雕，一位叫圣彼得，一位是圣保罗，两位都是地位与影响仅次于耶稣的基督教重要人物。

在大教堂两侧石廊上，人物雕像每隔数米一个，共有五六十余尊，据称，也是各个时期声名显赫的基督教界的名人。

我们是列队进入大教堂的，等待进入大教堂的人很多，门口设有安全检查。进入大堂，我感到我们与其说是来瞻仰宗教圣地，不如说是在一个大型艺术展厅里欣赏艺术作品。在圣彼得大教堂的一件件艺术品前，我强烈地感受到，这些艺术品的作者能创造出这些无比精致的艺术品，不仅仅因为他们具有超一流的技艺，还因为他们对基督教教义的深刻理解和内心所具有的献身正义与真理的精神。

在这儿，我，一个雕塑与绘画的门外汉，生平第一次近距离"接触"了米开朗琪罗——文艺复兴时期"画坛三杰"之一，伟大的美术家、雕塑家和建筑师，文艺复兴时期雕塑艺术最高峰的代表者。我伫立在一尊以耶稣遇难为题材的雕塑群像前不想离去，群像中，众人小心翼翼地将耶稣从十字架上抬下，就像扶着一位熟睡的长者，唯恐惊醒了他，双眼流露出由衷的敬爱之情，一旁的圣母玛利亚既有痛失爱子的悲愤，又有旁人双眼中所难能表现出来的安详，一位伟大母亲的慈爱与坚毅被表现得惟妙惟肖，整个作品洋溢着悲剧性激情。过后，我问托尼，他说，米开朗琪罗的这一作品名为"圣殇"。米开朗琪罗的另一座圣彼得的石雕坐像也堪称杰作，圣彼得光着双足，平摊双手，微微抬起的头凝视着前方，似在向信徒宣讲教义，又似在向远在天外的恩师基督默默忏悔，整个作品深刻表现了这位圣人的精神面貌，令人肃然。塑像前，人们排着队，等待着去抚摸他——一位为自己所敬仰的圣人——的双足，期望得到他的祝福。眼前这圣彼得，难道不就是米开朗琪罗这位为圣彼得大教堂的建设费尽辛劳的艺术大师的写照？

在圣彼得大教堂，我还为一座座雕塑作品工艺之精细感到激动，这些大理石上的艺术作品中人物有两三个真人大小，其身体线条、面部表情刻画之细致几可乱真，人物身上的裙衫薄如轻纱，充满质感和动感，每一件作品都可让你流连忘返。

在梵蒂冈，在圣彼得大教堂，还有罗马城、威尼斯，让我在不到两天时间看到这么多精美的雕塑作品，几乎让我产生错觉：在意大利人心目中，眼前这以"吨"计量的巨石是不是像纸片那样不必费很大力气就可随意剪裁？可是，我又想，即使是剪纸，我面前的这些作品，也没有一件不是精品、绝品！也不是随便什么人就可随意剪裁出来的。在整个意大利，雕刻艺术如此普及，水平如此之高，必定是与这个国家各个历史时期的统治者的大力提倡与推崇，与整个意大利社会的广泛支持与参与大有关系的。

圣彼得大教堂外景

大教堂里的雕塑作品

圣彼得大教堂的绘画也让我大开眼界，面对这些以宗教故事为内容的水平极高的绘画作品，我不敢妄加评说，何况还有欧洲文艺复兴三杰之一拉斐尔的亲笔画和仿作杂陈其中哩！我想说的是大堂中那一幅幅二三十米见方的巨幅绘画作品，它们都是艺术家们为了作品能长时期保存，用一颗颗指甲见方的各种颜色的玻璃、石头和金铂镶嵌上去的。由于制作精细，如果不是托尼在一旁提醒，真让我无法分辨。一幅仿制的拉斐尔的巨幅作品使用的马赛克数以十万计，这需要作者花费比通常的绘画多好多倍的时间与精力啊！我不能不为创造这些作品的艺术家的献身精神所折服！

从大教堂出来后，利用等人的时间，我和托尼站在广场中央高高的方尖碑下盯着大教堂两侧的弧形石廊研究了好一会儿，实际上是他一直在给我解说：石柱的 184 根是圆形的、另外 88 根是方形的，它们分别列成三排于教堂两侧，如果你随意站在一个角度看那廊柱，由于一根根石柱间隔错落，你无法看到它们之间的空隙，但当你站在广场的正中央，再往两边看时，你就只能看见三排石柱中排在第一排的一根根石柱了，石柱与石柱之间的空隙一目了然。这涉及一个数学、物理学原理，说清楚了，大家都能懂，问题是，四百多年前的建筑家、艺术家们是在没有现代化测量仪器和先进的起重机械的情况下进行这一伟大工程的，说来，我们真正要

满是涂鸦的楼房与临时充任垃圾
桶的楼房通风口

圣马力诺

为这些前辈们喝彩。

我们回到罗马车站附近的餐馆就餐时，所看到的景象倒是应该让我们的意大利主人"汗颜"了。车站旁一些高建筑，其底层接近地面的地方有一个个通气口，里面嵌着铁网，用以防止外人往楼内塞东西，现在，通风口被人们当成垃圾桶，塞满了垃圾，饮料罐、香烟头、纸屑，什么都有。看来，清洁工至少一个星期没光顾这儿了！罗马街头建筑物上的胡乱涂鸦看来也是无人过问的，颜色有红有绿，字体有大有小，有的还用了艺术体，龙飞凤舞，"肆无忌惮"！街头虽然没有碰上托尼一直提醒的小偷，但看到罗马闹市区如此境况，我们团里的人没有一个不摇头叹息的！但我以为，这仍然是一个管理、教育的问题。两天里，我们到了意大利"国中之国"的圣马力诺，还到了意大利"城中之国"的梵蒂冈，那儿就没有我们在罗马街头看见的这些现象，尤其是那景色优美的圣马力诺。

2006 年 5 月 9 日

让我为之惊羡的瑞士医院 "趣闻"

　　在日常生活中，让我一个人在大马路或大商场、人展厅里哪怕只转上三十分钟，都会觉得累，两条腿像灌了铅一样；而一旦来到空气清新的田间小道抑或山林河畔，"连续作战"五个小时，我也没事，怪不？从意大利马不停蹄进入瑞士境内，我就是如此感觉。

　　大巴驶离米兰不久，我们就进入阿尔卑斯山麓，没费多少力气，大巴就爬上山的高处，窗外，白雪皑皑的阿尔卑斯山与我们隔峡相望。此时，我眼中的阿尔卑斯山很像一位被洁白的冰雪、高高的树林、茂盛的绿草紧紧围抱着的神态安详的母亲：头戴白帽、绿裙飘逸，一道道瀑布从积雪处甩下，晶莹闪耀，那是"母亲"胸前的银色飘带。一会儿，车傍山转，大巴的右前方出现一个烟波森森的大湖。草木葱茏的阿尔卑斯山倒映在湖中，湖面呈墨绿颜色，间或，皑皑雪峰也从湖面映出，雪山倒影处，白得闪亮，墨绿处更显幽静、深沉。湖在山下，山在湖中，连绵几十公里。托尼说，这是"四森林州湖"，在我们前面的路上，还有一些这样的湖。瑞士的美妙用四个字概括：湖、光、山、色。

　　托尼故作轻松，其实他也知道，他说的"湖光山色"是颇有分量的。我不想牵强地将瑞士与别的旅游胜地作比较，瑞士境内的阿尔卑斯山静穆中洋溢着明媚，清纯中还有着深沉，具有一种特有的魅力。在雪山、草地间，"结庐在人境，而无车马喧"，一幢幢外墙或红、或白、或蓝、或黄色的精美小木楼，还有尖顶的小教堂迎着灿烂的阳光，依偎在雪山"妈妈"膝下，再加上湛蓝的天空、碧绿的湖水，这宛如童话境界的美丽自然景观与人文景观、古典美与现代美恰到好处的结合，绝不是什么地方都可以寻求得到的。

最近，在有关权威组织评选出的世界十大最适合人居住的城市中，瑞士就占了三个，她们分别是苏黎世、伯尔尼、日内瓦。中国榜上无名不说，反倒在"最不适合人居住的十个城市"中占了一个席位！

瑞士优美的环境让世上无数人向往。早年，著名电影演员卓别林、画家毕加索就把这儿选作他们的永久居住地。瑞士不是联合国成员国，但联合国一些机构的总部却设立于此，包括由瑞士人发起组织的国际"红十字会"的总部。

总计人口700万的瑞士，其4万平方公里国土的40%在阿尔卑斯山区，在这些属于自己的阿尔卑斯山麓中，瑞士人建造了数千条隧道，我们的大巴进入阿尔卑斯山后，穿过的以千米计的隧道就有好几条。传说，当年希特勒在二战时企图向瑞士借道用以进攻法国，瑞士政府严词拒绝：如果你动用武力，我阿尔卑斯山区数千条隧道底下早已埋下的烈性炸药随时可以引爆，你来吧！面对自己的日耳曼同胞，希特勒也奈何不得。

瑞士不仅有适合人们生活的自然环境，她的社会保障体系、社会福利及医疗条件也非常到位。提到瑞士，托尼的情绪顿时高了许多，他说了一段亲身经历：有一次，他带团路过瑞士，突然，一对新婚夫妇中的妻子好像全身过敏了，出现许多红斑，奇痒无比，小夫妻为此产生误会，竟然拌起嘴来，闹得很不愉快。托尼只好将其送往医院。医院设施一流，因已是半夜，来看病的人没见一个，值班医生给病人做了一些必需的检查，开了药，然后以抱歉的口气对托尼等人说，因为时间太晚，还有一项检查只能等到明天再做，今晚先吃点药观察观察，700瑞士法郎（合人民币近 4000 元）医疗费用，你们可以付，也可以不付。临别时，这位医生对最后并未交纳治疗费用的托尼一行一再表示歉意，好像是自己做错了什么。

托尼说到此处，没有再往下说。性急的团友追问："后来呢？""还有什么后来！第二天，病就好了呗。"托尼笑答。

我们这次来瑞士，仅安排去一个叫卢塞恩的小城市，可能是方便人们观光铁力士雪山吧。途中，我们绕道去了列支敦士登，这是又一个袖珍国，夹在奥地利与瑞士之间，国土面积 160 平方公里，人口，包括 1 万多外国人在内，总计 3.4 万。

列支敦士登虽小，却是世界上知名的邮票大国。全世界唯一的邮票博物馆就耸立在这个国家的首都瓦杜兹。1912 年，列支敦士登就有了自己的第一枚邮票，其每年印刷的二十多种精美邮票的四分之三向全球发行。21 世纪，邮票收入已不再是列支敦士登的经济支柱，但其金属加工、机械制造等产业仍有可观的经济收入，乃至于列支敦士登的国民人均经济收入仍高过一些发达国家！听托尼说到这儿，我突然想起一个有关列支敦士登的富有神话色彩的传说：有一天，天色已经很晚了，公国副首相因忙于公务，被人无意中锁在办公大楼里，给他拿来钥匙打开大门的，竟然是一名被关押在大楼地下室的在押因犯。副首相弄不明白了，就问：你手里有钥匙为什么不逃走呀？因犯回答：列支敦士登

列支敦士登

这么小，我逃到哪里去？那你不能逃到国外去吗？副首相接着问。囚犯的回答让副首相好不得意：世界上有比列支敦士登还好的国家吗？

据说列支敦士登没有军队，只有六十多名警察负责这个国家的防卫与治安。我在小城里转了几圈，人很少，很干净，楼房不高，但很精致，街道上有不少城市雕塑。小城的咖啡店与许多欧洲城市一样，把铺上白布的小桌摆到了马路边。

街上的欧洲人多为老人，鹤发童颜且成双成对，或坐在向阳的木椅上一声不语，或相互搀扶着小心翼翼地在几乎看不见机动车辆的马路上溜达。我曾听人说：欧美这些西方国家是青年人的"天堂"、老年人的"地狱"。看到眼前这些老人，我想，如果我和安如到了耄耋之年，能像眼前这些老人一样结伴到这被称为"地狱"、实为世外桃源的所在晒晒太阳，我会很高兴的。

大巴驶入卢塞恩，已是下午4时。首先吸引我的又是一泓碧水，一座与四森林州湖一样清澈、美丽的湖泊。

在卢塞恩，我们第一次被安排在城市繁华地段的宾馆，宾馆的设施也是我们这一路上见到的最好的。宾馆大门右前方20米的地方，有一座水塔，尖尖的、树皮一样棕色的顶像一把半开的伞，八角形的身躯是用灰白色的大石块砌就的。仔细辨认了这座"标志性建筑"后，第一次来欧洲的老伴才同意脱离团队，随我朝湖岸走去。

水塔旁有廊桥一座，长达204米，卡佩尔是这座欧洲最著名的廊桥的大名。廊桥呈45度角跨越湖面连接卢塞恩的旧城与新城。廊桥的木栏和顶棚是比较接近的棕黄颜色，古朴、庄重，接近水面的木板上长着浅浅的青苔，木栏外侧的花池里插满了鲜花，一直延伸到桥的尽头，远远望去，廊桥让我联想起一位头插鲜花的老妪——《红楼梦》里在大观园喝醉了酒，竟跑到宝玉床上睡了一觉的刘姥姥！廊桥的梁柱和走道全是整根的大木方制作，可让人清楚地看见树木的纹理，走在桥上，感觉比走在水泥桥面上还要踏实。

正在维修中的"伤心的狮子"

卢塞恩的卡佩尔廊桥

　　下桥向前走不远，可见前方不远处有一座高大建筑，那是这座城市的火车站，车来人往，熙熙攘攘，与之形成鲜明对比的是我身后清澈、宁静的卢塞恩湖，阿尔卑斯山上的皑皑雪峰、青青林木倒映湖中，湖面上，对对天鹅与鸳鸯在水中"漫步"，身后留下细细的波纹。喜欢清静的我和安如没再朝火车站方向走去，就在湖边木椅上坐了下来。

　　从湖岸越过一条马路是这座小城的商业区，商店尤以手表店为最。著名的"劳力士"手表厂总部就在此间一幢楼房的二层楼上。楼的外墙上，悬挂一个圆形的钟。记得托尼介绍说，中国人心目中的世界第一名表、一般只为达官贵人才能拥有的"劳力士"，在瑞士的手表王国中，只能排在瑞士的"十大名表"中的第九位，同样为中国人十分喜爱的"梅花""浪琴"在瑞士算是二三类手表了。团员们听到这儿，一个个都啧啧有声，惊讶得一个劲儿地摆头。

　　我与安如在橱窗前生平第一次一睹"劳力士"的尊容，的确很美，一种无法用言语来形容的美。一些让托尼排在"三类手表"之列的手表也很漂亮，让久已用手机取代手表的我，顿时萌生买表的念头，但当我看到手表的欧元标价，再乘以10（我来欧洲时是用十元人民币兑换一欧元），我就不敢问津了，最后，我和安如商量了好一会儿，花23欧元买了一座标价最便宜的啄木鸟小木钟。

商店门外，坐在木椅上面朝"劳力士"手表厂总部大楼休息的我在想：整个瑞士，给人的感觉是秀美、精致，连瑞士的国旗——大红旗帜的正中间一个白颜色的十字，给人的感觉都是这样。瑞士湖光山色的美就不用说了。与之相匹配的是瑞士生产的产品，如医药产品、仪器仪表，更不用说她的手表了。我是从事药品经营的，说来也巧，我从药品仓库"走"出来，从事药品经营所接触的第一位外商就是瑞士一家药厂的业务代表，我像相信瑞士手表一样相信他所推荐的药品。后来，我进一步了解到，这家药厂就是至今还排列在世界十大制药企业名单上的瑞士罗氏药厂，它所生产的抗菌、抗癌药品，从我在湖南医药市场见到它们算起，也有二十多年了，至今仍是全世界同类产品中的佼佼者。

瑞士的人呢？同样也可以配得上精致、秀美这样的词汇。刚到瑞士，我在卢塞恩街头遇见不少身着式样相同的制服、结伴而行的瑞士小伙（大概是"国防预备役"之类组织的成员），个个身材伟岸、面目俊朗不说，且谈吐得体、举止斯文。年轻人如此，老人也是衣裤、鞋子一尘不染，头发、脸颊修剪得清清爽爽，让我联想起许多年前在上海街头遇见的头发梳得溜光、衣着讲究的上海中老年男人。瑞士人的外表如此，他们内在的美，也值得称赞。不要看今天瑞士人很富、很潇洒，其实，他们曾经经受过许多苦难，因为缺吃少穿，许多瑞士青年只能靠去别的国家当雇佣军为生。长时期的雇佣军生涯培养了瑞士人忠勇、诚实、坚韧的品德与精神。我在罗马时就听说，梵蒂冈的教皇数百年来一直坚持的一个做法是，这个国家用以保卫其国家及教皇安全的为数有限的卫队，只征召瑞士青年，因为瑞士士兵具有为人们所信赖的责任心和牺牲精神。我相信，1792年法国大革命时期瑞士雇佣兵为保卫路易十六而全部战死在凡尔赛宫，绝不是唯一的事例。瑞士银行业的良好信誉也是世界公认的，存款者趋之若鹜，瑞士人凭借的仍然是他们信守承诺、一丝不苟的优良作风。据说，一些瑞士大银行的金库就建在日内瓦湖湖底，当年希特勒党卫军以武力威胁，一些银行家们宁愿牺牲生命也不愿透露犹太客户的信息。

瑞士景色优美，人也美，真是一方水土养一方人。

我，一个中国人，怀着难以掩饰的好感赞美瑞士，连我自己也对眼前匆匆而过的一位又一位瑞士人不由产生了些许羡慕之情。

2006 年 5 月 11 日

在卢塞恩旅馆里反思
"文化的软性力量的薄弱"

晚上睡得很香，来欧洲后所遇到的时差的烦恼看来是彻底摆脱了。天色大亮，松软床铺上的我仍不想下床，倒是安如非常积极，几天来第一次在我之前起了床，等到了湖边我才恍然大悟，原来，安如还惦记着湖中的鸳鸯与天鹅。

早晨的阳光给湖边的草地、石阶抹上一层暖色，晨光溶化于湖中，湖水散发出迷人的光亮。安如迫不及待地把事先准备好的面包撕下投入湖中，远处的天鹅与鸳鸯很快游了过来，鸳鸯体小，动作快，不等白天鹅低下它高贵的头，它们早把面包吞入口中。安如同情羽毛雪白的天鹅，就专找离鸳鸯远一些的湖面投掷面包，看到天鹅把面包嗫入口中，她像自己吃了什么美食似的笑了。天鹅与鸳鸯吃完安如手中的面包，还不想离去。安如不忍，又从挎包中掏出一包我俩一直省着没吃的从德国买的果仁，一颗一颗投到湖中。白天鹅可比鸳鸯聪明，它们竟然爬上岸来一摇一摆地追上了安如。在湖边的小道上，安如一边往后退着，一边把手中剩余的果仁丢给天鹅。一会儿果仁终于被吃完了，天鹅似乎明白再待下去已没有意义，又一摇一摆地回到湖边，自个儿晒太阳去了。湖面上留下它们洁白的身影。

饱饱地用过早餐，我们团队就奔阿尔卑斯山雪峰而去。到达一个叫英

格堡的地方，我们换乘了缆车。缆车分三段，我们乘坐的第三段缆车，是世界首创的 360 度旋转缆车，缆车每程都会刚好旋转 360 度的一圈，方便乘客饱览周围的美景。到达海拔 3020 米的铁力士山顶，气温比山下明显要低许多，但并未让人觉得无法忍受。这儿的景色非常壮观：晶莹剔透、神奇怪异的冰川和冰川裂缝自不待说；站立在眺望台，一览阿尔卑斯群山，皑皑雪峰一座连着一座耸峙在绿色山林、草地与湖泊汇成的"绿海"中，好似一座座岛屿，在阳光下闪耀着银色的亮光。"绿海"一碧万顷，望不着边际，"绿海"中一幢幢石楼、教堂则像神话故事中的琼楼玉宇，让人神往。看到眼前这一切，我直感到心跳加快。岂知，有比我还忘乎所以的：前方的雪地里，一名游客兴奋异常，竟光着膀子，挥舞着衬衫，仰着头高声吆喝着什么。

下午的目的地是本次欧洲游的"重头戏"——法国。去过一回法国的我十分清楚，旅行社把法国游放在本次旅游的后半程，是恰到好处的，就像每一部戏剧都必须在结束前设计一个高潮一样。

假日关门歇业的商铺

瑞士的湖光山色

卢塞恩的湖

铁力士雪山

托尼毫不掩饰他对旅行社安排大家前来瑞士的得意之情。车上，他还如数家珍地对我们谈到了爱琴海，谈到了歌德、黑格尔读过书的海德堡，谈到让你体验头上飘着飞雪、身子却在露天温泉里泡着的巴登巴登，还有，一年里有 60 天没有黑夜的赫尔辛基。他说，欧洲还有许多像卢塞恩一样美丽的地方，很值得看看，听得喜爱旅行的我心里直痒痒。

托尼在谈话中也谈到卢塞恩购物，他明白，这次他带的是一个老人团，根本不期望人们多购物。托尼的旅行社老板看到了这种情况，为了弥补托尼的"损失"，许诺马上再安排一个中国的公务考察团给他。我们整个旅游团队没有购买一块高价格的瑞士名表，托尼对此没有流露出一丝一毫的不满，相反，我听出了他对我们的尊重。

托尼还对大家说道，瑞士有一个叫"青青草疗养院"的保健医院，专门给人注射羊胎素，需要者要来瑞士专门住上一段时间，费用约计六七十万人民币，可让你的容貌年轻好几岁。一些美国、中国香港地区的著名演员都来过这儿，中国现在也有不少并非著名演艺人士的年轻女人专程飞来瑞士，托尼经常接到这样的电话，电话里是年轻女人的声音：托尼，我来瑞士了！托尼，我来瑞士了！

托尼是坐在副驾驶的位置上、背朝大家给人们说起这些的。但我似乎瞧见了他脸上的一丝冷笑，显然，他不是在向我们夸耀富有。

一会儿，托尼完全以一种与朋友谈心的语气与车上的人们说起一些与旅游似乎无关的问题。他说，西欧一些发达国家，有比较完善的社会福利保障体系，公民一旦失去工作，国家有救济金，老了，有够你生活的养老金，病了，吃药不用花钱；但你想一夜变成富翁也不可能，除非你彩票中了头彩。因此，人们的心态比较平和、洒脱，当然，也可能懒散一些，这也就是为什么许多人看见钱不去赚，一到周末就开着房车飞一样往乡下跑的原因所在。而在中国，社会福利保障体系不够健全，家中月薪 1000 元的说没钱，家中月薪 5000 元的也叫唤自己钱少了，因为大家心里没底，有一种危机感。一些人所表现出来的难免便是焦虑与浮躁。

况且，我们国家正处于一个飞速发展的时期，人们一夜之间通过使用不同的手段成为"大富翁"的机会很多，当自己的经济利益与基本道德、理念发生冲突时，就会有少数人抛弃自己应该维护的基本道德、理念而不顾，可以不管法规、法纪，可以不认朋友、老师、父母，做出一些损害国家与他人的事情来。

托尼说的这些情况，在中国，已经为一些理论界人士所重视。有一位著名经济专家甚至这么说：在"术"的层面很强，在"道"的层面很弱，这就是中国企业家阶层的现状。我昨天在旅店里看到一份中文报纸，上面一位旅德华人学者在文章中也提到目前中国社会一方面是社会财富的迅速积累，一方面是文化的软性力量的薄弱，社会上一些人表现出空前自私，私欲无孔不入。中国东北的那个袁宝璟，应该算有钱，也有地位和名气，他身边一个曾经为他办过事的人了解他的一些隐私，后来出言威胁了他，他就买凶杀了对方。在我身边，这样的事例我也看见不少。我在四年前就当过一回"农夫"，被"蛇"狠狠地"咬"过。现在看来，这反映出社会新贵们缺少人文素养、道德观念与社会责任感的"尴尬的现实"（暂且还不去谈论毒牛奶、地沟油和一系列假药事件），不是一个孤立的、偶然的现象，而是有着深刻的社会根源与思想根源。把我个人这几年受到的委屈放到社会这个大环境里来，实在不值得一谈了。想到这儿，我的心豁然开朗，觉得轻松了好多。

在欧洲的旅行途中，我在观光名胜、欣赏美景之余，能从托尼那儿搞清楚一些一直琢磨不透的事理，算不算一种额外的收获？

吃过午餐，大巴继续它的长途奔驰。托尼交代：争取五个小时赶到有"小瑞士"之称的卢森堡，然后住在法国。人们正期待他继续说下去，托尼突然打住问大家：在意大利与瑞士、法国交界的边境上有座欧洲第一高峰，大家谁能说出它的名字？车厢里静了一下，一时无人应答，我回答了，但声音低得几乎只有我能听到：勃朗峰。"海拔多少？"托尼接着问。"4810米。"车厢内有人用河南话抢着答道。是他，一位一路上不停用摄像机的六十多岁的"河南老乡"。

如果说阿尔卑斯山脉是欧洲大陆的象征，作为阿尔卑斯山脉最高峰、也是欧洲大陆最高峰的勃朗峰更是为诸多旅游者和登山爱好者所向往，虽然勃朗峰的高度无法与北美的麦金利峰、南美的阿空加瓜峰、非洲的乞力马扎罗峰和亚洲的珠穆朗玛峰相比。据说，终年为白雪覆盖的勃朗峰地质结构比较复杂，沿途滚石、雪崩频繁，托尼的旅行社没有安排我们这样的"老人团"前往观光，也在情理之中。

大巴是在浓浓暮色中赶到卢森堡的大峡谷的。所谓"大峡谷"，是一个山壁上全为茂密树木所覆盖的山谷，往谷底处望，黑黢黢的，什么也看不见。两山之间，有一座石桥相接，桥的名字是"阿道夫"。峡谷对面有一座修道院，树木旁，路灯已经亮了。在我们身后，是有名的银行街，我们没有走上多远，就看到招牌上写有"中国工商银行"字样的一栋五六层高、装修很一般的楼房。我任总经理的时候，所在公司就在长沙的工商银行开户，合作多年，关系尚可。见到在卢森堡的工商银行，就像在异乡见到老朋友一样，感到亲切。

面积仅 2600 平方公里的卢森堡，很富裕，国民的文化水准很高。我在来欧洲之前，在报纸上看到过一个"世界发达国家最新名单"，卢森堡人均 GDP 为 69000 美元，高居榜首，其后第四位才是瑞士，人均 GDP 为 49000 美元。卢森堡矿藏丰富，是钢铁大国，与我国在钢铁生产上已有良好合作关系。卢森堡国这个"小瑞士"的金融业也很了不得，其金融管理资本额高居世界第二位。在环境保护上，卢森堡也不输给瑞士，人们根据卢森堡在环境保护方面所做出的卓有成效的努力，赠给卢森堡一个"欧洲绿色心脏"的美称。团员们屏住呼吸倾听托尼滔滔不绝的介绍，又是一个劲儿点头。

去餐馆的路上，我们经过一个夜市，仿佛回到了国内。只见，一排排吊着电灯的小摊位上，摆挂着五颜六色的小商品，人们里三层外三层地围着"挑三拣四"，一边的小餐桌旁坐满了人，服务生窜过来奔过去忙个不

卢森堡夜市

停。小道本来就不宽，人们摩肩接踵，熙熙攘攘，更显拥挤。穿过夜市，来到一处宽敞的地方，墙边停着七八辆体积有我们国内常见的摩托车两三倍大的摩托车，驾驶座位前的仪表就有十来个，装备很豪华气派。我们团队的不少人竟盯着这些豪华摩托车不肯再往前走了，一个接着一个与它们合起影来。这些豪华摩托车主人眼下肯定正在夜市里乐着，不然，见到这么多中国人如此青睐自己的坐骑，不知又要多喝几瓶啤酒！

2006年5月12日

法国农村那一望无际的庄稼地

早上去大厅办退房手续时，我才发现，我们昨天晚上住的是著名的"假日酒店"在法国梅斯的一家连锁店。

接下来的三个小时，广袤的法兰西大平原可没让我和安如失望。眼前的法国北部大平原似乎想特别提醒车上的 52 名旅客：你们来到了西欧第一大国。阳光下，金灿灿的油菜地、绿油油的小麦地，一片连着一片，伸向远远的地平线。油菜与麦子长势喜人，看着很厚实。麦海的"浪尖"上可见一大片白茸茸的毛。大巴前面好不容易出现一处高坡，这才见到挺拔的树木，以及树木、草地环绕着的尖顶白墙、带烟囱的小楼房。但紧接着又是金色的海洋、绿色的海洋，放眼望不见边际。田野里，几个小时都看不见一个人影，当然也无法看见被庄稼掩盖了的道路。

与德国的草地相比，安如似乎更喜爱眼前的庄稼地，这不仅仅是因为它绿黄相间，无边无际，更因为它给人以壮丽、丰收的感觉。安如是一个很实在的人，显然，她是对我说起的德国人保护资源的事心存芥蒂：德国人养着自己国家的黑土地不种庄稼，而跑到别的国家去买大麦、小麦，买蔬菜，就像我们的邻居日本，留着自己国家的树木不砍伐，跑到我们中国花极少极少的钱收购一次性筷子，用后的一次性筷子还要回收到造纸厂做造纸原料，一年消耗掉中国的树木 200 万棵，他们都似乎太过于精明，不过"精明"也算是人家的一个大大的优点。

赶往巴黎还需要一些时间，托尼趁机给我们讲起居里夫人的故事，因为我们就要来到居里夫人工作、生活了大半辈子的国度。

居里夫人与她的丈夫居里先生都是世界著名的科学家，居里夫人是两种放射线元素镭与钋的发现者，先后获得诺贝尔物理学奖和诺贝尔化学奖。居里夫人受到世人的普遍尊重不单单源于她的科学成果，还有她的高尚的品格和顽强的意志。一间破旧的棚屋，一块黑板，一个破铁火炉，加上几张已经朽坏的木桌，这就是居里夫妇提炼镭的工作间。他们工作不分昼夜，连饭有时都顾不上吃，尤其是居里夫人，她当时还患有肺结核病。经过 45 个月的艰苦努力，终于从 400 吨铀沥青矿、1000 吨化学药品和 800吨水中提炼出微乎其微的一克镭。39 岁时，居里夫人失去了丈夫，她没有倒下，仍继续她的研究工作。用她自己的话说："我是一个不被任何人注意的无名小卒，独自一人生活在自己的空间里，虽然孤居独处、孑然一身和无依无靠，但我并没有萎靡消沉，也没有感到黯淡凄惨之情。有时，孤独也会在不知不觉中袭来，但我的情绪通常都十分平稳，精神上有极大的满足感。"她获得诺贝尔化学奖就是在她失去亲爱的丈夫之后。著名科学家爱因斯坦十分钦佩居里夫人，在一次纪念居里夫人的活动上，他用充满激情的语言这么说："居里夫人的品德力量和热忱，哪怕只有一小部分存在于欧洲的知识分子中间，欧洲就会拥有一个光明的未来。"多少年来，

一望无际的庄稼地

居里夫人这个伟大的名字，我一直觉得十分亲切：一位女人，孤身一人，所研究的又是一种对人体有害的放射线物质，真的很了不起！

托尼的居里夫人的故事还没听完，我的脑海浮现出另外一位女人的形象。

昨天晚上进入房间时，已是晚上 11 时，感觉到双腿有些胀痛的我没有一点睡意，搜出白天在一家中国餐馆带回的中文报纸躺在床上看。这是一位旅德华人写在欧洲的见闻，里面的内容当时就吸引了我。

作者是一位女性，一天，她与朋友旅游来到茵斯布鲁克的一家台湾人开的小餐馆，与一位外表看上去五十来岁、独自用餐的欧洲女人相对而坐。对方穿着并不华贵，但气质端庄，见作者也来自德国，而且曾经住在同一个城市，家离得很近，十分高兴，谈着谈着竟将自己的孙儿、孙女的照片掏出来给分享。作者这才知道，这位看上去五十来岁的女人实际上已经六十七岁了！因此判断：对方一定有着优越的生活条件，而且性格开朗。接着，她谈起了自己的一生：在她童年的时候，遇上第二次世界大战，战争夺去了她父亲的生命，母亲改嫁了，她就随继父来到茵斯布鲁克，后来结婚、生子，因为工作，到了德国。但没过多久，丈夫就因病去世，她带着三个孩子又回到了茵斯布鲁克。因为，丈夫在生前非常憧憬在将来老了时，夫妇俩可以"拉着对方的手漫步在当年相遇的茵斯布鲁克小街上"。三十多年过去了，老人一直没有再婚，四年前，她大儿子一家人又在一场

车祸中全部死去。这位不幸的老人最后说："我现在要更加爱我的儿子和孙子们。"

中国人一直把"少年丧父、中年丧夫、老年丧子"看作是人生的大不幸，实在难以想象她是如何挺过来的。这位欧洲女人显然了解"我"的心事，她接着说道："我必须学会面对一切，然后忘记不幸，重新开始生活，我要开朗、乐观，我要微笑着面对生活，我知道，我的孩子们需要我的微笑，他们喜爱我的微笑。你说我年轻，这是因为我有始终乐观的性格和微笑。"

这篇文章的名字是"藏起眼泪，微笑"。

我相信这文章所说故事绝非作者杜撰。文章中这样坚强、乐观的欧洲女人和男人在欧洲有许多许多，欧洲是两次世界大战的主要战场，有许多人在战争中失去父母，失去丈夫、妻子和儿子，仅在欧洲的犹太人就被希特勒屠杀了600万呀！但欧洲人民没有因此倒下，他们掩埋好亲人的尸体，擦干净身上的血迹，在一片废墟上很快建起了我们一行这一路上所看到的一座座美丽的城市，还有如茵的绿草地，如诗如画的河流、湖泊，还有我1998年来欧洲时，在阿姆斯特丹附近的北海边看到的400公里长的拦海堤坝，还有我眼前看到的辽阔、丰饶的法国大平原……

躺在床上，我也想起了自己。我有过自己为之骄傲的少年与青年时代，虽然没有因为工作与生活中一时的挫折而倒下，也慢慢地适应了新的生活，但思想深处仍然没有从旧日的生活阴影中完全走出来，还纠缠在个人的恩恩怨怨里不能自拔，我的这次所谓"躲寿"就说明了一切。因此，我不可能有这位茵斯布鲁克女人身上所表现出来的坚强与乐观，不可能有我的亲人所希望看到的"微笑"。

想想茵斯布鲁克女人的"微笑"，想想备受世人尊敬的居里夫人，我惭愧。

默默沉思中，只听车内有人在叫：看，埃菲尔铁塔！

2006 年 5 月 13 日（一）

塞纳河畔"桃花依旧笑春风"

　　埃菲尔铁塔，我在八年前就与它有过一次相会。对于它的身世，经托尼提醒，我回忆了起来：它是为纪念 1898 年第一次世界博览会在法国巴黎召开而兴建的，问世没有多久，就遭到包括大仲马在内的众多社会名流的猛烈攻击，差点被人当作"怪物"拆毁，好在有人认为它的存在对于无线电通讯有点作用，才得以幸免。现在的它，已经"升格"为这个国家的标志性建筑：打开电视，谁见到埃菲尔铁塔的画面，都会知道这是在说法国，而不仅仅是指巴黎。

　　法国的国土面积在欧洲仅次于横跨欧、亚大陆的俄罗斯，人口 6000 多万，是欧洲面积第二大国。作为一个老牌资本主义强国，法国的航空、航天工业仅次于美国和俄罗斯。其汽车制造，也很有名，雪铁龙、雷诺是全球知名品牌。其传统的高档消费品生产，在全世界首屈一指：皮具、服装、香水，还有葡萄酒等。这些名词，让人们特别是年轻女人心痒难止。高档消费品讲的就是品牌，而为法国人骄傲的也就是她所拥有的众多名牌。如皮具，世界顶级的 140 个著名品牌，80% 来自法国。至于时装，巴黎是世界时装之都，全世界的时装生产商每年都要关注她。说到香水，有一种说法，它起源于德国，当时叫"古龙水"，但不管它起源于哪个国家，曾经

在塞纳河上

叫过什么名字，时下可以这么说，提到香水，人们的第一反应就会将它与法国联系在一起。葡萄酒就更不用说了，法国是当之无愧的"王国"，法国有好几个红、白葡萄酒传统生产区，其葡萄酒的酿造、蒸馏技术为世界之最；当然，法国也是葡萄酒的消费大国，不喜爱啤酒的1100万巴黎人，一天喝掉的葡萄酒据说高达1000余吨。

法国是经济大国，也是政治大国、文化艺术大国。1793年的法国大革命、1871年的巴黎公社起义，一幕幕上演在法兰西大地的历史活剧曾让整个世界为之颤抖。法国的一代文豪莫里哀、伏尔泰、卢梭、雨果、大仲马、司汤达、巴尔扎克、福楼拜、罗曼·罗兰……他们在世界文化艺术史上光彩四溢，为世人仰慕。

我们团队的所有团员都乘电梯登上了埃菲尔铁塔第二层观光台。刚从电梯走出，人们就迫不及待开始观光，我和安如也加快步伐在铁栏杆边抢占了一个位置。整个巴黎立即展现在我们面前：纵横交错的街道，跌宕起伏的楼群，放眼望不到边际。楼房一律灰白颜色的墙、黑颜色的屋顶，屋顶有开窗的小阁楼和砖砌的烟囱。在稍远处，有一大片现代风格的高建筑，鳞次栉比，姿态各异，那可能就是许多来过法国的朋友所说的巴黎新区吧！如果我将四周这灰白颜色、望不见边际的楼群，比喻为茫茫"大漠"，远处的巴黎新区就如同"大漠"之上蔚为壮观的"海市蜃楼"。将巴黎一分为二的塞纳河则是"大漠"腰间的一根绿莹莹的佩带，"大漠"中的生命之泉。

在我左手边的远处，有一处特别显眼的高地，那是不是有关巴黎公社起义的文章中提到过的蒙马特尔高地呢？在1871年3月那血与火的日子里，巴黎公社的战士——国民自卫军在蒙马特尔高地安置了400多门大炮，用它们来保卫巴黎城，为争夺这一军事要地，国民自卫军与凡尔赛匪徒在高地上展开过激烈的战斗。我是在1971年纪念巴黎公社100周年的文献中记住"蒙马特尔高地"这个地名的，三十多年过去了，我至今没有忘记它，没有忘记英勇的巴黎公社社员们。此时，我急切地想知道"蒙马特尔高地"的准确方位，想问问托尼，但还是担心这位年轻人对一百多年前发生在巴黎的那场"无产阶级革命"不会怎么感兴趣，也就没有开口。低头朝下望，著名的协和广场、圣十字广场、凯旋门、卢浮宫，一些耳熟能详的名胜、景点历历在目，信手可指。

刚领略过法国北部大平原的宏伟气魄，巴黎又以其广、其大"款待"吾辈，我和安如赞叹不已。

从埃菲尔铁塔下来，天下起小雨，我们一行也顾不了许多，用手掌遮着脑瓜子跟在托尼后面朝塞纳河畔急奔。

八年前那次欧洲之旅，我就游过塞纳河，那是一个大晴天，刚上游船一会儿，就拥上一群小学生，叽叽喳喳、你呼我唤，快乐得像一群刚刚飞入林子的小鸟，我一手"逮"住一黑人小子，同他合了影。正乐着，只见同伴给我使眼色，让我瞧一边等待着走过去的几位白人姑娘。就像在雷雨后展现在天际的彩虹，她们的美让我一下子惊呆了：接近一米八的身高，白里透红的鲜嫩脸蛋，还有那会说话的大眼睛，亭亭玉立、美若天仙……

开船没一会儿，雨就停了。听托尼说，在巴黎，出太阳的大晴天少，碰上出太阳的好天气，连总理都会暂时放下手中的工作，出来晒晒太阳。多桥的塞纳河不仅景色优美，也是一座历史名胜的画廊。在塞纳河沿岸，有不少与路易十四——这位连拿破仑也自称不敢与之相比的"太阳王"有关联的景观，拿破仑自己的墓地也在离河岸不远的法国荣军院内。1900年巴黎世界博览会的展厅——一幢年逾百岁的庞大建筑现时还依偎在塞纳河身旁。1900年，法国与沙皇俄国签订盟约，法国国王为表示友好特将一座大桥建筑在塞纳河上，这就是以俄国沙皇亚历山大三世命名的亚历山大三世大桥，一座塞纳河上最宽大、最华丽的大桥。桥两头的石雕鎏金着彩，鲜艳闪亮。建于1163年的著名的巴黎圣母院则"更有甚之"，她就坐落在塞纳河中间的一座叫"西岱岛"的小洲上，终日"享受"塞纳河两岸的美丽风光。

因为天气的关系，游船上的游人远没有我上次游河时那么多，没见一名小学生，也没有见到美丽的法国女郎，但这丝毫没有影响我的心情，倒是让我记起一首唐诗：

埃菲尔铁塔

协和广场的方尖碑

去年今日此门中，

人面桃花相映红。

人面不知何处去，

桃花依旧笑春风。

巴黎凯旋门

紧接下来的是卢浮宫观光。我们一行，其中不乏六七十岁的老人，像一群湖鸭似的，刚下车就摇摇摆摆直往宫里奔，一群可爱的"还愿"者！

所谓的卢浮宫观光，只能是"会一会"那三位了不起的女人：维纳斯、蒙娜丽莎和胜利女神。托尼给我们大致介绍了一下"三位女人"的具体方位，就没有再多说什么，但他仍然担心我们团队中的几位老人在人海中走失，因为这样的"教训"曾经有过。于是我接受了托尼交代的一个了不起的任务：照顾团内两对年逾七十的老夫妻，其中一对还是我们湖南同乡，我称男的"楚爹"。待我刚把"部下"集拢来，就有人提议先行解决内急的问题，我只得将我的"部下"从大部队中"拉"出来朝展厅入口一侧的一片建筑物奔去。没走多远，一位身佩胸章的小伙子朝我们快步走来，做着手势和蔼地给我们打招呼，显然是想为我们这群外国老人提供服务。"楚爹"们愣了，你望望我，我瞧着你，不知回答什么好。"WC"——在他们身后压阵的我急中生智，也不无调侃的意味，两英文字母从口中大声喊了出来。小伙子竟也听明白了我的意思，很快就把我们一行带到一处"WC"——十多天的欧洲之旅，我与当地人士的交流竟然是如此进行的，连"Hello""Morning"都没有用上，实在是够有水平的了——在欧洲这些天，我的生理年龄不可能年轻，心理年龄却年轻了许多！

凯旋门与巴黎圣母院门楼上的浮雕、卢浮宫里断臂的维纳斯

进了馆，队伍一散，大家就傻眼了，不知朝哪个方向走。语言又不通，我和安如带着"楚爹"夫妻，瞎跑了一圈后还是觉得不行，就硬着头皮问路，找到一位黑皮肤的馆员，指手画脚了一番，于是又走，还是不行，就又指手画脚地找人问。无论我问谁，对方都是指着我从进门处索取的一份示意图上的"玻璃金字塔"，让我先找到它，然后再去"会见"三位女人。在卢浮宫这座五层的大厦里，"玻璃金字塔"不仅可以有效地解决博物馆的采光问题，还是这艺术迷宫的一座"路标"，一个重要的标志性建筑。卢浮宫，我八年前来过，当时就听人说，华裔建筑师贝聿明所设计的玻璃金字塔刚露面时，曾遭到过舆论的严厉批评，我当时也感觉它的确与主体建筑的风格不太一致。这次故地重游，再见玻璃金字塔，感觉与上次大不一样，我为我的中国同胞高兴。

在路标的指引下，我们一行终于寻找到了三位伟大女人，我不由松了一口气，不为自己，为身边从未来过法国的"楚爹"夫妻。

第二次"相逢"的三位伟大女人仍然给了我以震撼。我眼前的维纳斯，身体已微微发黑，丝丝裂纹清晰可辨地刻画在她美丽的躯干上，也许正因为如此，我更觉其美。这不仅仅是因为她线条美，罗浮宫的维纳斯实际上是在无声地提醒今天的人们，两千年前的人类祖先中并不乏米开朗琪罗、达·芬奇。

再见蒙娜丽莎，我不仅注意到她那为世人推崇的独有的微笑，还感觉到她那平搭在胸前的双手的无穷魅力。蒙娜丽莎的手，在画中，它实际上是蒙娜丽莎那独有的微笑的对应，两者互为补充，共同表现了蒙娜丽莎心灵的美，她的善良、淳朴。站在蒙娜丽莎像前，我想，绘画之所以不能为摄影所替代，蒙娜丽莎的双手可以告诉我们许多。

卢浮宫的第三位"女人"，就是那位胜利女神。我这次仍然没有时间来好好体会她的美妙之处，倒是在寻找三位伟大女人的路上，我无意中看到了狮身人面石雕，一睹了《佣兵队长》的风采。后者是15世纪一位叫墨西拿的画家的作品，作品中几可乱真的眼睛、紧闭的嘴唇、轮廓分明的脸颊，在对主人翁性格的深刻表现上，我以为与《蒙娜丽莎》有异曲同工之妙，其在西方美术史上影响很大，但在伟大的卢浮宫中，就只能委屈他们了。在《佣兵队长》画作前，我想：在卢浮宫里还有多少狮身人面石雕和《佣兵队长》这样的艺术珍品在日夜等候世界各个国家的朋友去观赏？看到一批一批世界各地的客人匆匆而来，匆匆而去，连望她们一眼的时间也没有，这是否对她们有欠公平。从这个意义上说，卢浮宫的"伟大"中，也留下了一个"美丽的遗憾"。

回到旅店，天还没黑，这是我们十多天来第一次这么早就回到住处，因为我们要在美丽的巴黎住两晚，明天，还有协和广场、凯旋门等着我们。吃过晚饭，我与安如走出旅店来到不远处的居民小区散步。仿佛又回到了瑞士和德国：一幢幢紧挨着的小院排列在洁净的石路两旁，漂亮的小楼安静地躺卧在茂盛树木的怀抱里。小楼亮了灯，听不到一点声响，偶尔看到有成年男子在屋外拾掇物品，青年男女牵着小狗从小院走出，整个小区留给我俩的感觉是：温馨，安适。

回旅店的路上，我对身边的安如说：回国补办寿酒的事，这些天，我都忘了，不用去考虑它了。"真的？"安如不解，侧身望着我问。"我现在很好，心情从来没有这么愉快过，过去那些事我一点也没去想它了，是真的！"我回答。"那就好，那就好！"看到高兴的安如，我突然感觉到：这一次，表面上是我陪同她来欧洲旅游，实际上，是安如担心我心里不痛快，陪同我出来散心。想到这里，那位茵斯布鲁克女人的微笑又浮现在我眼前，比她，我不知幸运多少倍，我完全可以不受任何干扰干好我今后应该干的事情，与家人一起生活得十分愉快。而今，因为自己在往事中不能自拔，反而让自己的亲人为我担心，我于心不安。

2006年5月13日（二）

咖啡馆里的"六十寿宴"

　　早上睁开眼，已是当地时间 6 时，正好是北京时间的中午 12 时，如果在长沙，这正是我的六十大寿寿宴的开席时间。我现在很可能正在向客人致欢迎辞哩！此刻，我躲在国外，不觉孤独，心情还挺不错，我为自己高兴。昨晚，安如与我商议，在今天晚上，趁团队组织大家去红磨坊观看演出的机会，我俩要脱离团队到巴黎街头的小酒吧"浪漫"一回，以示庆祝。我还有什么可说的哩！

　　吃过早餐，大巴径直朝协和广场奔去。

　　协和广场以具有三千年历史的埃及方尖碑为中心，把法国的过去、现在与未来联系在一起：站在埃及方尖碑下，无论你的手指向哪一个方向，那里都会有一个轰轰烈烈的故事要讲给你听。我的正前方，越过塞纳河，有一座典型巴洛克风格的宏伟建筑，圆形石柱为廊，三角形屋顶上有一组精美的雕塑群像，这是有名的波旁宫，当年路易十四为其长女所建。我的左手与右手，各自"牵"着一座凯旋门。左手边的是骑兵凯旋门，在其一旁，就是著名的卢浮宫；右边的是当年拿破仑于 1806 年为庆祝法军打败俄奥联军而建的凯旋门。近两公里的香榭丽舍大街将其与协和广场连接，街两边的法国梧桐枝叶繁茂。我身后两座庞大的大理石楼房的其中一座是法国现政府的国宾馆。几年来，好几位中国政府领导人在此下榻过——第二次来巴黎的我，竟然可以为巴黎"画"地图了！

协和广场和我国的天安门广场一样，也曾是一场场历史活剧的舞台，给今天的法国人留下了激情，也留下过思索。其中，最让人难忘的当然是法国大革命了，1793年路易十六夫妇在这儿走上断头台，三千余名倒霉的贵族或貌似贵族的人紧随其后在这里死去。提起后面说的这件事，据说会让现今不少法国人尴尬。

与协和广场比，我似乎更喜爱香榭丽舍大街尽头的凯旋门广场，不仅仅是因为凯旋门上浮雕的精美，还因为当年拿破仑在建造它时表现出的宏大气魄。拿破仑以凯旋门为中心点，设计修建了向外伸延的12条大道，如果把这12条大道比喻为12道光柱，正中央的凯旋门就是光焰万丈的太阳。我觉得，这12条大道更像12条向远方奔涌的江河，气势磅礴，让人联想起拿破仑军队的所向无敌、威武雄壮；这12条大道又寄托着巴黎和全法国人民对拿破仑的期望和祝愿：无论拿破仑军队从哪一条大道凯旋，都可以回到凯旋门，巴黎和全法国人民都在这儿等待瞻仰他的勃勃英姿，欢迎他的凯旋！

其实，多少年来，人们往往只看到拿破仑作为一个战场上的英雄或者独裁者的形象，拿破仑对法国社会法律体系的建立与完善、对国家银行以及学校教育做出的贡献也很了不起。后人这样评价他：他像检察官一样熟悉法律，其天文知识不下于天文学家，他建立法典机构，颁布了《拿破仑法典》，他创造历史，也谱写了历史。将拿破仑称为"欧洲之父"的法国历史学家让·图拉德不久前在他的一次演讲中这样说："凭着他的宝剑和法典，拿破仑就成了现代欧洲的先驱者。"

在巴黎市区，拿破仑的影响随处可见，巴黎的军事博物馆里收藏着他的军装和武器，宏伟的卢浮宫里悬挂着他登基时的画像，以拿破仑指挥的著名战役命名的街道随处可见。我下午不经意间去的几处名胜，结果，竟没有一处不是与拿破仑有联系的。

下面是旺多姆广场。从凯旋门广场向前穿过协和广场，到了罗浮宫后花园，就可望见一尊高高的棕黑色柱子矗立在一个广场的中央，这是拿破仑在 1805 年打败俄奥联军后用缴获来的 1200 门大炮熔化成铁水后铸成的，一组战争场面的浮雕盘旋着由下向上，一直到铁柱的高处。铁柱的顶端是鎏金的路易十四的塑像。

观光巴黎圣母院是安如十分感兴趣的活动。大厅内，一排排燃着的小蜡烛还是像我八年前见到的那么温柔、圣洁，玫瑰花窗很美，因为刚到过威尼斯，了解了一些有关玻璃的发明及其在教堂建设上的运用的情况，我这次对它格外留意，欣赏了好一会儿。有了托尼的解说，我对圣母院外墙上的一尊尊大理石雕像的"身份"增加了了解。圣母院正面上方的 28 座石雕本是 28 位历代犹太国王，法国大革命时，他们被愤怒的人们误当作法国封建国王的雕塑而捣毁，现在我们所见的雕像是后人仿制的。巴黎圣母院拱门上方的浮雕更是意味深远，浮雕左边的一长队人，头朝着所崇敬的上帝高高抬着，其对上帝的虔诚溢于言表，因此，他们将走上"天堂"；浮雕右边的一队人对上帝"不理不睬"，暗无天日的"地狱"正等待他们。在这儿，我还了解到，巴黎圣母院是拿破仑 1804 年 12 月 2 日举行加冕典礼的所在地，1802 年，法国议会曾作出"全民决定"，宣布拿破仑为终身执政。在之后的近一百年间，庆祝 1945 年第二次世界大战胜利的赞美诗的宣读、1970 年法国总统戴高乐将军的葬礼等重大活动都曾在这一圣地举行。

跨过亚历山大三世大桥，过了马路，就是圣十字广场，这儿有法国的荣军院，拿破仑的遗体安卧之处。相传，当年，法国七月王朝的路易·菲利普费了不少周折才获准派军舰到圣赫勒拿岛接回了拿破仑的遗骨。1840 年 12 月 15 日，巴黎人民满腔热情地举行了隆重的接灵仪式，数不尽的市民冒着严寒、迎着风雪，护送着灵柩前往塞纳河畔的荣军院。拿破仑的遗愿得到了实现，他以一个老兵的身份安息在塞纳河畔，安息在他所热爱的法国人民中间。

站在塞纳河畔的荣军院前，我想，我应该将埋在我心中的一个疙瘩彻底解开了。一个国家，准确地说，一个民族，根本不存在天生的优劣。某一个民族在某一段历史时期是否表现得很勤奋，很有进取心，很有创造力，这是与这个民族某一个时期的领导者是否重视民族素质的提高，是否重视教育，与当时这个民族所在地域的政治制度、文化条件的优劣，与当时经济、地理、气候等外部环境的好坏有着关联的。我在前面的日记中谈到，悠久的历史文化有时可能成为后人的沉重包袱而影响到一个国家或者民族的进步，其实，这也是一个"条件"和"环境"。晚清时期，八旗子弟一代不如一代，但你敢由此断定满族是一个没有出息的民族？在康熙时代，哪怕你是当时一位满腹经纶的汉学大师，一位身经百战的明末将士，你也没有胆量同精通汉文化的康熙比试，你也没有勇气向几次御驾亲征平定叛乱的康熙叫板！同样，在凯旋门广场，站立在等候迎接拿破仑大军凯旋的人群中，量谁也不敢说拉丁民族是劣等民族。八旗子弟的颓唐，无疑与入关后清政府实施的一系列的民族等级政策有直接关系；同样，如今的意大利某些地方给人破落、颓废的感觉，不是这个民族本身出了什么问题，应该在这个国家的政策、制度及政治、经济、教育环境上找原因。

儿不嫌母丑，狗不嫌家贫。爱国，爱自己的民族，这是一个正常人的天性。我在旅行欧洲的美好日子里，为一个民族问题较劲，实因出于自己对祖国的爱、对自己民族的爱，因为，我的民族也曾在一个非常时期里被一些自以为高人一等的战争狂人、民族极端主义分子冠以"支那人""东亚病夫"之称，遭到歧视、欺侮。

吃过晚餐，大巴就急匆匆载着人们朝红磨房奔去，在巴黎歌剧院，大巴停了下来，托尼让我与安如下了车，他把我俩带到一家街边咖啡馆坐好，转身进到馆内，叫过一位女服务生，伊里哇啦地讲了几句，回头又交代我：喝过咖啡，就在这儿等他，钱等他回来后再付，然后才离开。

这是我在德国、意大利一路上见过许多的规模大致相当的咖啡馆；与德国、意大利不同的是，巴黎的咖啡馆喜欢建在马路的拐角处，而且这拐角处被人为地"切"了一刀，不是我们通常见到的那种直角，而是一个钝角。我和安如就坐在这"钝角"上，可以方便地观赏拐弯处两条马路的景色。这咖啡馆显然生意不错，没有一会儿，我们身边的位置就坐满了人。

托尼在进巴黎时就说了，巴黎有一条流行的广告语："如果你找我，我在咖啡馆，如果在咖啡馆未见到我，我一定在去咖啡馆的路上。"近几天来，我一直思考一个问题，如果日后有人问我，欧洲给你印象最深、最让你难以忘怀的是什么？我不会一开口就大谈罗马斗兽场的奇伟、巴黎卢浮宫的宏大，我会结合自己两次来欧洲的观察、体验，这样回答：第一，是草地，其二，是房车，其三就是城市街头巷尾随处可见的小咖啡馆。草地是欧洲人美化环境、重视环保的标志；房车是欧洲人喜爱室外活动、生活富有品位的写照；我把街边的咖啡馆与草地、房车相提并论，是因为我很喜爱小桌前的那种情调。一位成年男人或者一位成年女人，桌上仅仅一杯咖啡，或者一杯啤酒，食指夹着一根香烟，凝眸前视，宛如一尊有生命的街头雕塑作品；或三两好友，在小桌之前，或相对无语，或低声细语，气氛自然、温馨。在欧洲，这咖啡馆是无数欧洲人进行社交活动的重要场所，曾几何时，这小桌旁曾坐过马克思、恩格斯，曾聚会过贝多芬、歌德、莫扎特、雨果、拜伦……

服务生恭恭敬敬来到我们身前，我指指旁边桌上，向他示意：我要与他们同样的饮料。一会，服务生就回来了，两杯咖啡上了桌，再加上一小盘用奶酪在上面画着图案的精致蛋糕。我双手摊开，连忙表示：No，no。服务生笑了，弯下身子，轻声哼起那全世界的大人与小孩、男人与女人都十分熟悉的曲子：

马路拐角处的咖啡馆

我看见了安如瞪得大大的双眼里闪耀着的泪花，心里不禁涌上一股热流。一切都已明白，是懂法语的托尼那小子的安排。几乎就在同一时间，我的移动电话响了。在白天，国内长途电话接了不少，少不了责怪，但主要是祝福。而眼下，北京时间已是午夜，这一定是女儿了，一听，果然是的。一会儿，还听到小孙女的声音。安如急了，抢过电话，连声喊着孙女的名字。接着听到的是与服务生同一个旋律的男女声小合唱："祝——你——生——日——快——乐——，祝——你——生——日——快——乐……"

在安如语音颤抖、忙着朝话机高声说话时，我不无担心地环顾四周，看到旁边小桌上的人们都自顾自地在品尝咖啡，轻声交谈，没有任何一位先生和女士来关注我俩的存在，对我们的"失态"表示不满。

总算安静了下来，我首先举杯，但不等我将手举起，安如压住我的手说：这第一杯，我敬你，祝你第一身体好，第二还是身体好！七十岁时，我们再来欧洲。我会心地说："好，好！一定，一定！"我们，三十多年的夫妻了，第一次在如此温馨的二人世界里互相举杯。不善言辞的安如没有再说多少，我的祝酒辞同样不多，只听安如连声接应说：对！对！对！我的话是："让巴黎为我们作证，我们这一辈子，白头到老、永不分离！"

直到托尼来，我和安如的激情才慢慢悄退。

2006 年 5 月 14 日

巴黎：她努力，努力得神采奕奕

离开法国，我似有不舍。

我喜欢巴黎，我爱法国。她与我的伟大祖国有许多相似的地方：国土辽阔、资源丰富，有悠久的历史与文化传统。法国人的浪漫天底下出了名，法国人的"血气方刚"同样很了不得，1793 年的资产阶级革命、1871 年的巴黎公社起义会告诉你这一切。法国人热爱传统，有时表现得有些保守，当年，埃菲尔铁塔几乎被批评人士的口水所"淹没"，但法国人又无疑是世界上最新潮的人群，想想全世界那么多皮具、服装、酒类的名牌都集中在法国，我相信许多人都会对法国人的"新潮"留下深刻印象。法国人热爱生活，较之东方，法国人更注意仪表和礼节，亲吻、握手这些常见的表示情感的方式，法国人都有讲究。法国人的思想也很活跃，对国家政策有什么不能理解的，对有关自身利益的事一时想不通，在治安条例

埃菲尔铁塔下小憩的旅行者

223

卢浮宫的展品，谁会相信裸女身下的沙发床由大理石材质制作？

允许的前提下公开发表点看法是很平常的事。了解到这一点，你在巴黎街头看到示威游行队伍也就不会感到新奇了。说到这儿，我忍不住想特别提一下现任的法国总统希拉克。希拉克毕业于巴黎政治学院和法国国家行政学院，1967年当选为国民议会议员，1967年与1986年先后两次出任法国总理，1977年至1995年他又曾三次连任巴黎市长，在两次竞选总统遭受失败后，1995年就任法国总统，并于2002年获得连任。谁也不会想到，这位大半生都在法国政界拼搏、驰骋的政治家竟是一位颇有成就的文学爱好者，《希望的闪现》《一个新法兰西》《所有人的法兰西》是其主要著作。三个书名中，有两个没有离开"法兰西"三个字，希拉克对于自己祖国的热爱可见一斑。而如果不是对祖国如此深深热爱，希拉克能够一次次赢得人民的尊重、一次次获得巨大的成功吗？希拉克还是一位足球迷，法国国家足球队的重要赛事，他没有一场漏掉过，自称是全法国的"头号球迷"。

希拉克在中国文学上的造诣也很深，特别喜爱中国唐代诗人李白与杜甫，能颇为专业地对这两位"诗仙""诗圣"的艺术成就以及他们的个性特点提出自己的见解。

巴黎也悠闲，"但她努力，努力得神采奕奕"——余秋雨先生如此评述巴黎，我以为这也是对希拉克总统以及在他身后的千千万万法国人的赞美。

……

大巴离巴黎渐渐远去，咖啡馆服务生的音容笑貌仍浮现在我的眼前，他的"生日歌"还在我耳畔鸣响。我在想，下次来巴黎，我一定还要去一趟咖啡馆，与好友在桌边谈谈巴黎，谈谈巴尔扎克，谈谈雨果；我还很想去那带烟囱的楼房里坐坐，一边看法国足球联赛转播，一边听壁炉里松木条在火中哗哗啪啪轻轻地响……

今天，我们将在荷兰王国度过此次欧洲旅行的最后一个夜晚；白天先去一下比利时。

比利时王国，面积三万平方公里，人口1000万。1830年时受欧洲革命影响，从荷兰王国脱离出来，建立独立的国家。如今的比利时，号称欧洲的政治中心，欧盟总部、北约总部、欧洲原子能共同体均设立在这个国家。来到比利时的首都布鲁塞尔，没有不去看望"小尿童"的，这个人称"布鲁塞尔第一公民"的小家伙，可算得是全欧洲接受人们"拜访"最多的大人物了。我们一行匆忙穿过布鲁塞尔市政广场，连马克思当年写作《哲学的贫困》时住过的天鹅饭店也没有来得及拜谒，就去见小尿童。此时的他，照样很忙，里三层外三层地围着人，他身旁卖巧克力的商店也因他而富，前来购买巧克力的顾客川流不息。

在比利时的第二个观光项目是滑铁卢古战场，一个在中国的小学课本上都能找到的历史名胜。八年前，我来过这儿，也登上了这儿的一个大土堆，在高驻

布鲁塞尔街头的堂吉诃德雕塑

土堆之顶的雄狮雕像旁留了影。眼前这土堆上，面朝法兰西大地"狮"视眈眈的雄狮是当年决战的胜利者惠灵顿将军用以纪念在滑铁卢战役中阵亡的己方将士的，惠灵顿将军的另外一层意思是：期望通过这头雄狮对自己的手下败将拿破仑起到某种震慑作用。我想，这位曾将我的伟大祖国——中国喻为"东方睡狮"的拿破仑，自己就是一头勇猛无比的雄狮，他是不可能被一尊不能吱声的铁铸"雄狮"震慑住的。此时此景，让我脑海里顿时浮现出一幅令我哑然失笑的图画，画上并排站立着三位大人物：中间是"败军之将"拿破仑，他把那顶有名的三角帽抓在手上，光着的头高高扬起；身旁，一边是英国将军惠灵顿，一边是俄国的库图佐夫元帅，两位曾经的胜利者，一幅茫然不知所以的神态。

年轻时在我的脑海里，拿破仑是与他的两次大失败紧紧地联系在一起的。按说，因为这两次失败而蒙受极大损失的法国及其国民应该因此对他产生怨恨，但在大多数法国人心底，拿破仑是英雄，法国人给予他的是尊崇、是热爱！只是考虑到自己友邻国家的感情，表现得有点含蓄罢了！在拿破仑身上表现出了一种法国人民现在与将来都十分需要的精神，正如著名的德国文学家歌德所说：明知险阻重重，偏向上攀登，即使付出生命也在所不惜的永不言败、勇于拼搏的精神。

拿破仑，一位在科西嘉小岛出生的岛民，在后来执掌军队大权的二十余年时间，亲自指挥参加了60多次大战役，在40次胜利之外，他经历了两次致命的失败，两次被放逐荒岛，但"像一辆战车碾压前进道路上所碰到的一切东西那样，拿破仑除了一往直前就无所考虑"。1814年退位被放逐，仅一年时间，他就冲出荒岛，率领千余军人径直向巴黎扑去，一举夺回失去的一切，紧接着在滑铁卢迎战英国将军惠灵顿率领的多国联军。不久，他第二次被放逐，直至在荒岛死去的前一刻，拿破仑口里还喊着："军队，冲锋！"

在思考拿破仑的时候，我也在内心深处检讨了自己。其实，年轻时的我并非是一个害怕困难的人，我的人生道路也曾遍布荆棘，可后来，在公司体制改革的关键时刻，我却没有能像拿破仑那样，勇敢地排除一切干扰，"在任何困难面前都无动于衷、无所考虑"，没有为公司的命运、为几百名员工的美好未来再奋力拼搏一回，却选择了"舍弃"！

这就是英雄与凡人的区别所在！

在前往荷兰首都的路上，我特地坐在托尼的身后。从心底，我喜欢上了这位导游，这不仅仅因为他昨天与安如精心安排了我的生日"晚宴"，更重要的是，因为他一路上的精辟解说，我学到了许多知识。十来天的欧洲之旅，我如同经受了一次"洗礼"，心里轻松、明白了很多，也感到年轻了许多。托尼依然不太愿多说什么，俨然一副公事公办的模样，我很想找他讨张名片，便于今后联系，几次话到嘴边又咽了回去，我也是个放不下"臭架子"的人！别看托尼年龄不大，三十岁左右吧，但一些只可能为一般老年人了解的"掌故"，他说起来得心应手。今天早上一上车，他在要求大家在欧洲的最后一天务必注意安全，支持他圆满完成此次旅游活动时，就随口引用了一句中国的古语：行百里者半九十。言简意赅，听来十分亲切！

但这位换过 11 种工作、现供职于旅游公司的"老北京"，经济收入同样是他十分关注的事情，因为我们团内老人多，大家不太愿意另外掏钱搞自费活动，这难免让托尼有些不高兴。不然，他的话还会更多，还会更精彩，还会为人们提供更多的优良服务。这不！大巴从布鲁塞尔市郊的"原子球"景点经过，托尼没有叫司机停个十来分钟，让车上这些热

在凡尔赛宫前

情的老人下车留个影。尽管这样，瞭着正全神贯注望着远方的托尼，我心里仍然想：下次遇上托尼带团来欧洲，我一定第一个报名！

今天晚上是我们来欧洲十多天最清闲的一个夜晚。我终于有时间整理这些天所写的日记和收集的资料。一些年来，我到过一些国家，照的相片有不少，家里的书柜上摆了十多册，但像这次每天都坚持把一天的见闻记下来，是第一次，这得感谢托尼，也与我此次来欧洲的初衷有些关系。

看到我将纸张、笔记本什么的摊了一床，安如吃了一惊。因为我的日记都是在她入睡后写的，她没有料想到我的"成绩"是如此巨大！看到我这十多天情绪出乎她意料地好，她的高兴也是显而易见的。安如心里高兴，嘴里却说："注意休息，莫又喊头痛。"我有脑部供血不足的毛病，安如平时在家比我自己还要关心我这病。

2006 年 5 月 15 日

上帝创造了地球，但是荷兰人创造了荷兰！

今天就要结束我们的欧洲之旅，颇有些怅惘，但想到就要见到可爱的小孙女，我又有些高兴，安如更是激动得了不得，小孙女在电话里说："爷爷、奶奶，我好想你们的！"这声音一直在我耳边响着。

上午的观光内容不多，只有阿姆斯特丹的拦海大坝。

荷兰王国，4.11万平方公里国土，1600万人口，该国有一半以上的土地低于或平于海平面，首都阿姆斯特丹城区大部分地区竟低于海平面1—5米，阿姆斯特丹，又一座"威尼斯"！

"荷兰"二字在日耳曼语中就是"低地之国"的意思。我在下午观光风车村时就领略了荷兰地势的"低"：在风车村旁，有许多农舍，因为地势低，门外洼地的积水几乎漫入屋内。我很欣赏风车村里卖的木鞋，其实，木鞋就是过去买不起布鞋与皮鞋的荷兰人为了抵御潮湿与寒冷而"发明"的，厚重的木鞋里塞上干草，也还暖和。在来往风车村的途中，我还看到了在威尼斯所见到的景况：楼房的房基浸泡在水中，楼房与楼房之间，运河代替了马路。在阿姆斯特丹市区，有的楼房因长期浸泡水中已出现明显的倾斜。可就是在这样一个低地之国，近几百年诞生了一个又一个奇迹：她有世界上最发达的牧业——1600万人口每人拥有一头牛、一头猪，乳

楼房因长期浸泡水
中已出现明显的倾斜

阿姆斯特丹市郊的水上民宅

品生产居世界首位。她还是世界上最大的花卉出口国，最大的土豆出口国，最大的可可制品出口国，仅这些农副产品的出口额每年就超过百亿欧元……荷兰的工业也不可小觑：她的造船业、炼油业、电器电子工业，个个在世界"前200强企业"榜上有名！中国的女人，听到法国生产的香水眼睛会发亮；中国的男人，可能没有不知道"壳牌石油""菲利普电器"的！了不起的荷兰人！

荷兰的首都阿姆斯特丹因堤坝建在阿姆斯特河上而得名，在荷兰语中，丹（DAM）就是堤坝。荷兰有1000余公里海岸线，拦海堤坝长达1800公里。我们将在阿姆斯特丹郊外看到的长堤就有400公里。

在去长堤的途中，我们经过了好几个路边小镇，临街民居的玻璃门窗都很宽大，很敞亮，透过窗子可清楚地看到家中的家具和摆设，也有在屋外的草坪安装了木栏杆的，但都不高，成年人抬腿就可跨过。八年前，我就是从阿姆斯特丹飞机场踏入欧洲大地的，欧洲"赠"给我的这幅"夜不闭户、路不拾遗图"让我感慨颇多。回到祖国后，我专门写了一篇题为"看不见'窗栏'的国度"的散文。文章写好后，我特地邀请一位专业演员在一次由我们公司举办的春节晚会上朗诵了，台下坐着的医院医生和院长、主任们报以热烈的掌声。当时，正好有两名报社记者在场，不久，《湖南日报》将它原文刊登出来。

不等我将往事一件件往外抖个干净，长堤到了！

长堤还是八年前的那副模样，大堤上表现筑堤人劳动情景的雕塑作品面貌依旧，堤外的北海依然是一眼望不见边际，还有堤内如茵的绿草、似锦的鲜花，还有成群的大花牛，一幢幢尖顶、大窗的小别墅，还有高扬着的大风车……

我想，八年后我再来，长堤仍不会变样，变化的将会是我们自己，我们会变老，会离开这个世界，而人民的伟大功绩是永远不朽的，人民的英勇精神是万世长存的。

站在同样是一眼望不见尽头的长堤上，我想起早些年在书上看到的流行在荷兰的一句谚语："上帝创造了地球，但是荷兰人创造了荷兰。"这是只有从英雄的口中才能够听得到的豪言壮语！

我想起在北京飞往阿姆斯特丹的整整十小时的旅程中一直在埋头攻读的欧洲青年；我还想起了小安妮，一位年仅十一岁的荷兰小女孩，为了躲避纳粹的迫害在夹墙中生活了两年，写下40余本日记，在那不见天日的日子里，她没有哭泣，不断勉励自己，"我们是一群上了镣铐的犹太人，没有任何权利，我们必须勇敢坚强"；我还想起在阿姆斯特丹街头随处可见的许多竖着排列的三个"X"的标记，作为一种图案，它实在谈不上有什么艺术的魅力，但正是它，在一遍遍告诉世人：荷兰人曾经无数次战胜过大自然带给他们的瘟疫、火灾和水灾……

在阿姆斯特丹的长堤上，我找到了答案。

世界，是由时间与空间组成的，在无边无际的时间与空间面前，人的躯体如同尘埃一样极其渺小，但人的进取精神和他对社会所作的有益工作是与天地共存的。对于一个社会而言，把六十岁定为一个人退休养老的年龄，不排斥含有劳动力资源整合的考虑，但也没有必要去讥笑那些在六十岁还不甘寂寞的人们，如果他们觉得一直拼搏到自己将回归宇宙的那一天说一声"我没有遗憾"，才心平气和地离去，为这样的人生喝彩也不为过！

欧洲的十四天之行，又让我回到了立志高远的青少年时代！我，本来意义上的我，从欧洲回来的我，刚在巴黎的咖啡馆度过六十岁生日的我，将告别过去，翻开人生新的篇章！

再见，阿姆斯特丹！Goodbye，欧罗巴！

2006年5月16日

同样的西欧，不一样的"河流"

2015 年 7 月，正逢欧洲大陆数十年一遇的酷暑，我与妻子实践了十年后再聚巴黎的约定，完成了又一次难忘的西欧之旅。所不同的是，这一回我俩的身边多了孙女晓杭这个"灯泡"，即将迈入古稀之年的我们将"浪漫"留在心底，一路上更多的是对孙女的关照：给她拍照、给她讲解、关注她的吃与穿……

这一次的西欧之旅几近重复十年前的旅游路线：始于德意志，途经比利时、瑞士、意大利，最后将高潮留给法国的巴黎。十年啦，应该说，我眼前的欧洲没有任何实质性的变化，全然不像我们伟大祖国的一些大城市，十几个月不见就会在某一街区耸立起一幢崭新的大厦、雄伟的大桥什么的。十多天里，导游给我们游览的景点仍旧是那么些：茵斯布鲁克的黄金屋顶、威尼斯的叹息桥、比萨的斜塔、瑞士的铁力士雪山、罗马的圣彼得大教堂，在巴黎仍旧是泛舟塞纳河、游览卢浮宫、攀登埃菲尔铁塔……如果说有什么新的东西，有的只是我心里对她的再认识、在她身上的新的发现与感受！

在旅行途中，我们旅行团队的成员除了关注景点，另一个"热点"就是下了旅游大巴就忙着找厕所！德国境内的公用厕所十年前使用一次需交纳 5 角欧元，管理人员会当场交给你一张电脑收据，展现德国人工作态度的认真和作风的严谨。十年了，德国人似乎有了"长进"：前去公厕方便者所需缴纳的费用提高到 7 角欧元。但收据上的数额仍旧是 5 角欧元，所不同的是：持有者可凭借这一收据在一旁的商店里来抵减 5 角欧元的消费。精明的德国人希望通过这一举措刺激来访者的消费，从中赚取更多的欧元！说来也难怪，作为欧元区的大哥大，德国政府不仅要充分满足本国选民的生活需求，还经常要为欧元区里像希腊这样的穷朋友买单，身为总理的默克尔也很难！

在巴黎市区我没有再去关注久违的埃菲尔铁塔和协和广场，而是迷上了老城区里风格几近一致的楼房：一律五六层高，浅黄颜色的涂层，顶层是一色的带窗小阁楼，正厅的每间房都有落地的窗，阳台一律装饰有黑色的铁质的雕花栏杆，图案很美。此时此刻，这种重复不仅没有让我心生厌意，反而感觉到一种宏伟的气势、成熟的美！除了巴黎旧城整条街风格独特的大楼，还有她呈放射状的街道，迷宫一般的地下排水通道以及地下铁路网的建设，乃至楼房内独具风格的家具与摆设，所有这一切被巴黎人统一标榜为"奥斯曼风格"的伟大建筑，让人们至今难以忘却 1851 年时期的奥斯曼男爵以及他身后的伯乐——拿破仑三世。正是他看到当时巴黎极其糟糕的城市交通与地下排污系统，果断决定将改造巴黎城市建筑的重任全权托付给了时任巴黎市长的奥斯曼男爵。奥斯曼男爵也不负众望，大刀阔斧地将巴黎来了个脱胎换骨的改造，一干就是整整十八年！我的孙女十三岁就曾经到过新加坡、日本与韩国，这一次又逛了法兰克福、威尼斯、佛罗伦萨与罗马，她经过比较向我郑重宣布，巴黎是她"最最喜爱的国际大都市"。我由此思考巴黎旧城成功改造这一事件本身的意义：拿破仑三世的慧眼识珠，奥斯曼男爵的果敢精明，巴黎人的坦诚与热情……感受到在这一事件上所充分体现出来的文化的力量！

文化，巴黎人的文化、欧洲人的文化！

在法兰克福街头，团友们忙着疯狂购物，当一旁闲得无聊的我遇见有人向我发放基督教义宣传资料时，还有当我为佛罗伦萨圣母百花大教堂的美丽壮观深深震撼时，当我一次次无须检票就登上高速列车，大大咧咧坐在舒适的沙发椅上时，当我看到红男绿女们在火热的太阳下光着膀子任凭骄阳炙烤、两鬓霜白的老妪忙着在湖边收拾赛船时，我心里一直念叨着："文化、文化、文化！"并且尝试将西方基督教文化同中华大地延续千年的佛教文化做一些比较。

法兰克福街头的女郎们发放的基督教义宣传品，同她们的衣着打扮一样精美，资料始终强调上帝的无所不在给我留下深刻印象。我进而思考到佛教有关仁者爱人、慈悲为怀的论述，从中发现：两种文化虽然都强调了人与人之间的爱，但基督教教义中的"人"在"主"的面前始终都是客体，兄弟之间自然不分谁贵谁贱，谁尊谁卑，而佛教有关人与人的关系的交代似乎就没有这样明确。基督教教义中人与人之间的平等与仁爱是自觉行为。早就听说这样的新闻：德国前总理施罗德因公可以乘坐政府配给的奔车，并有警车开道，其余时间就只能乘坐他那两万欧元购置的高尔夫牌私车了！于是在德国首都柏林的周末与周一就出现这样让人忍俊不禁的画面：豪华的奔驰给破旧的高尔夫"护驾"开路。还有这样的欧洲国家，因为某政府高官不经意间偷逃了一笔所得税款，或在某次公务活动中私享公款开销，等待他（她）的就是严厉的质询与弹劾！在身为纳税者的平民百姓面前，即使是法国总统也百口莫辩！

圣母百花教堂号称世界第三大教堂，在曾经拜谒过世界第一的圣彼得大教堂与世界排名第二的英国圣保罗大教堂的我的心目中，佛罗伦萨的圣母百花大教堂是当今世界

巴黎旧城区风格几乎一致的大楼

最美丽的基督教教堂。它与众多因长时期风雨侵蚀、石头由白色而发黑的基督教大教堂大不一样，具有八百年历史的圣母百花大教堂"名如其人"，灿若鲜花的她至今仍光彩照人，教堂墙面上花岗岩石以红、绿、白三种颜色或直或竖依次排列，对比鲜明，而红、绿、白这三色正是后来意大利国旗的颜色，分别代表意大利人心目中所向往的自由、博爱与希望。伫立在圣母百花大教堂门前，此刻的我想得很多，我在问上帝，也在问自己：究竟是文艺复兴时期资产阶级知识分子所坚持的自由民主的人文主义思想更加坚定了基督教教义里民主思想的理念，还是基督教教义里的本来就存在的平等自由的理念对欧洲文艺复兴时期进步资产阶级知识分子产生了积极的影响，给了他们思想的武器？无论答案如何，佛罗伦萨圣母大教堂已经告诉了世人，在后来兴起的资产阶级民主运动中，基督教教义所具有的某种独特作用。

正是因为有了这一宗教文化，当基督教教义为官方所利用蜕变为少数贵族统治阶级压迫人民大众、享受特权的工具时，马丁·路德所倡导的宗教革命方能得以成功。

法兰克福市政广场濒临秀丽的美因河，市政厅大楼就屹立在广场中央，所谓大楼，高不过 20 米，在大楼的"腰间"——约三层楼处伸出来一座廊桥，连接着的是已有数百年历史的法兰克福工商局。在这座我们一时无法进入的工商局大楼里，至今收藏着自这座城市出现工商企业以来所有工商企业的原始文字档案：注册登记表格、纳税数据和违规记载……面对这座为"官方"所高度重视的工商局，我强烈感受到的是法兰克福人对契约与诚信的重视。《旧约全书》之约，契约之谓也，基督教教义里所坚持的圣徒"与上帝有约"的理念，培养了基督教社会重视契约、视信誉如同生命的文化，这也是十分值得我们学习的。伫立在法兰克福工商局大楼前，我这样想：法兰克福，这座拥有世界各个国家的 324 家银行、经营着整个德意志 85% 的股票交易、每年至少举行 50 个国际会展的伟大都市，其令整个世界瞩目的尊崇地位，难道不与这座城市的工商业者长期以来所奉行的以诚为本的商业文化有关吗？还有，德国作为当前欧元区工商业最为发达的国家，他们今日地位的获得，难道不能在"以诚为本"这四个字上找到答案吗？

与我十年前的西欧之旅不尽相同的是，我们这次在西欧境内尝试乘坐了三趟火车：从威尼斯到五渔村附近的马拉罗拉，再从马拉罗拉坐到罗马，又从巴塞尔抵达巴黎。让孙女晓杭百思不得其解的是：我们进出火车站为何从未通过安全检查，也没有检票人员站在车站大门口查验车票啊？

即使是在骄阳似火的大马路上，我也能体验到东西方两种不同文化之间的差异：大街上、景区里众多中国游客一个个是阳伞高举，拒骄阳于万里之外，本地的欧洲人则展露臂膀任凭阳光直射，大有不将自己的皮肤弄成小麦色绝不罢休的意思！西欧人在我面前所表现的对大自然的亲近与喜爱，还体现在他们热衷于户外体育活动上。一早从瑞士的因特拉肯出发，我们一行在城边的湖畔小憩，湖畔的两幅画面就吸引了我：一幅是三名成

圣母百花大教堂

年女子，其中一位的两鬓已成霜，年过半百有余，她们正在忙活着收拾赛船，即将开始惬意的湖中泛舟之旅；另一幅图是一位三十多岁的男子正准备骑上自行车开始一家三口的周末郊游，连接在他的自行车尾上的是一辆婴儿用车，小宝贝此刻正躺在车子里睁大双眼瞧着蓝天，一旁的是一辆儿童自行车，一名头戴头盔的年仅六七岁的男孩一脚蹬车、一脚踩地整装待发，似在等候家中另一位重要成员……

乘坐旅游大巴在阿尔卑斯山间奔驰，最为养眼的是那山坡下的小木屋：屋前芳草萋萋，屋后绿树成荫，迎面是和煦的阳光，还有阳光下白雪皑皑的阿尔卑斯山雪峰！人在山中方为仙，瑞士人、德意志人用自己的生活诠释了中国汉字中 "仙"字的原始的含义……

还有那在周末的高速公路上一辆接着一辆奔向郊野的房车，所有城镇的街道无不开辟专属的自行车道的独特景观……面对眼前尽情享受大自然的欧洲人，我有过羡慕甚至嫉妒，但更多的是称赞，是钦佩。因为眼前的他们不仅仅热爱大自然，更懂得呵护她、珍惜她。我曾热情记述过欧洲人在水资源、森林资源的维护开发，在节能减排上所作的种种努力，但此刻也难以控制自己的感情，对自己及同胞在自然资源的维护与开发上所存在的种种差距进行一番批评与反省。

所有的"赞美"与"反省"最后都被我归结到"文化"二字上，继续着我似乎没有尽头的思索，试图为祖国、家乡的同胞提供点建议……

那是在巴黎一个景区小憩时，我听到一场这样的"汉语桥"：

女生：两个月前我在云南昆明旅行时，突然遇到一个老朋友，他邀我去大理、丽江搞"自驾"。

男生：你的"宝马"不在北京吗！自驾，你开什么车去啊！

女生：我——有办法：让北京的朋友帮我给"宝马"办了个托运。

男生：昆明那么远，能行？

女生：你没在高速公路上看到过运载轿车的大货柜车吗？4000多元

大门洞开的火车站

人民币一下就给你搞定了！

……

我回头打量身后说话的男女，两人的年龄都不会超过 25 周岁，他们的眼神与举止告诉我：两人距离"成功人士"尚有很远的距离。我禁不住在心底呵斥：4000 元人民币在你们眼中似乎数额不大，但可知，就因为这 4000 元，地球上将会为你多消耗多少升汽油、空气中会因此增添多少废气？

此刻，由不得我提到马丁·路德，正是他明白地对人们这么说："一个国家的繁荣，不取决于它的国库的殷实，不取决于它的城堡之坚固，也不取决于它的公共设施之华丽；而在于它的公民的文明素养，即在于人们所受的教育、人们的远见卓识和品格的高下。这才是真正的利害所在、真正的力量所在。"

今天的中国远非三十年前可比，许多个世界第一让人们一时间数都数不过来，我们中的许多人在物质上一天天与"富翁"拉近了距离，但我们

即将远行的赛船

整装待发的自行车手

的国家至今仍旧难以摆脱"文化的软性力量薄弱"的尴尬。平心而论，我们无须过多夸赞西方社会的文化，他们的文化也存在难以掩盖的缺陷，但我更想说的是，我们在重视国家物质建设的时候也要加强思想文化的建设，在 GDP 数据高居世界前列的同时，还应该有世界上最好的教育、最清廉的政府办事机构、最完美的文化设施，人民大众有自己的文化追求，有自己的坚定信仰、高尚道德和核心价值观……

2015 年的夏天重游西欧，还是这样的山、树，还是这样的河，让我未能更多记述这儿新的景点、新的建筑；但正如古希腊哲学家赫拉克利特所说，"一个人不可能两次踏进同一条河流"，十年后我与妻子所见到的西欧绝非一成不变，这儿肯定也有新建的公园、新建的大厦、新建的"高速"，只是没有被我发现罢了；即使再次踏进西欧这"河"里，我也变了，变得老了，变得更喜欢"胡思乱想"了，竟至于让我有些担忧：与我同行的孙女一旦读到我的这些文字，她能否理解，会怎么评说？

梦中的蔷薇

——2015年夏欧洲之旅

写作此文，完全是得益于我的一个梦。

那是在我从欧洲旅行归来第21天的事。在这之前的20天时间里，我将自己2015年7月欧洲之旅的文章写好，赶着编进书稿中。就写作时间而言，这篇题为"同样的欧洲，不一样的'河流'"的文字是整部书稿中的最后一篇。身心疲惫的我很想好好休整一下，什么也不写了。

2015年8月21日的夜晚，我梦见自己正在写作一篇关于阿尔卑斯山林与草地的文章，文章写了删，删了又写，费了不少周折，皆因为我笔下写的是山林与青草，眼前所见却是一簇簇红色的蔷薇，"刚来时还没有看到这花呢，它们是从哪个地方拱出来的呢？"——我这样问自己。也许是因为着急，不经意间说了句湖南方言——"拱出来"，就是"冒出来"的意思。蔷薇花璀璨得犹如一团燃烧的火，把周边的绿叶也映红了。我生平第一次在文章里用了"惊艳"这个词语，并且不无得意地用后面的这句话作为文章的结尾：因为蔷薇，我将"惊艳"这个词语用到了最最适合它的地方。

梦中惊醒，已是午夜时分，睡意全无的我起床打开电脑，很快搜索到对"惊艳"二字的解释，此二字自古以来多用在美丽女子身上，用它写花也无不可。至于"蔷薇"，电脑画面中的蔷薇与我梦中所见竟然如出一辙，后者简直就是按照电脑图片如法炮制的。此刻，电脑前的我呆若木鸡，右手掌扶在桌面上，五根手指定格在空中，姿势好一会儿都没有改变，心里在说：难道是上帝在告诫我务必完成西欧之行的写作任务？

以前来西欧，我一心关注的是巴黎、罗马、威尼斯，几乎所有的热情都放在这些大都市与世界著名的景点上。这一次截然相反，我所留意乃至陶醉的是远途的一个个欧洲小城镇、小山村：莱茵河畔的波珀，德国南部边境小镇富森，意大利的圣基米亚诺、五渔村；进入法国，我们没有直接赶往巴黎，而是沿着地中海海岸线去了一个名叫艾日的小山村。一路上，地中海的旖旎风光让我欣赏了个够，从艾日出来，我们又在一座美丽丝毫不逊色于圣基米亚诺的法兰小镇逛了半天，最后是瑞士的小镇因特拉肯……

这些城镇、山村虽小，历史却很悠久。富森无疑是与新老天鹅堡的名字紧紧联系在一起的。说起天鹅堡，自然少不得要提到路德维希二世与他的传奇故事。路德维希二世是维特尔斯巴特王朝的国王，想记住路德维希二世并不难，只要记住他是茜茜公主的表侄，生前与茜茜公主交往颇多足矣。路德维希二世以对艺术近乎狂热的追求而著称于世，终身未娶的他尤其喜爱修建城堡，对艺术家的资助慷慨大方。年幼的他是在旧天鹅堡里长大的，所谓新天鹅堡是他根据瓦格纳的著名歌剧下令修建，只是不待建好，他就去世了！新天鹅堡里的游览者摩肩接踵，未能得以

富森无疑是与新老天鹅堡的名字紧紧联系在一起的

一睹新天鹅堡风采的我，只得去亲近旧天鹅堡了，好在西方歌剧的舞台上对美丽城堡多有介绍。旧天鹅城堡之下是著名的天鹅湖，导游介绍，当年CCTV的一个节目组有意检验了湖水的质量，证实它确实比我们国内的自来水品质还好！耳听为虚，眼见为实，远观湖水周边密密的林海、湖边浅浅的青草以及那清澈明亮的湖水，我相信这话。

圣基米亚诺历史更为悠久，距离佛罗伦萨仅仅50公里，被称为"中世纪的曼哈顿"。拱形城门不远处的水井广场是13世纪的建筑，相传在中世纪时，支持国王跟教皇作战的圣基米亚诺人或为御敌、或为斗富相继在这弹丸之地修建了72座塔楼，塔楼一律用金黄色的石灰岩搭建，十多层楼房高，呈方形，笔立于狭窄的石板小道旁，蔚为壮观。而今，大多塔楼已不复存在，但仅凭眼前这留存于世的14座，也足可显示当年圣基米亚诺的富有和它神圣不可侵犯的威严。

关于莱茵河畔波珀小镇的历史，我一时无从考证，但乘舟而下，两岸山间不时出现的古堡足可证实其身世的不同凡响。时过境迁，古堡少有人问津，人们的注意力逐渐转移到小镇河滩上排列着的一辆辆锃亮的房车上，正是它们带给人们一个明确的信息：相比高居山巅的古城堡，美丽的大自然更值得千万德意志人亲近！

五渔村、因特拉肯、艾日，它们的历史虽然难以与圣基米亚诺相比，但它们的美丽同样闻名遐迩。善于利用大自然的慷慨赐予，并将自己融汇于大自然的无比壮美之中，是它们的共同特点。

五渔村虽背倚高山峭壁，仍不忘给年轻恋人开凿出"爱的小路"

位于意大利北面地中海边的五渔村，虽背倚高山峭壁，仍不忘给年轻恋人开凿出"爱的小路"，20余公里长的山间小道像鱼线连接着吊坠般将五座渔人的村落紧紧相连。此时此刻，移步在"爱的小路"上的我，面对烟波浩渺的地中海，回望山崖上一座座熠熠生辉的渔人小楼，深深感受到的是地中海的磅礴气势，尽情欣赏到的是她的旖旎风光，一时忘乎所以。

在从尼斯去往摩纳哥的途中，有一座著名的小村落悬在429米高的悬崖峭壁上，它的名字叫"艾日"。从远处眺望，它是高山之巅一处鹰巢，登高拾级而入，一个童话世界呈现于眼前：残破的石头拱门里红砖铺成的窄窄小道，白墙红瓦下曲折的铁栏杆，还有那垂挂街头的铁制路灯与精巧的朱丽叶式的半圆形阳台，均可随时让人们联想到许多欧美老电影的画面……

瑞士的因特拉肯因著名的少女峰而受到众多游人追捧，其实，拉丁语里因特拉肯是"两湖之间"的意思。因特拉肯不仅拥有阿尔卑斯山，还拥有两座湖：布里恩湖与图恩湖。"湖光"与"山色"兼具，"得天独厚"这一成语在因特拉肯身上得到了完美的诠释。从少女峰下来，趁着驴友们忙着在商店购买瑞士手表的时间，我将阿尔卑斯山的皑皑雪峰作为背景，在小街、在草坪给孙女拍了许多张照片，顺便也将许多穆斯林女性摄入了镜头——在因特拉肯，穆斯林女性尤其多。身着艳丽民族服装的成年女子大多带着孩子三五成群地出现在因特拉肯的街头巷尾和茵茵草地，优哉游哉的她们与行色匆匆的吾辈"黄皮肤"形成鲜明对照，也算是因特拉肯一道靓丽风景。

……

不待我一一道来，这些小山村、小城镇给我的总印象渐渐在我的脑海里形成。美丽、幽雅、神奇，这些词汇都可以毫无保留地奉献给它们。但我更想说的是在它们身上共同体现的一个看似平常但意义非凡的特点：它们的"小"！那让人怜爱的"小"！

街道两旁全是开满鲜花的树木

它们原本是可以"大"的。比如富森，曾经是路德维希二世几届国王王宫的所在，后来因为新天鹅堡而吸引众多国内外游客，即使路德维希二世无暇顾及，他的后人——如今欧洲首富德国政府也有能力为其建设宽阔的马路、修建高标准的豪华宾馆。但不！如今通往新老天鹅堡的道路很可能还是一百多年前的规模：走走马车是可以的，大巴入内就得"战战兢兢"了！因特拉肯每天都要接待成千上万登临少女峰的游客，完全应该为它铺设高等级的宽阔公路、修建高标准的娱乐休闲场所，瑞士人却没有这么做，因特拉肯的街区看不到一辆豪华大巴，商铺也少见超过四层楼的！

西欧人这么做，显然不是有意"做小"，他们所要维护的是这些景地的"真"：历史的"真"、生活的"真"！我想到自己家乡的韶山冲，它本是一个小山村，因为毛泽东而闻名世界，而今，楼堂馆所如雨后春笋般出现在昔日小山村的周围，如此下去，我难以想象繁华闹市里的"韶山冲"会不会与人们渐行渐远，让无数后辈再也无法感受到毛泽东在古朴的祠堂里读书、在房前的荷塘边与父亲斗气的"率真"！

想到我后面所要介绍的小山村、小城镇的花，我更深刻感受到西欧人在这头戴联合国科教文组织颁发许多桂冠的小山村、小城镇上的良苦用心。

盛夏的欧洲正是鲜花怒放的时候。相较欧洲的大都市，小山村与小城镇的花显得尤其多。道路的两旁是，民宅的墙体上是，一些小楼的窗台也

题名为"花季"的专题，
里面都是孙女与鲜花的合影

几乎一律精心栽培着花：如果将玻璃窗比喻为美丽女子的明媚双眼，那花则是在美女眼帘或眼尾上描画的彩色图案，让人赏心悦目。如果说西欧人在这些小山村、小城镇少有建房修路的投入，西欧人的兴趣显然更多地用于花的栽培与养护了——至少直至今日，我是这样想的。

我尤其不能忘却这次旅行中所下榻的一座小山村里怒放的鲜花！

车从罗马城出来，没到一个小时，我们就进入一处山地。不一会儿，大巴被人叫停，有当地人告知：因道路狭窄，大巴务必停在山村的外面。我们一行将步行 500 米进入今晚下榻的旅社。宽约 4 米的街道两旁全是开满鲜花的树木，红色、黄色，还有紫色的花朵，让作为陪衬的绿叶黯然失色。还有更大更密的花朵挤满了整棵树，远望，宛如举在欢迎人群手中的一束盛开的鲜花！

就在这花的走廊的高处有一座古城堡，我们一行当晚就下榻在古城堡里，夜晚的梦里尽是盛开的鲜花……

还有那美丽的法南小镇，那儿的野蔷薇依附在房屋的墙体上，也有从房梁或门梁上垂下，枝蔓上的花朵伸手可及。正是为这迷人景色所吸引，我让孙女摆出姿势，或依靠于花墙，或手掬鲜花，照了许多张相片。

回到家中整理所有影像资料时，我决意在编印一本西欧之旅的画册时，做一个题名为"花季"的专题，里面都是孙女与鲜花的合影——孙女年方十三，正值人生中的"花季"。

西欧山村、小镇的花，叫我怎能不梦见她？

看看"老大哥"去

——初访俄罗斯

在我们这个年龄的人群中，谁都知道"老大哥"这个词。这几年，我先后去了新加坡、泰国、日本、美国、法国、意大利等许多国家，迟迟没有去从前称作"苏联"、现在叫俄罗斯的国家，心里还是挺牵挂她的。

看望"老大哥"，我事先做了这样的"准备"

初访俄罗斯是 2009 年 7 月的事，我们一个旅游团整整四十个人，来自中国十来个省市。赶到北京机场候机大厅一看花名册，四十个团员中超过六十岁的，包括本人整整十二位！有位团员是位老知识分子，年届八十有二，真正的耄耋之年啊！我知道，我的这些同龄人和我一个心情：都想看望看望昔日的"老大哥"，了却自己年轻时许下的心愿。

既然是出远门，总要做些"准备"。我没有忙着兑换外币，我以为今天的俄罗斯不会有什么值得我这老男人买的东西；也没去网上查资料，自以为对昔日"老大哥"的了解远比对别的国家要多，直到离出发仅两天了，我还在忙着在书店、图书馆寻找两本瞿秋白的书，我年少时读过的《饿乡纪程》《赤都心史》。

我们这个年龄的中国人，少年时代受到俄罗斯和苏联的影响是非常大的，经常唱的歌是《红莓花儿开》《三套车》，是《莫斯科郊外的晚上》，读过许多遍的书是《战争与和平》《钢铁是怎样炼成的》《静静的顿河》，还有《被开垦的处女地》《青年近卫军》等等；《列宁在十月》《列宁在一九一八》，是我们心目中的经典电影。后来年纪大了，我进一步了解到：作为我们这个年龄的人，所受苏联的影响相较老一辈无产阶级革命家们而言，简直不值一提。"十月革命一声炮响"，让当时的刘少奇、任弼时、瞿秋白等人无比向往、崇敬这个神秘的国度，最终，许多人或绕道法国、德意志，或北上经过寒冷的西伯利亚，来到被人们称为赤都的莫斯科，"求一个'中国问题'的相当解决，略尽一份引导中国社会新生路的责任"（瞿秋白《饿乡纪程》）。归来后的刘少奇、任弼时、瞿秋白等人果然一个个都成为了中国革命的中坚力量，与一直留在中国坚持斗争的毛泽东一起并肩战斗，领导亿万中国人民在广袤的中国大地上谱写了一曲曲气壮山河的英雄篇章，进而彻底改变了一个人口大国的命运。

我明白，时隔近百年，继刘少奇、任弼时、瞿秋白等革命先辈之后，我的俄罗斯之旅，绝不仅仅是一次寻常的出国旅游；沿着先辈昔日寻求真理的道路，体验先辈们当年献身革命、报效祖国的情感与生活，找寻先辈们革命实践活动的记忆，是我这次俄罗斯之旅的一个十分重要的目的。

走遍了长沙市的各个书店，我都没能购买到瞿秋白的《饿乡纪程》和《赤都心史》，想去湖南图书馆办理借阅手续也数次空手而归，我只得求助于互联网了！后来在网上找到《饿乡纪程》《赤都心史》的电子文本并将它们打印下来。

《饿乡纪程》《赤都心史》写于白话文推行后不久的中国，其用词造句让今天的读者读来很有一些不习惯，但瞿秋白先生用白描笔法所记录下来的"赤都"的实情实景，就像电影画面般在我的眼前重现：

　　我当日就同颂华、宗武进入克里姆林宫……路氏招待我们坐下之后，我们就拿出问题请教……路氏是一演说的艺术家，谈吐非常的风雅，又简捷了当，总共不过十分钟，而所答已很完美不漏。他面色灰白，似乎不太健康，所穿衣服非常朴素……说完时，我看见有一女人捧着一小盘黑面包进来，还有好几位职员模样的坐在那边一张桌子旁等着，因此起身告辞，路氏握手道歉：可惜现在有一委员会要开会，我不能够多谈了……

　　这一小段文字所记录的是瞿秋白先生以记者的身份访问当时苏维埃政府路氏——即"人民教育委员会"委员长的情况。"一小盘黑面包"——几个字唤起了我的一段与年轻的苏维埃政府官员们相关的记忆：那是在十月革命胜利之初，一位苏维埃政府的粮食部长把一列火车的粮食从遥远的地方赶运至莫斯科，就在他准备向列宁同志汇报时，自己却因饥饿而昏倒在地。在场的所有人无不为之动容。因为这个真实的事件，列宁与他的苏维埃政府在人民群众中的威望空前提高。

　　瞿秋白先生在《赤都心史》中的这段文字让我对列宁同志的个人魅力有了认识：

　　我回忆，我们到莫斯科开始工作时，第一件事就是克鲁泡特金逝世。十三日一早去送殡……远远地就看见人山人海，各种旗帜飘扬着。沿路有人发一张《克氏日报》，上面还载着许多吊文传志，有列宁批准暂释在狱无政府党员参与殡礼的命令。当日送殡的除种种无政府团体外，还有学生会、工人水手等联合会，艺术学会，社会革命党，社会民主党少数派都有旗帜。最后是俄罗斯共产党，共产国际。无政府主义者手持旗帜，写着无政府主义的口号，震天动地地高呼万岁……

"人民经济展览中心"草坪的列宁雕塑

阿芙乐尔巡洋舰

　　克鲁泡特金是俄国著名的无政府主义理论家，逝于 1921 年 2 月 8 日。那时，苏维埃政府成立不到四年。克鲁泡特金在第一次世界大战时期公开支持协约国集团，鼓吹将战争进行到底，遭到过列宁的严厉批判。何况，苏维埃政府刚刚成立，无政府主义的种种理论与主张跟苏维埃政府的政策有许多相左之处，不然，苏维埃政府的监狱中也不会关押着许多无政府主义分子。但在克鲁泡特金逝世的这一天，列宁下达了"暂释在狱无政府党员参与殡礼"的命令，并且安排俄罗斯共产党的基层组织参加克鲁泡特金的殡礼活动，表现了一位共产党领袖的远见卓识与宽广胸襟……

　　就这样，手捧瞿秋白的《饿乡纪程》《赤都心史》，我开始了自己的俄罗斯之旅。人在长沙去北京的火车上，心却早早地到了遥远的北国、昔日的"赤都"。

"来俄罗斯，你们记住三个人的名字就足够了！"

　　在俄罗斯的六天时间，我们一行从圣彼得堡到莫斯科，再从莫斯科回到圣彼得堡，虽然很多时间我们是在火车、汽车上度过的，但我们还是感受到了这个国家许多值得他们引以为傲的"过去"。看到我们一行对俄罗斯，特别是苏联的历史很感兴趣，我们的导游——一位曾经在中国留过一年学的俄罗斯小伙子，以一种"过来人"的语气对我们说，来俄罗斯旅游，你们记住三个人的名字就足够了：彼得大帝、叶卡捷琳娜二世、列宁。

果然，在莫斯科、圣彼得堡这两座俄罗斯的大都市，"会见"到这三个伟大人物非常方便，他们的雕像随处可见。我们一行从圣彼得堡机场出来就直奔圣彼得堡市政府大楼，前来"接见"我们一行的就是"列宁同志"的石雕像。石台上的列宁就是我少年时所熟悉的那个姿态：身体微微前倾，右手臂高高抬起。列宁右臂所指是三百米开外的一座绿白两色相间的大楼，那是著名的斯莫尔尼宫。当年，"达瓦里西"列宁就是在里面的一间房子里亲自指挥了攻打冬宫的战斗。在圣彼得堡的列宁广场，还有个被木框遮盖着的物体，导游说，里面也是列宁的雕像，前些日子，雕像的后背被人用自制炸弹炸了个洞，现正在进行修理。"人民经济展览中心"的列宁雕塑十分雄伟，他挺胸站立，左手轻轻抓住胸前风衣的领子，下垂的右手握

叶卡捷琳娜二世与其"石榴裙"下的
男宠与爱卿

彼得大帝雕塑

莫斯科大学里的罗蒙洛索夫　　　　　　　　　夏宫

着本杂志什么的，双眼平视前方，俨然一位睿智、和蔼的学者。

彼得大帝与叶卡捷琳娜二世的雕像在造型上则要丰富得多，而且多用金属制作。彼得大帝或端坐在"龙椅"上，或骑在骏马之上。一座耸立在圣彼得堡闹市中的叶卡捷琳娜二世的雕像十分有趣，在她的"石榴裙"下环绕着十多位男人的雕像，他们是女皇昔日的男宠和爱卿。

与三位伟人的雕像相映照的，是他们所留给我们后人的各种各样的建筑与景观，还有一些与他们的身世相关联的轶闻传说。

冬宫、夏宫、克里姆林宫，还有叶卡捷琳娜宫殿，都是可以与法国的凡尔赛宫相媲美的宏伟建筑。叶卡捷琳娜的宫殿金碧辉煌，其中一间厅堂的墙壁竟然全部都用当地闻名遐迩的琥珀石镶嵌的。圣彼得堡的夏宫是当年彼得大帝的离宫所在，彼得大帝为了加强消暑效果，特意在园内装设了大大小小几十处精巧、壮观的喷泉。紧挨着皇宫平台的斜坡上有座巨型喷泉，数不清的水柱从二十多个铜人口里激射而出，在艳阳下，水花的晶莹和雕像的金光相互辉映，气势非凡。如果喷泉是在21世纪的今天修建的，就不用笔者在此夸耀了，但在 18 世纪彼得大帝那个时代，没有电力设备，如何让地下的水不停地喷向二三十米高的空中，这竟然没有难倒夏宫的建设者们，实在不可思议。据导游介绍，设计师们大胆、巧妙地利用二十公里之外的一个水库的二十米高的落差解决了喷泉所需水压的难题。我想，人们一旦将其聪明与智慧运用到生产建设中去，将会创造多么巨大的财富啊！

彼得大帝、叶卡捷琳娜二世执掌俄罗斯国家大权时，为俄罗斯这个国家的发展、壮大做出了卓越贡献。为了尽快赶上西方列强，刚刚扫清障碍、坐上皇位的年轻的彼得就微服私访，到了国外许多地方，在一年多的时间内，他先后在普鲁士学过射击，在荷兰的东印度公司当了一段时间的船长，还在英国造船厂工作过，甚至还旁听了英国议会举行的一届会议。在国外的日子里，彼得大帝看到了许多新鲜事物，学习到西方国家的许多先进管理制度。后来，曾经仍旧实行奴隶制度的俄罗斯终于出现了第一批军事学校和技术学校，有了第一张报纸、第一家博物馆、第一个公共图书馆、第一批公众剧院、第一批公园，有了自己强大的海军与陆军……彼得大帝统治下的俄罗斯从而"从愚昧无知的深渊登上了世界光荣的舞台"。

且不说彼得大帝在其即位后为俄罗斯的发展与兴旺所做的实事，他清醒认识自己国家的种种不足、虚心向别的国家学习的精神就尤其值得今天的人们敬佩和学习。

作为彼得大帝的孙媳，叶卡捷琳娜二世做了许多她的"爷爷辈"想做但还没有来得及做的事：和普鲁士、奥地利一起瓜分了波兰；两次打败土耳其，从而打开了通向黑海和波罗的海的出海口。她在位三十四年，是俄国农奴制度的黄金时代，俄罗斯国家的土地面积也因此扩大了 67 万平方公里。但这并不能说明女皇是个战争狂人，她热情地赞助和支持俄国艺术的发展，比西欧任何一位君主都更慷慨地资助哲学家和艺术家，法国大哲学家狄德罗在其最困难的时候就曾得到她的慷慨资助。哲学家伏尔泰称赞叶卡捷琳娜二世是"欧洲上空最耀眼的明星"，这绝非虚语。俄罗斯人则将叶卡捷琳娜二世与彼得大帝相提并论，说她与彼得是俄罗斯历史上仅有的两位可以用"大帝"称呼的伟人。在中国，了解彼得大帝的人很多，对叶卡捷琳娜二世的了解就少了。

在莫斯科与圣彼得堡，我所能寻找到的与列宁的名字相关的景观与建筑，除了斯莫尔尼宫，再就是著名的阿芙乐尔号巡洋舰与红场前坪的列宁墓了。阿芙乐尔号巡洋舰静静地停泊在河岸边，这艘一个世纪前的在编军舰，在今人的眼里实在是太普通不过的了。在登舰参观前，俄罗斯导游一再叮嘱我们务必要留心小偷。我倒是十分想看看列宁的陵墓，能追随当年刘少奇、任弼时、瞿秋白的脚步一睹共产党老祖宗的遗容，很是让我激动。但来到莫斯科红场一侧的列宁墓地，因为不是参观时间而大门紧闭，不得入内，令人扫兴。这是一幢高不过四余米的长方体石质建筑，其外形就像超大型的石椁，石材黑黑的，没有光泽。列宁陵墓的正后方、克里姆林宫红墙下排列着一长列石质的人物头像，如果把这些石雕人物头像的主人比喻为列宁陵墓的守陵人，您就会深刻感受到列宁在俄罗斯现代历史上地位的崇高了！石雕人物头像等距离地排列在矩形石台上，他们的名字是：斯大林、勃列日涅夫、安德罗波夫、契尔年科、捷尔任斯基……伫立在列宁陵墓大门前，我竭力搜索脑海里尚还存留的记忆。已有许多年没有摸过列宁著作的我，对列宁印象最深的莫过于他的"共产主义就是苏维埃政权加全国电气化"的名言和他在新生的苏维埃政权推行"新经济政策"的事；还有，他关于"帝国主义是资本主义的最高阶段"的论断。虽然如此，列宁在我心目中，仍然是一位令我尊崇的外国政治家。

斯大林，一位导游不愿提及但却无处不在的历史人物

在莫斯科，有一个在 1995 年、二次世界大战胜利五十周年前夕完成的伟大建筑——二次大战胜利广场。广场位于一块坡地的高处，四周几乎见不到高层建筑，只有高高的纪念碑像胜利之剑直指蓝天。胜利纪念碑高

141.8 米，象征着苏联卫国战争的 1418 个日子；广场的地面由 2660 万块大小不一的方砖铺就，代表着苏联在卫国战争中的 2660 万死难者；纪念碑的底部，是俄罗斯古代勇士刺杀毒蛇的雕像，象征着英勇的苏联红军痛击法西斯。胜利纪念碑左面是喷泉群，右面是 15 座顶部插着铜旗的纪念柱，它们代表当年的 15 支参战部队。

二战胜利广场广阔、壮观，寓意深远，为苏联军民在反法西斯战争中所作出的牺牲与贡献谱写了一曲豪迈的英雄乐章。尽管这样，笔者在瞻仰完毕之际，还是觉得少了一尊斯大林的铜像！

1941 年，德国集中 77 个师 200 万兵力、14000 多门大炮、1700 辆坦克和 1400 架飞机，向苏联首都莫斯科发动大规模闪电式进攻，一度攻到莫斯科城外 25 公里处。在国家生死存亡的关头，斯大林——这个在帝俄时期先后 7 次被捕，6 次遭遇流放的"钢铁汉子"（俄语中，斯大林三字就是"钢铁"的意思）没有退缩，1941 年 11 月 7 日，他在红场举行盛大的阅兵式，并发表重要讲话，他提到了包括库图佐夫在内的俄罗斯历史上的诸多民族英雄，试图用英雄主义的精神鼓舞红军战士共同抗击侵略者、保卫自己的祖国。受阅后的红军战士直接赶往保卫莫斯科的战场。红军战士浴血奋战捍卫了莫斯科，并且很快组织了对德军的反攻。莫斯科战役的胜利使得让人希特勒的巴巴罗萨计划破产，从此改闪击战为持久战。

用鲜血书写的历史是难以让人忘却的！

到了莫斯科，不可能不去红场，著名的克里姆林宫就紧挨着它。这儿是俄罗斯联邦政府所在地。环绕宫墙朝西北方向走去，有无名烈士墓。这儿较红场中央的列宁墓更僻静、宽敞，也更让人觉得肃穆、庄严。墓地高出地面的五十余厘米用深红色石头砌就，西侧是钢盔和军旗的青铜雕塑，造型简洁明快，墓前有一个凸型五星状的火炬，中央喷出的火焰从建成时一直燃烧到现在，从未熄灭，它象征着烈士的精神永远光照人间。在墓地左侧，有一长列刻着俄罗斯一些英雄城市名字的石碑，一个英雄城市一座碑，石碑下是从这座城市收集来的泥土，石碑上所刻录的城市名字后面，

二战胜利广场及主塔的雕塑（局部）

都藏着一个个惊心动魄的故事。

在无名烈士墓，我目睹了这里的换岗仪式。守卫无名烈士墓的有三位持枪的俄罗斯战士，每一个小时轮换一次，和我们天安门广场的升降旗仪式一样，正步行走，整齐划一。定时前来观摩的人很多。中国导游小刘给我们介绍，今天的俄罗斯人很重视有关二战的宣传教育，伟大的卫国战争记录了英雄的俄罗斯人对世界和平所作出的巨大牺牲与贡献，卫国战争中无数英雄儿女所表现的英勇精神是俄罗斯民族的骄傲，是俄罗斯人民无比宝贵的精神财富。如今，俄罗斯的年轻人举行结婚仪式，新人们一定要来二次大战胜利广场拍一个婚纱照，然后就步入教堂，婚礼简朴、庄重。在二次大战胜利广场，我们一行见到了好几对正在拍摄婚纱照的新婚夫妇。

要较全面地掌握俄罗斯的近现代历史情况，不可能略去伟大的苏联卫国战争，也不可能略去斯大林。何况，斯大林对于俄罗斯的贡献也不仅仅局限于卫国战争，在推动俄罗斯的工业建设与科学技术事业的发展上也颇有成绩。英国前首相丘吉尔在斯大林去世后的第六年评价斯大林说，对于俄国来说，其最大的幸运就是在遭受艰难考验的年代里有斯大林这样一位天才和不屈不挠的统帅领导着他……他接受的是还在使用木犁的俄罗斯，而他留下的却是装备了原子武器的俄罗斯。二战后的苏联作为整个世界唯

莫斯科红场

一能与美国抗衡的超级强国，导弹上天，人游太空！多少次地创造了"当惊世界殊"的伟大奇迹！

但是，斯大林的以上功绩因上世纪 30 年代的"大清洗"而打了折扣。仅仅看看下面这些数字，我们就可以充分理解今天许多俄罗斯人对斯大林的态度了：

在"大清洗"中，当年列宁遗嘱中提到了 6 位苏共领导人，最后除斯大林外，托洛茨基、季诺维也夫、加米涅夫、布哈林、皮达科夫 5 人全部在三次大审判中被处决（托洛茨基因流亡海外缺席审判，但后被刺杀）；领导十月革命的第六届中央委员会成员中有三分之二被枪决；十一大中央委员会的 27 人有 20 人被枪决；十五大政治局的 7 人，除斯大林外，6 人被枪决或暗杀；第一届苏维埃政府的 15 名成员中，除斯大林与 5 位已去世者全部遭枪决；1930—1953 年间在苏联人民委员会国家政治保卫总局、内务人民委员部等机关起诉的刑事案件中，有 377 万人受到镇压，其中被判极刑的有 78 万人；红军指挥人员和政工人员有 4 万余人被清洗，其中 1.5 万人被枪决，包括 5 名元帅中的 3 人、4 名一级集团军级将领中的 3 人、12 名二级集团军级将领的全部……

斯大林，我该怎么去评价他呢？尽管我这年龄的中国人曾经对他有过喜爱与崇拜，但不管怎么说，想到斯大林所犯过的那么多罪过，我一定要站在广大俄罗斯人民一边，不能也没有必要在斯大林的问题上发表与俄罗斯人民相左的意见，我应该相信广大俄罗斯人民判断是非的能力。

令人遗憾的是，眼前的莫斯科与圣彼得堡留给我们一行中国游客的，值得斯大林后继者们夸耀的东西实在太少！也许是因为时间的关系，我们没有来得及对俄罗斯这个国家有更多的了解吧！

来到莫斯科，是必登麻雀山的。麻雀山曾被称作"列宁山"，海拔实在不高，严格地说它只能算作一处高地，但站在"山"上可一览莫斯科全城景色。导游带我们来到观景台前，别的什么也不介绍，伸长手臂给我们一一指认"七大建筑"：中间是红星"高举"的主楼，副楼像巨人的双肩分列主楼两边，厚重的砖墙、结实的门窗，犹如一座突兀而起的山峰巍然耸立在莫斯科的街头巷尾，十分容易辨认。后来的几天，我们一行坐着大巴在莫斯科转悠，我的感觉是，莫斯科破旧的建筑倒是少见，但称得上气势恢弘的现代建筑屈指可数，好不容易在莫斯科河畔见到几幢尚未竣工的现代高层建筑，导游说，新建筑叫"俄罗斯联邦大厦"，是未来的"欧洲第一"，"中国建筑集团总公司"是其主要的承建单位。目前，因为甲方资金没有到位，暂时停工。在莫斯科市中心的阿尔巴特大街的附近，我终于近距离地观察到了一幢地处繁华市区的"七大建筑"——俄罗斯国家交通部大楼。相比麻雀山上的莫斯科大学，俄罗斯国家交通部大楼的"体形"要小一些，但也还高大雄伟，可我见到嵌入大楼底部的一块奠基石上刻着"1951"，一个与斯大林的名字密切相连的年份。

我们的首都北京也有"十大建筑"，人民大会堂就是十大建筑之一。我真想对身边的俄罗斯导游说，待我几年后再来俄罗斯，我希望导游不要又唠叨什么"七大建筑"，应该说点别的什么"工程"！

从圣彼得堡到莫斯科有 700 公里路程，去也好，回也罢，我们没有像昔日在西欧旅行那样坐上舒适的旅游大巴，而是坐火车。火车车厢的条件真不敢恭维，车厢里没有空调设施，我很想打开车窗通通风，可即使有好几位壮汉帮助，也未能将车窗打开。7月的俄罗斯气温也高，我的好几位旅伴因为没有找到凉水抹澡，浑身臭汗，一个劲儿摇头叹息。我虽人胖最怕热，但好在有《饿乡纪程》《赤都心史》在身，当年瞿秋白先生在破旧的西行列车上苦熬了二十多天仍不觉苦的情景历历在目，埋怨的话语始终未出口。

大半个晚上，坐在狭窄的卧铺上久久难以入睡的我心里一直在想，从圣彼得堡到莫斯科仅仅700公里路程，圣彼得堡与莫斯科应该算是俄罗斯整个国家中地位非同寻常的重要城市，为什么不可以在它们中间修筑一条高速公路，或者高速铁路呢！直到后来回到国内，我才得知，俄罗斯的第一条收费高速公路于2008年在圣彼得堡附近动工，将于2011年前后竣工。

莫斯科地铁车站相当气派、华丽。我是随着旅行团队一起进入莫斯科的一个地下铁路站的，从地面到车站的售票处深达100余米，25层楼的高度，这可是我所见到的世界上最深的地铁了，而更让我兴奋不已的是宛如宫殿的候车大厅。大理石墙如玻璃镜面洁净光亮，具有油画效果的巨幅瓷画镶嵌在大厅正面的墙壁上，吊灯与壁灯悬挂在大厅的顶部、走道的两侧与大厅的圆形石柱上，交相辉映犹如白昼，让来到地下100米深处的我一点也没有到了地下的感觉。导游对我说，莫斯科的地铁四通八达，遍布莫斯科的各个区域，是地下的又一座莫斯科城。在入站口，我看见悬挂在墙壁上的一张地铁平面图，线路密如蛛网，其规模是我们北京、上海的地下铁路难以相比的。

莫斯科的地下铁路的修筑时间是上世纪30年代！这又是与斯大林的名字不可分割的年代。

俄罗斯没有高速公路与高速铁路，他们的机场也让我大跌眼镜。圣彼得堡身为俄罗斯的第二大城市，其作为一个重要窗口的国际航班候机大厅竟比我家乡长沙还差劲。供出入境旅客办理手续的大厅让人们挤得密不透风不说，更糟糕的是，进出机场的旅客都走同一扇门，人们来到这儿，似

莫斯科市区糟糕的交通

"七大建筑"之一

麻雀山大道旁的"伏尔加"

乎不是来登飞机，而是来逛商店、挤公共汽车的。

　　作为一个大国的首都，莫斯科的城市交通情况也不尽如人意。街道本来就只有四个车道，两个车道就让随意停泊的私家车给"霸占"了。剩下的两条车道一条留给有轨电车，可因为车辆陈旧——铁锤敲打的痕迹都可在车辆的外壳上清晰见到，因此经常发生有轨电车在街道上抛锚的情况，一旦这种情况出现，车就横卧在道路的中央，过往车辆就只能停下来耐心等候了。我在莫斯科亲眼看到了这种景况：因为有轨电车抛了锚，整条马路上大车、小车、有轨的电车、不用铁轨的公共汽车横七竖八地挤成一团。电车、公共汽车上的莫斯科人对此似乎早已习惯，没有谁会出面交涉，都耐心地在车上等候！据导游介绍，车子抛锚、道路堵塞经常被上班族们用来作为上班迟到的理由，屡试不爽！

　　从上世纪50年代一直到今天算来有五十多年，莫斯科与圣彼得堡不可能没有值得我们一看的东西。听许多人说，俄罗斯这个国家在老百姓的医疗、社会福利保障及全民义务教育上做出了很大成绩，许多方面超过了中国。仅仅来俄罗斯几天，就把人家近半个世纪的业绩给否定了，笔者心里发虚。

"老大哥"没给"俺们"好脸色

出门在外，察言观色早已成为习惯了。我们一行踏上俄罗斯的国际航班后就发现，机上的俄罗斯空姐大多没有好脸色。当然，恶语相加是没有过的，但她们从始至终没有正眼瞧过你，更不要说对你笑脸相迎了！有事找她吧，可以满足你；但面对你，她眼皮也不抬，脸上毫无表情。乘客如果有什么行为不妥，她会阴沉着脸，挥动着手让你停止。飞机后排的一些位子明明空着，她们也不让旅客坐，因为她们要留给自己享用——在那儿小睡、在那儿用餐！从北京到圣彼得堡整整八个小时的航程，无论是飞机起飞，还是飞机落地，机舱的喇叭里很难听到一个汉字，尽管这架飞机上90%是中国旅客！

空姐如此，我们的俄罗斯导游，这位一见面就忙着收中国游客小费的人，也强不到哪里去！有事找他，照样面无表情，问一答一，应付了事。在这样的导游面前，你是压根儿也不敢与他探讨斯大林之类的敏感话题的。

不是我这中国游客敏感，因为去过的国家也算不少，各种各样的"脸色"见得多，心里是有杆秤的。但无论去哪个国家，像俄罗斯人这样的"脸色"是我所没有见过的。我心底隐约感觉到俄罗斯人的脸色是专门送给中国人的。谁叫我们曾经做过他们的小老弟，曾经受过他们的"兄弟支援"，现如今就在他们窘态频出的时候，一个个大腹便便、大包小包地出现在他们面前呢？

我们一行人也有受到俄罗斯人热情相待的时候，但那是在大马路上，各个国家的游人都混杂在一起的时候。

途中，导游给我们介绍，俄罗斯有三宝：伏特加、巧克力和俄罗斯姑

克里姆林宫里从未响过的大钟

克里姆林宫里从未使用过的大炮

娘。俄罗斯姑娘不仅面容娇媚，最值得她们骄傲的是其两条修长的腿。留意观察，还真的是这么回事。于是，我与我的湖南旅伴就合计：照些相片回去！我们就在莫斯科阿尔巴特大街上找俄罗斯姑娘合影，此时，我完全忘却在飞机上遭遇俄罗斯空姐白眼的事了，竟然接二连三地找到好几位俄罗斯姑娘与我们合影。这些正在赶路的俄罗斯姑娘个个"阳光灿烂"，十分热情，给你摆好合影的各种姿势，照了一张又一张，乐此不疲。

　　街上行走中的俄罗斯姑娘不会留心分辨你是日本人，还是中国人，但莫斯科、圣彼得堡街头的小偷是肯定一眼就清楚了眼前走过的"俺们"一行不是日本人，而是大老远从中国来的！他们对"俺们"一行的特别"关照"是经常出外旅游的我难得一遇的经历。那天，正是中午时分，我与湖南旅伴在圣彼得堡市中心的涅瓦大街——圣彼得堡市最繁华的街道上观光，边走边谈，突然我感觉到腰包在动，我警觉地用手按住，只听身边的旅伴大声喝道："搞什么！"回头一看：三个人，两男一女，其中一个壮汉已

红墙下的俄罗斯姑娘

经将我的腰包攥住使劲往他胸前拉扯，见不能得手，回身就跑。我低头检查腰包：三厘米宽的腰带已被人用利器割了个两厘米深的口子！让我不解的还在于：在事情发生的前后，始终没有一个俄罗斯人走近来关心，警察更是看不见踪影。我的湖南旅伴几天后也有幸"享受"了我这同样的遭遇：就在莫斯科的火车站台上，我们一行人等待着登上火车，我的湖南旅伴排在队伍后面，就在他弯腰去提包时，"第三只手"伸进了他的挎包，好在他还警觉，又是一声大吼，小偷跑了，但仍然没有谁来过问刚刚发生的事，尽管列车员就在离我们不到五米的地方站着！

　　其实我与湖南旅伴所受到的这点惊吓，比起巨额商品被扣押的中国商人来，实在不值得一提。我在莫斯科的住处离科切尔基佐夫斯基大市场不到一公里，推开卧室的窗户就可以一览市场全貌。大市场是租借一家著名的体育大学的训练场地，拱形屋顶的建筑排成一列，有两三个足球场那么大。我们一行到达莫斯科时，市场已经被封闭一段时间了，眼下，在四周巡视、警戒的警察比行人还多。在大市场外围，还有一些外形像古城堡的小商品市场，虽然没有完全封闭，但也看不到几个摊位在做生意。我好不容易见到一家专卖小饰件的中国人的摊位，守摊的是个伙计，她说老板刚交了罚款，今早才开张。又说，现在根本没有生意可做，但又回国不得，因为还有好多商品被当地政府扣押着。正说着，我看见一位中国小伙子被一位俄罗斯警察用力拽着朝一辆警车走去。不等我发问，女伙计就解释说：经常的事，见到正在做生意的中国人就抓，抓了就关你个大半天，晚上给警察口袋里塞个一两千卢布就可放你出来。曾经听不少人说，行贿与受贿现已成为俄罗斯人的一种生活方式，已一天天被制度化、合法化了。此话，在这儿得到证实。

我在大市场见到的中国商人不多，所见到的都眉头紧锁、灰头黑脸，俨然一只只丧家之犬。心中一时不是滋味，冷静下来想想又稍许好受了些。

中华人民共和国建立之初，毛泽东主席的"一边倒"政策把两个大国紧紧捆绑在一驾战车上许多年，而在老百姓还没有摸清楚怎么回事儿的时候，兄弟手足突然成为敌人，好几十年不再往来不说，还在零下几十度的荒岛上干了一仗。现如今，两个国家的政治、经济各个方面的情况发生了很大变化，"老大哥"威风不再，而得到"老大哥"不少帮助的"穷小弟"现在很是风光，好些方面还强过了大哥，如今可以平起平坐了，再加上我们有些"小老弟"在与"老大哥"打交道时也有"不雅"举动，诸如在对俄贸易活动中与俄罗斯的灰色清关公司共同搞些偷、漏税的小动作，这就很需要沟通、交流，而沟通、交流是需要时日的。中国有句俗语叫"脚步为亲"，来往多了，就能增进相互之间的了解，就可以因此消除彼此间的许多误会。我想，通过两国领导人、两国人民长期的往来，情况会朝好的方面转变，日后，笔者自己，或者是儿子、孙子辈再来俄罗斯走动的时候，昔日"老大哥"的笑容会真诚、灿烂一些，不愉快的事情兴许会不再出现！

新圣女公墓告诉我：俄罗斯是文化深厚的伟大民族

"在俄罗斯，你们记住三个人的名字就足够了！"当我从新圣女公墓走出，我觉得，导游这话不仅仅是在敷衍我们中国游客，而且是数典忘祖。俄罗斯文化积淀的深厚，绝不是三四个伟人的名字就可概括的，就像俄罗斯那广袤的国土一样，要花费许多许多时间才能够"读懂"。

新圣女公墓位于莫斯科城的西南角，起初是教会上层人物和贵族的安息之地。到 19 世纪，新圣女公墓才成为俄罗斯著名知识分子和各界名流的最后归宿。在这儿，我们可以相当集中地遇见到许多自己熟悉、曾经无比崇拜过的伟大名字，重新温习他们的生平、他们对于俄罗斯乃至整个世界所作出的巨大贡献，从而更全面、更深层次地认识俄罗斯。单就文学艺术领域说：普希金、果戈理、契诃夫、马雅可夫斯基、法捷耶夫、奥斯特洛夫斯基、肖斯塔科维奇、斯坦尼斯拉夫斯基、乌兰诺娃、列维坦……我们一听到其中的某个名字，就可说出他们中谁是作家、谁是诗人、谁是音乐家、谁是画家、谁是舞蹈家，他们的代表作是什么，他们在世界文学艺术事业上的影响与地位等等。对于其他领域的一些重要人物：政治方面的，如苏联重要领导人米高扬、波德戈尔内；军事方面的，如三次荣获"苏联英雄"称号的苏军飞行员波克雷什金、著名的卓娅与舒拉；科学技术领域的，如坦克炮的设计师拉夫里洛维奇、米格战斗机设计者米高扬等。因为时间的缘故，这些著名人物早已在我们的脑海淡化乃至忘却，而今伫立其墓地前，他们的英雄故事一一再现，甚至还会把你带回到昔日热情蓬勃的岁月，经受一次革命的洗礼。新圣女公墓，26 万个墓地，为我们展示了一部极其生动、精彩的俄罗斯（包括苏联）近现代政治史、

冷清的大市场

战争史、文化艺术史和科学技术发展史。

人们心目中的墓地，一个土堆，一块墓碑，如是而已。在中国，有身份的逝者的墓地可能讲"排场"些，修个墓道、回廊、牌坊什么的。新圣女公墓不可能给逝者那么多"排场"，即使刚刚去世的俄罗斯联邦"第一任"总统叶利钦的墓地占地面积也才四五平方米。但新圣女公墓为逝者所精心设计的墓碑，可以让拜谒者对逝者一生的成就一目了然。

坦克炮设计师拉夫里洛维奇的墓碑演绎的是"自相矛盾"的成语故事：墓碑是一块厚度为100厘米的弯曲钢板，钢板上有三个穿甲炮弹的弹孔，坦克上的钢板也好，打穿钢板的穿甲炮弹也罢，都是拉夫里洛维奇所研究、设计。拉夫里洛维奇就是这样在工作中不断地进步、不断地"战胜"自己、超越自我，为苏联的军事工业的发展贡献自己的全部聪明才智，为在战场上最后打败法西斯做出重大贡献。

奥斯特洛夫斯基的作品对于中国年轻人的影响力丝毫不亚于莎士比亚。奥斯特洛夫斯基临终前的一刻，被雕塑家永远地定格在了墓碑的石板上：他的一只手放在书稿上，饱受疾病折磨的身体微微抬起，眼睛凝视着远方。墓碑下面雕刻着伴随了他大半生的军帽和马刀。

契诃夫墓碑设计成三支如椽的笔穿过小屋的顶棚，直指蓝天，形象地表现了作为一代批判现实主义作家，契诃夫作品的艺术特色和社会价值。

芭蕾舞与俄罗斯马戏被称为俄罗斯的两大"国宝"。在新圣女公墓，我们一行见到了舞蹈家乌兰诺娃以及俄罗斯马戏的创始人优利·尼库林的墓地。乌兰诺娃的墓碑是一块洁白的大理石，她优美的舞姿被永远定格在大理石碑上，让世人无法忘却；优利·尼库林没有石碑，他只身坐在一棵松树下，双眼注视着前面地上卧着的一只狗。这狗在优利·尼库林死后，不吃也不喝，抑郁而终。这一心灵交融的场面真挚、感人。

在新圣女公墓我思考着：一个人，无论你是总统还是士兵，你对社会的贡献无论是大还是小，放在历史的长河里，不过是一掬水，抑或一抔泥

作家契诃夫墓地　　　　　　　俄国教育家马卡连科墓地

土。真正可以让后人永远记住、让后人从他的身上汲取前进力量的，是在这位逝者身上所表现的崇高的精神，追求真理、勇于登攀，不计名利、舍小我为大我的忘我献身精神。人们之所以在新圣女公墓前久久不愿离开，正在于他们通过墓碑真切感受到逝者的这一崇高精神。

苏联卫国战争从 1941 年 6 月 22 日希特勒发动闪击战到苏联军队 1945 年初发动反攻，前后 1300 个日日夜夜，而列宁格勒被德军围困近 900 天！肖斯塔科维奇，一位苏联作曲家，就在希特勒认为列宁格勒唾手可得、准备为攻占列宁格勒大摆庆功宴的时候，他在列宁格勒首演了自己创作的《列宁格勒交响曲》，而此时，与他合作演奏的列宁格勒广播乐团仅剩下指挥和 15 名团员。人们从街上、从掩体里、从住所聚集到广播扩音器前，倾听着英雄的乐章，准备投入新的战斗，迎接胜利的曙光。肖斯塔科维奇用自己的满腔热血与激情向世人宣言：为了自己的祖国、为了人类的进步事业，艺术家们手中的笔可以化作置敌人于死地的刀与枪。

肖斯塔科维奇墓碑上的遗容，让我深刻认识到英雄波澜壮阔的人生，为他及其身后无数俄罗斯英烈的精神所鼓舞。在从心底为墓地主人的人生喝彩的同时，会不由自主地展开对人生价值的深深思索。

离开新圣女公墓，回到"现实"，一时又有些茫然，觉得自己这几天在俄罗斯的所见与我从新圣女公墓主人身上感受到的精神反差较大，觉得拥有新圣女公墓的俄罗斯应该不是现在这么个模样：发生在闹市的抢劫，被人当作上班迟到正当借口的公共交通，渗透到各个领域的贪污与浪费，经济建设上的"不作为"等等。为什么这样？还是新圣女公墓的奥斯特洛夫斯基、女英雄卓娅们告诉了我：眼下的俄罗斯不缺少物质资源，他们有石油、有煤炭，他们缺少的就是我在新圣女公墓感觉到的这个民族的英勇、坚强和坚持真理、勇往直前的精神，是自信，是激情！

莫斯科闹市中有一条阿尔巴特大街，这是一条著名的老街，普希金曾经在这条街上住过。上世纪80年代，一位叫雷巴科夫的作家出版过一本叫作"阿尔巴特街的儿女"的书，阿尔巴特大街更是因此扬名世界，许多国外旅游者到了莫斯科一定慕名来逛此街。《阿尔巴特街的儿女》是一本以上世纪30年代苏联的"大清洗"为背景的反思文学，刚一问世就受到追捧，如今，作者的全身雕像就耸立在街道一侧，似有与同一街上普希金的雕像争宠的"嫌疑"，招来许多游客与之合影。人民对雷巴科夫与他的作品的肯定反映了俄罗斯人的某种感情。

我的中国籍导游，这个在俄罗斯读书、工作，自诩"混"了十年的中国女孩，毫不掩饰自己对俄罗斯这个伟大民族的喜爱与敬畏。她说，俄罗斯是一个伟大的民族，瘦死的骆驼比马大，一旦俄罗斯抖擞精神，真正强大起来，那是十分了不得的！读着高尔基、奥斯特洛夫斯基们的书长大的我，喜欢这话！

在莫斯科的库图佐夫大街有一座凯旋门，这是俄罗斯人为了纪念1812年取得抗击拿破仑的胜利而修建的。从规模而言，它比巴黎的凯旋门小，后者是1806年开始建造，为了纪念法国在奥斯特利茨战役中打败了奥俄联军。可法国的凯旋门还未建造好，拿破仑就经历了1812年的莫

作家雷巴科夫的塑像

莫斯科凯旋门

斯科之败，所以俄罗斯人认为，她们的凯旋门才是纪念真正意义上的胜利的凯旋门，话语中不无自信与骄傲。与巴黎凯旋门周边道路的放射状设计有所不同，莫斯科的凯旋门耸立在并行的两条宽阔大道的中央。站在凯旋门下，看两旁大道上急速奔驰的轿车川流不息，呼啸而去；听车轮声音，大地颤抖，我的心跳顿时加速。此时此刻，我不禁想到波克雷什金——一位苏军飞行员，在整个苏联卫国战争时期，他参加空战156次，击落敌机59架，后来只要他的飞机起飞，德军的地勤就会警告自己的飞行员：小心！小心！波克雷什金在空中！我还想起列维坦——一位同样让德军恐惧的人，他的武器是他胸前的话筒，是他那厚重、金属撞击般的声音。他广播的"苏联新闻局战报""最高统帅部命令"影响着每一位公民，每一位士兵。人们从他的声音中得到最终必然胜利的信息。1941年6月，希特勒德国几百万大军分三路进攻苏联，战争伊始，德军很快就打到了莫斯科城下。猖狂至极的希特勒守在收音机旁，准备收听苏联广播里传出战败投降的消息，但是，收音机里依旧是那个坚决、刚毅，让人受到鼓舞和激励的俄罗斯男人的声音。列维坦正向人们报道红场阅兵的盛况，这不啻给了希特勒当头一棒！几近发狂的希特勒命令他的元帅们，要不惜一切代价拿下莫斯科、拿下列维坦的脑袋！

俄罗斯，一个让所有敌人惧怕的伟大民族，一个英雄辈出、决不甘心落后于世界民族之林的民族！

车轮飞滚、热风扑面，莫斯科凯旋门下的我，似乎听到了俄罗斯人民急切要求改革、渴求发展的心声。

我在心底祝愿"老大哥"改革成功、发展顺利。

伏尔加，我的一曲忧郁的歌

——再访俄罗斯

正值中国中央气象台播发"橙色高温天气警报"的当口，我与妻子进行了计划了大半年的俄罗斯之旅。

2013年夏，中国南方多省遭遇数十年难遇的高温，只是当人们热议此事时，我望望城市四周鳞次栉比的高楼对身边的朋友说："这么多高楼，每间房子里的空调机不停对着天空散发热气；还有满街乱跑的成千上万辆机动车留给大街的尾气；加上拥挤在城市里的动辄千万的人口，每个人哈口热气也可让整座城市的气温提高一两度。大城市里不高温才怪呢！"话虽这么说，我的第二次俄罗斯之旅可决不是为了逃避高温，实实在在是奔着伏尔加河而去的。

根据旅行社的行程安排，我们在俄罗斯的八个夜晚，有五个晚上将在游船上度过。旅行社为这次旅行起了个动人的名字：徜徉伏尔加，陶醉俄罗斯。但有谁知道，在游船里上下跑个不停、一直在忙着照相的我，心里一直被一种无名的忧虑所笼罩。这忧虑不因时间的推移而消失，伴随着我登上飞回北京的班机，陪伴着我乘坐高铁回到湖南长沙的家……

在上世纪上半叶出生的中国人的心目中，伏尔加河与忧虑二字是紧紧

24小时内先后在莫斯科红场与北京火车西站附近拍摄的照片

地联系在一起的，这一切都因为那个时代俄国的众多文学艺术家。

在契诃夫的笔下，伏尔加河没有一点光彩，浑浊暗淡，看上去冷冰冰的。一切都使人想起凄凉萧索的秋天就要来了。高尔基的《童年》中，"我"眼中的伏尔加河是这样的："……流着泛起泡沫的浑浊的河水，窗外，陆地在后退，昏暗而陡峭的土地上弥漫着雾气，像是从圆面包上切下来的一块面包片。"画家列维坦著名的《伏尔加河上的黄昏》中的伏尔加河固然美丽，而这美也让人感觉到一种莫名的忧郁。面对俄罗斯画家列宾的享誉世界的《伏尔加河纤夫》，人们心头充满着的是对衣衫褴褛、面容痛苦的纤夫们的深切同情，根本上无心顾及画布上纤夫们身后的伏尔加河。而著名的俄罗斯民歌《三套车》从首句"冰雪覆盖着伏尔加河"开始，整个歌曲都充满忧虑、忧伤的情调……

我，一个与俄罗斯毫不相干的中国人，自己花钱来俄罗斯旅游，乘坐的是俄罗斯从德国进口的豪华游轮。忧虑，这话从何说起呢？

我们这个旅行团有43名游客，来自中国的四面八方，在这里，我这66岁的老人不算最年长者，旅行团里70岁以上满头白发的长者有六七位。我们一行在北京机场集中，乘午夜两点的班机直飞莫斯科，到达莫斯科是当地时间上午七时许。前来接机的俄罗斯导游有意把声音提高了好几度说："这里，就是谢列梅捷沃。"尽管早有思想准备，我们一行仍旧难以掩饰心中的激动与好奇。就在我们一行到达此机场的前一个星期，斯诺登——这位被美国政府通缉的"叛国者"获得俄罗斯政府的批准，在谢列梅捷沃机场滞留一个多月之后从这儿进入了俄罗斯！但即使没有斯诺登获准在俄罗斯避难的新闻，后来几天我在俄罗斯的所见所闻，都让我不能不对这个四年前见过一回的"老大哥"刮目相看！

一踏上俄罗斯的土地，第一感觉就是这儿的人们打量中国人的眼神有了改变，多了一些友善和理解。8月的莫斯科与圣彼得堡很热，太阳照射在身上颇灼人皮肤，站在遮阳伞下就大不一样了，习习凉风吹来，就像在空调房里一样让人惬意。莫斯科河边树起了好些新建的高楼，街上的行人多了，曾在圣彼得堡的闹市被人抢包的我，此次旧地重游，实在找不出一个在街头闲逛、形迹可疑的人。圣彼得堡的交通丝毫不比我无数次称赞过的德国、奥地利差，在旅游大巴上，我们好几次被告知，机动车行驶中，乘客不得在车内站立与行走，大巴不得在闹市的街道上停留，乃至于我们的旅游大巴为了寻找一个下客的地点，常常不得不在街道上兜好些圈子。自然，更让我这中国的退休老人羡慕的是这个国家的免费医疗和免费中小学教育，还有他们关于给予每个公民 18 平方米免费住房的"政策"……

"徜徉伏尔加"是我们这次旅行的重头戏。在头几天时间里，我们在莫斯科与圣彼得堡游览了冬宫、夏宫、皇村、阿尔巴特大街、麻雀山等必去景点后，在圣彼得堡的码头上登上游轮，开始了我们的伏尔加之旅。只是上了游船方知道，日后五天的水路，仅有一小段是在伏尔加河上行进，一路上我们要行经大小四个湖泊。整个航程是 1387 公里，但主办方为了某个景点的游览，游船或绕道或折回，实际上就远不止行驶 1387 公里了！四个白天，我们一天上岸一次，分别游览了曼德罗基小镇、基日岛、基里洛夫古城和乌格里奇古城。这些景点将我们带回到五六百年前的俄罗斯。基日岛上的木质教堂是 17 世纪的杰作，这个正在修缮中的建筑上有大小22 个圆型高塔，也就是我们所戏称的"洋葱头"。基里洛夫古城有好几座修道院，大多修建于 14 世纪，我们一行参观了其中规模最大的一座男修道院。据说，在诸多公国混战、教会受到重视的时期，这儿的男修道士一度有200余名。始建于公元937年的乌格里奇古城因与莫斯科距离较近，政治与经济上跟强盛一时的莫斯科公国联系紧密，我们十分完整地聆听了导游讲述的一次围绕着王子离奇死亡事件而发生的官官之间、官民之间错综复杂的纷争。这些古都、古镇的游览让我们这些了解苏维埃与列宁、斯大林的中国老人对俄罗斯的悠久历史有了更多了解。但平心而论，让人们坐五天轮船每次花不到100分钟的时间匆忙地观赏一下它们，实在是物非所值。俄罗斯人显然意不在此，虽然他们没有在游轮上宣传自己的真实意图，但至少我是心知肚明的。俄罗斯人的本意是想让更多的中国游客亲身感受伏尔加河流域美丽的大自然，深入了解他们几代俄罗斯人在治理生产、生活环境上所作出的令世人称羡的成就！

　　我的忧虑是从看到这儿美丽的晚霞与朝霞开始的。登上游轮的第一个傍晚，我就被眼前的晚霞迷住了！我留意到江水尽头、夕阳周边的云彩有橘红、有橙黄，竟然还有大片大片的深蓝！夕阳的红格外浓烈，浓烈得像接近黑色的鲜血，就像是位刚从战场凯旋的身披战袍的将士，正深情地回眸远方的战场，万丈豪情一时难以抒发！低头看水，江水竟然也是蓝色！《蓝色的多瑙河》虽然听过多少遍，但我从来没有认为多瑙河会是蓝色，把多瑙河水说成蓝，那仅仅是作曲家的想象而已。而这儿的蓝是千真万确的，一度，我怀疑是天空蓝色云彩的映照，但很快被我否决了，因为，天空中的橙黄、橘红也无比璀璨。这情景，很快让我眼前浮现出两幅图画，一幅是北京阴霾笼罩下的城楼，一幅是白云蓝天映照着的克里姆林宫。北京的天空是一整片铅色，灰白灰白，加上天空下面的建筑物也是灰白，整个画面暗淡无光；莫斯科红场上却是阳光灿烂，克里姆林宫高墙的红在蓝天白云映照下显得生气盎然。这两幅照片产生的时间仅仅相差24个小时，一幅是我从家乡长沙坐高铁来到北京的那天正午，一幅是在飞机抵达莫斯科的当天上午，同样的天气条件下，都是各自国家的首都，城市人口都以千万计。

　　从这一刻起，我祖国首都的那幅图片（岂止北京，我在高铁上见到的石家庄、保定的天空也明亮不到哪里去）就像一块沉重的铅块压在了我的心头，丢不开、推不走！在伏尔加河上，一天又一天，看到游船两边汪洋恣肆的江水与湖水，我会想起曾经一度因水量锐减，湖水面积由5000平方公里缩小至500平方公里的中国第一大湖——鄱阳湖，想到中国669座城市中有400余座缺水，其中110座城市严重供水不足；看到这儿江湖两岸遮天盖地的树木，我会联想起我们形同"鬼剃头"的长着枯黄、稀疏杂草的黄土高原，想起我在山西大同旅行时亲眼看到的让人发怵的漫天飞沙，那从天空落下的带着泥沙的雨点……

从上学的那天起，我就会唱《我的祖国》："一条大河波浪宽，风吹稻花香两岸……这是美丽的祖国，是我生长的地方，在这片辽阔的土地上，到处都有明媚的风光……"

在伏尔加河的游船上，我想起了这歌，但唱不出口，也不想唱！

莫怪我妄自菲薄、自寻烦恼，伏尔加河之旅所见的确非比寻常。游船上的第三个夜晚，我在手机上写下这样一段文字：

> 俄罗斯西北角上的这片土地地势平坦，河与湖的两岸没有《喀秋莎》歌中"峻峭的岸"，也望不见远山近岭，仅见郁郁葱葱的树木，松树与白桦。究竟是因为江湖水量的丰沛，还是这些树木的"迫不及待"？它们大都临水长着，不给岸上留下一小块裸露砂石的滩，更多前排的树木则干脆置身水中，一个个就像是高高挽起裤腿、将赤足泡在水里的巨人，手挽着手、肩并着肩，里三层、外三层地相互间挤得个密不透风，让船上的人们无论怎么变换角度也无法透过这浩瀚无际的林海望到它们身后的房屋与道路。游船在水中已经行走了三天三夜，无论是在涅瓦河，还是在拉多加湖、白湖，或是深湖，目光所及，无一处不是这番景况，仿佛我又来到了挪威，走进了挪威的森林，只是此时的我正手把相机伫立在俄罗斯"圣彼得堡号"游轮上。啊，"俄罗斯的森林"！

圣彼得堡夏宫　　　　　　　　伏尔加河两岸望不见边际的森林

　　我的这段文字，记述了游轮上的所见，表现了俄罗斯这个国家在植树造林上的成就，没有一个字的夸张。我为自己将水中的树木比喻为"挽起裤腿，将赤足泡在水里的巨人"所激动，想象那挺拔的白桦，远远望去，它们的白色躯干犹如人的双腿，俊美、颀长！游船上第四天、第五天的所见没有一丝一毫改变，一直到游船经过莫斯科运河，停靠在莫斯科的码头上，伏尔加河，还有莫斯科运河两岸的树木都未因为河道的狭窄而减少，依旧是里三层、外三层，密不透风，郁郁苍苍。

　　我在此尽情地讴歌伏尔加的森林，实乃因为我已经接受了导游所说的植树可以提高空气洁净度的观点。我的伏尔加之旅尚未结束，我就为莫斯科天空的蓝天白云、为祖国首都北京的天空挥之不去的阴霾找到了答案。记得是在莫斯科红场上，导游提高嗓音告诉我们，世界上有两种类型的城市，一种是城市建在森林中，一种是树木栽在城市里。莫斯科是建在森林中的城市，莫斯科市与邻近的莫斯科州的森林覆盖率达到45%上下，且不论城市周边的森林，莫斯科市区里大大小小的城市公园与街心花园就有一百多座！坐在飞机上往下瞧，你对莫斯科是"城市建在森林里"这话就更加会心悦诚服了。曾经听人说，在莫斯科，不，岂止莫斯科，在俄罗斯，年轻人在结婚前先要栽种20棵树，这话，我虽来不及去考证，但我相信。有这样好的植被条件的莫斯科，她的空气质量怎么会不好呢？她的天空怎么会不是蓝天、白云呢？尽管这座城市拥有700万辆机动车，一点也

伏尔加河上的水闸

不比中国北京的少！

在游船上，忧虑的我进一步肯定了我的一个认识：人类生活、工作的自然环境固然与其先天特定条件大有关系，但绝对是可以用人力改善的。一直以来，我以为：在俄罗斯众多文学艺术家笔下的伏尔加河是一条让人忧虑的河流，这不是因为伏尔加河的"浑浊暗淡"，而是俄罗斯文学艺术家自己心情的表现，表达了他们对俄罗斯社会的批判的态度。而在俄罗斯游船上，我以自己在伏尔加河游船上的所见坚信：在农奴制度还未根除的俄罗斯大地，伏尔加河并不美丽，河道的两旁没有如此茂密的森林，水流是浑浊的，水面上漂浮着枯枝败叶……伏尔加河的美丽是当代苏联人、俄罗斯人创造的。苏联人与俄罗斯联邦的亿万人民在伏尔加河流域植树造林上的成就证实了我的这一认识。

我们这一次旅行号称"徜徉伏尔加"，游船实际行驶的水道多系一些湖泊与人工运河，真正意义上的伏尔加河仅占整个航程的六分之一左右，而且不是伏尔加河的干流。可以这么说，这一次伏尔加之旅，感受伏尔加流域的美丽风光固然是极大享受，展示俄罗斯人民在伏尔加河流域水利设施建设上的伟大成就，是整个旅游行程的最亮点。

伏尔加河是世界上最长的内河，有3500多公里，它又有"五海之河"的美称，通过一些渠道、运河、姊妹河流，伏尔加的水可以分别注入波罗的海、里海、亚速海、黑海、白海。我们这次是从圣彼得堡的涅瓦河上船，五天后到达莫斯科的码头，一路上经过拉多加湖、奥涅加湖、白湖、雷宾斯克水库、伏尔加河、莫斯科运河。这也就是说，从圣彼得堡，或是莫斯科上船，也可以分别抵达黑海、里海等五片海。贯穿莫斯科市区的莫斯科河是与莫斯科运河相连的，著名的红场就坐落在莫斯科河边。如果哪一天，普京总统来了兴趣，他跨过克里姆林宫红墙，跃上游轮就可以直接前往上海、纽约、悉尼……游轮上，我这样想过，伏尔加河不就是俄罗斯人的高速铁路与高速公路？俄罗斯得到的这个"方便"，可不是上帝的恩赐，而是俄罗斯人民用自己的双手创造的。我此次伏尔加河之旅所经过的 16 个水闸可以为我作证。因为地势的问题，河流是有落差的，更不要说一些不同的河流、水库与湖泊了。俄罗斯人通过一些人工河道与渠道将涅瓦河、拉多加湖、奥涅加湖、白湖、雷宾斯克水库、伏尔加河、莫斯科运河连接起来，16 个水闸就如同 16 级楼梯，将处于低洼地的涅瓦河上的游船送上地势相对较高的莫斯科运河，16 个水闸就解决了二者之间 160 米的落差的难题。从白湖到雷宾斯克水库这段水道，有一小段总长度仅为 50 公里，落差 80 米，我们的游船一天中先后经过 6 个水闸，有内行的游客向我介绍：这段水路是我们这次所走整个水道中的精髓所在。最有趣的是，游轮在不到 300 米的水域连续过了两个水闸，游船分作两次被抬升 30 余米。过水闸是需要时间的，进闸、关闸、放水、开闸、出闸……在游轮上，观摩游船过水闸是最让我兴奋的，享受了目睹船往高处走的乐趣。我在这里，一度忘却了忧虑与懊恼。

俄罗斯人对伏尔加河道的治理具有重大的意义。首先它开发了航运，3500 公里的伏尔加河因为与其他水系相通，整个流域可利用的航道提高到 6000 多公里，极大地改善了俄罗斯整个国家的水路运输；其次，更有意义的是，它很大程度上解决了水患，保护了水资源。

水，作为一大资源，对于人类的生产、生活具有不可或缺的重要意义，一个国家里，哪个地域水资源丰富，哪里的经济就发达、人民的生活幸福

伏尔加河畔，
美慕与忧虑

感就大。如中国的长江三角洲、珠江三角洲（因为水污染，这些地区的情况大不如前）；伏尔加河号称俄罗斯的母亲河，俄罗斯的欧洲部分的五分之二在这个流域，人口的一半生活在这里，包括在二战中做出过巨大牺牲的圣彼得堡人与莫斯科人。伏尔加河流域汪洋恣肆的湖泊与水库无疑是生活在流域内的俄罗斯人民弥足珍贵的水资源。我们一行从涅瓦河上船，没有多久就驶入拉多加湖，它是欧洲第一大湖，面积18000平方公里，是中国第一大淡水湖鄱阳湖目前实际水体面积的六七倍！随后我们又经过了奥涅加湖，其面积9700平方公里，有三四个鄱阳湖大。游船上的第三天，我们驶入一片广阔水面，一打听，这不是湖，而是一座水库，叫雷宾斯克，面积竟然有4800平方公里！2013年5月，江西省普降大雨，鄱阳湖因此受益，当地舆论为鄱阳湖的面积突破3000平方公里大关而大声欢呼。想到此，对比眼前伏尔加河流域的这些湖泊、水库，我的鼻子有些发酸。

就在我们的游船驶离雷宾斯克那一刻，船上的船员说，眼前就是真正意义上的伏尔加河了！这也就是说，我们游船下面的这条并非主干道的伏尔加河，它的水是流入雷宾斯克水库的，从某种意义上说，雷宾斯克水库也是伏尔加河的蓄水池。后来，我进一步了解到：在整个伏尔加河流域，伏尔加河用自己的躯体连接了包括雷宾斯克在内的大大小小总计

807座水库！海纳百川、有容乃大！拥有这么多水库的伏尔加，加上许多与它相连的湖泊，伏尔加河的水量怎么能不丰沛，怎么会有洪涝？

"愚公移山"是老祖宗留下来的一个中国神话；在俄罗斯，"愚公治水"却是人们看得见、摸得着的事实。

很早我就羡慕俄罗斯石油、天然气储藏量高居世界第一，煤炭也多，再加上地域广阔，人口又比中国少许多，但想到所有这一切都是老天给的，也不想多说什么，何况，说得再多也没用。但来到了伏尔加，就不仅仅是羡慕了，更多的是钦敬。俄罗斯人爱惜上天赐给的资源，维护它，进而开发它，把它的价值与功能发挥到极致。俄罗斯人的成就应该会让众多自以为地大物博的中国人清醒过来。因为，我们不仅缺乏石油、天然气，连13亿中国人每天必需的水也缺啊！曾经，我站在长江岸边看长江水在我眼前汹涌澎湃，一泻千里注入东海；而今，在伏尔加游轮上，我为流逝的长江水感到惋惜。一年365天，从长江口流走了多少个洞庭、鄱阳湖？中国人可比浩瀚的东海更需要这长江的水啊，尽管人们明明知道那水曾经有无数的死猪在里面浸泡过，掺杂了工厂里排放的含有有毒金属、致癌物质的废水！除了长江，我们还有黄河，还有珠江、淮河、黑龙江……我们难道不可以将我们建商品房、高铁、高速公路的精力分一点到环境保护、水资源的开发与治理上来吗？

游船上最后一天，我在手机上写了下面这篇日记，姑且就将它用作本文的结尾吧！

伏尔加河之旅的最后一个夜晚我睡得很晚。但今天一早，两眼才刚睁开，看到窗帘缝隙中露出的曦光，我来不及换下睡衣就跑到了甲板上，我太想再一次看看朝阳下的伏尔加了！按照行程，此时离目的地莫斯科仅仅五个小时的路程，河道窄了许多，有的地方似只能并排行驶两艘我们这样的游轮，这莫不就是人们所说的莫斯科运河？但岸边的树木并不见减少，依旧是一长溜望不见尽头的浓浓的绿。这是又一个艳阳天，鲜红的朝阳已从树林的头顶上露出半张面孔，被朝阳染红的树梢恰似被烈火点燃的火炬。江面弥漫着柔柔的白雾，远远望去，迎着朝阳的雾气轻盈、缥缈，树荫下的雾浓郁、厚重一些，几近将远处的河面笼罩、遮盖，但它们都在轻轻地移动……我突然觉得，这雾就像一只温柔的大手，似在抚摸我这个中国游子不安、忧虑的心灵，耳边同时响起一个熟悉的男中音：面包会有的，牛奶也会有的，一切都会有的……

可我不是娜塔莎，我不会那么轻易就为亲人所描述的美好前景所陶醉，因为我知道，让我的祖国、我的家乡拥有俄罗斯、在伏尔加河的一切，这里的树、这里的水、这里的阳光与云彩，困难有很多很多，需要我和我的同胞几代人的努力奋斗、付出和奉献……

土耳其，一方神奇的国土

如果说，用"伟大"来赞美罗马、巴黎，对于我眼前的土耳其，"神奇"二字赠与她，是一点也不为过的。

首先，让我为之入迷的是她那色彩斑斓、波澜壮阔、惊天地泣鬼神的历史图画。

我们一行从伊斯坦布尔驱车500余公里所到达的第一个景点就是恰纳卡莱，特洛伊古城的遗址就在离这城市不远的旷野中。真乃踏破铁鞋无觅处，得来全不费工夫，我小时候就熟知特洛伊木马的故事，没想到会在我进入土耳其的第一天就能看到故事的发生地，让我得以温习《荷马史诗》中记载过的历史篇章。

《荷马史诗》中说，希腊联军久攻特洛伊城不下，故意在战场留下一个巨大的木马后撤退而去，特洛伊守军将木马作为战利品拖回城中，夜深人静时，藏在木马中的希腊士

特洛伊木马

爱菲斯

大剧场

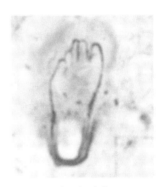

妓院指路牌

兵跑出打开城门，里应外合最终拿下特洛伊城。传说归于传说，历史上有无特洛伊古城，直到19世纪时，才被一位业余考古学者证实。不然，全世界都永远只能在《荷马史诗》里"游览"特洛伊城了！我们在特洛伊古城的所见十分有限，古老城墙的遗迹和几条距离有限的车道，可让前来观赏的人依约明白这儿曾经有过一座古老的城市。针对特洛伊古城的考古发掘还在继续着，展区的许多图片文字分别说明四千余年来各个时期古城的风貌，游览者可通过砖土不同的成色来分辨、观赏。特洛伊古城遗迹显然在提醒人们，早在希腊城邦兴旺发展之前，在特洛伊地区就有原住民在这儿生产生活，他们是与后来风光一时的希腊城邦人完全不同的另一族群。

在特洛伊古城遗址前的坪地里，立着十余米高的"木马"，有木梯可以方便游人爬进木马的"肚子"里，从窗口伸出头与手来供留在地面的亲友拍照。

濒临爱琴海的古城爱菲斯的规模就远非特洛伊古城可比了，如果将爱菲斯比喻为规模宏大的古罗马城，特洛伊古城只能算是一座小小的村镇。其实，自打迈入爱菲斯古城的那一刻起，我在心底就将其与曾经瞻仰过的罗马古都、雅典卫城相提并论了。

爱菲斯，又译作以弗所，它的建设可以追溯到公元前10世纪的伊奥尼亚人。这显然与希腊城邦又脱不了干系，不是有一个艾奥尼式的希腊风格石柱吗？石柱因地而名，爱菲斯与希腊城邦之间的关系，可以通过这石柱窥见一斑。爱菲斯跨越式的发展是在公元前4世纪亚历山大大帝统治时期，其时，亚历山大大帝所创立的强大帝国横跨欧亚大陆的辽阔土地，东到印度河流域，西至希腊、马其顿，南临尼罗河，北至古巴比伦，对东西方文化与经济的交流发展起到了极大的推动作用。在亚历山大大帝之后，爱菲斯又被罗马人统治了很长一个时期。千余年来，希腊人、马其顿人、波斯人，还有罗马人，都对爱菲斯这座被视作亚洲中心的古城花费了巨大的精力，让她远远超越了作为一座城市的意义，而成了一件供世人观赏、留恋的珍稀艺术品。

如果不是亲眼所见，我决不会相信，不是在雅典、在罗马，而是土耳其，竟然能见到这样一座让我为之惊叹的、可以充分展现古希腊、古罗马建筑艺术风格的古代城市！这儿的每一座石柱、每一件石雕、每一幢房屋都可以与我在雅典、罗马所见到的相媲美。前面提及的那可容纳25000名观众的大剧场，雅典卫城的阿迪库斯音乐厅与其风格相仿，但规模远远无法与之相比；还有那让我想起巴黎卢浮宫内"胜利女神"的石雕，其艺术之精湛让人拍手称奇。我在图书馆前的石墩上坐了许久。这个图书馆是一座可以以宫殿称呼的大理石建筑，虽然残缺，仍无法掩饰其当年气概，我眼下小憩的地方据说是当年夫人等候各自的丈夫的所在，但为她们所不曾料想到的是：图书馆内还有一条地下通道，可让那些以读书为幌子的公子哥儿通过地道跑到马路对面的妓院之类的休闲场所消遣。离开图书馆下坡往爱琴海方向走，导游指着道路旁石砖上刻着一只手掌的图案告诉我们：这是妓院的指示牌，远方来的水手上了岸就可按照它的指示直奔妓院。

妓院之说虽然可不必较真，但足以让我想见当年爱菲斯作为一个"国际"大都市的繁华。更有趣的还有那石质的有同样排场的WC：蹲位仅以20厘米之隔依次排列，据说这里也是有身份的人士商谈公务的地方。现代人大可不必为这儿的不洁与不雅而操心，蹲位下一流的排污设施让人们觉得，能在此一蹲本身就是一种难得的享受。

也许正是因为爱菲斯的不同寻常，众多宗教界人士在这儿留下了他们珍贵的足迹，也正是因为这些著名的宗教人士的大驾光临，推动了爱菲斯后来的发展。这是一些振聋发聩的伟大人物：圣母玛丽亚、圣保罗、圣约翰……

据说，圣保罗为传播基督教曾多次来到爱菲斯；耶稣被害后，圣母玛丽亚在圣约翰陪同下来到爱菲斯，《福音》的写作是圣约翰来到爱菲斯后进行的，《福音》之后，圣保罗仍一直在写，直至生命的结束。圣母玛丽亚本就出生在爱菲斯，这儿也成为她最后的归宿。

每天500公里的路途，我们的旅行大巴继续在土耳其大地奔驰。

在孔亚、伊斯坦布尔，我总算找寻到了突厥人的踪影。因为恰纳卡莱与爱菲斯都是曾经的希腊人、波斯人、马其顿人、罗马人或曰东罗马人的舞台，实际上，13世纪后，真正管理这里的不再是这些人，而是信奉伊斯兰教的突厥人！是延续了600多年的一个名叫奥斯曼的帝国！了解到这些，我对于土耳其导游的有关行程的安排——先择其重要者，将奥斯曼帝国前希腊人、波斯人、罗马人的活动让人们了解个大概，然后再让人们接触伟大的奥斯曼——就觉得是可以理解的了！

位于土耳其中部的孔亚（Konya）一度为土耳其人的首都，是15世纪时伊斯兰教神秘教派的发源地，土耳其的一位著名的哲学家与诗人梅弗拉纳（Mevlana）是这个教派里影响巨大、被称作"圣哲"的人，我们在孔亚参观的一座博物馆就是以他的名字命名的。博物馆里保存着许多棺椁，每具棺椁上都有一顶帽子，有白色的、有绿色的，不同的颜色表示棺椁的所有者在教派组织里不同的身份。博物馆里还陈列有世界上最大的和最小的《古兰经》。与梅弗拉纳这位伊斯兰教圣哲的名字联系得最为紧密的，就是从孔亚流传到整个土耳其的旋转舞啦！

也许与圣哲的诗人身份大有关系，梅弗拉纳是这样向人们宣传旋转舞的：因为世界万物无时无刻不在旋转，人的构成分子也会与宇宙中的地球及其他星球一同旋转，生老病死，循环往复，人们通过自己身体的不停旋转就可与神达成沟通，旋转至半昏迷时也是你与神最接近的时刻……

我们一行在博物馆里看到了伊斯兰教信徒在老师的指导下学习旋转舞的泥塑：舞者身着白色长袍、头戴咖啡色高帽，姿态优美。据小菲介绍，舞者右手向上，表示接受神的赐福及能量；头向右侧，表示完全接受神的安排；左手向下半垂，手掌向下，表示将神所赐的能量传于大地及其他人

土耳其的旋转舞

民……而今，在土耳其，旋转舞已成为具有民族特色的艺术表演。我没有能够在土耳其亲眼看到舞者表演，但我在伊斯坦布尔的一座陶瓷艺术工厂里购买了一尊旋转舞者的艺术瓷像。虽然所费甚少，但对于单身出游、一再告诫自己不许在旅游地购物的我已属难得了！

来到伊斯坦布尔，新老皇宫是必定要去的，奥斯曼帝国的兴旺发达始于伊斯坦布尔，六百余年后她也在这座城市衰亡，两座皇宫无形之中成为了奥斯曼帝国兴与衰的见证人！我们先去的新皇宫，皇宫前一座气派非凡的钟楼为整个皇宫的风格定下基调，它简直就是欧洲皇室建筑的复制品！新皇宫建成没有几天，奥斯曼帝国就轰然坍塌，听到这一介绍，我们对这欧洲风格的皇宫顿时兴致全无。同样坐落在博斯普鲁斯海峡岸旁的老皇宫，从里到外都体现的是突厥族风格：宽幅的微微上翘的房檐、高高的弧形的通道、突厥族风格的图饰……这一切，让看多了欧式风格建筑的我耳目为之一新。

老皇宫进门处的墙壁上张贴的两幅土耳其地图，向我们展示了六百余年来奥斯曼帝国疆域的演变。这图无疑告诉了所有前来参观的人们，奥斯曼帝国势力远及欧亚非三大洲，领有南欧、巴尔干半岛、中东及北非大部分土地，西达直布罗陀海峡，东抵里海、波斯湾，北及奥地利、斯洛文尼亚，南及苏丹与也门；人们在提及曾经将地中海变为内海的罗马帝国、

传统风格的突厥族建筑

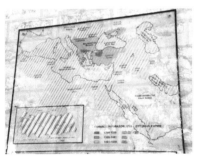

奥斯曼帝国疆域示意图

在老皇宫的露台，可远眺连接欧亚大陆的博斯普鲁斯海峡大桥和旖旎的海峡风光

"日不落"的大英帝国时，千万不要忘却曾经的世界强国奥斯曼帝国！

老皇宫里最令人瞩目的不是陈列的珠宝古玩，而是至今仍旧寒光闪烁、让人不寒而栗的刀枪剑戟、盔甲战袍！这些东西，我一个多月前在爱丁堡的博物馆里也见识过，苏格兰人、凯尔特人的后代也是英勇善战的民族呀，但我总觉得奥斯曼帝国皇宫里的剑更锐、矛更长！从展厅出来我仍旧在琢磨，不然，16、17世纪时，当时的海洋强国西班牙、葡萄牙、荷兰，还有后来的大英帝国何以在奥斯曼帝国的城墙下不敢越雷池一步！

老皇宫面临博斯普鲁斯海峡的方向，有一个高大宽阔的露台，天高水阔，游客可在此远眺连接欧亚大陆的大桥和旖旎的海峡风光。此刻，我突然觉得：常常信步于此的奥斯曼帝国的苏丹人怎能不因此在心里勾画新的疆域版图、萌发新的征战构想！万里之外款步于紫禁城高高的红墙下的康熙、乾隆可没有这个福气，他们也自然不会考虑某一天跑到大海的彼岸去留心别人家的天有多高、地有多广了！

伊斯坦布尔值得一看的还有各种风格的清真寺。蓝色清真寺因为多用蓝颜色的瓷砖装饰外墙而得名，其实，真正让它闻名世界的是它的六座唤礼塔。据说，因为这六座塔有违常规，在一段时间几乎没有信徒前来礼拜，直到麦加那座建有七座唤礼塔的清真寺问世。蓝色清真寺可以说是伊斯坦布尔的标志性建筑，伊斯坦布尔"大巴扎"里的油画作品与编织艺术品都将其作为题材。一座名为圣索菲亚的教堂也很壮观，它是东罗马时期建筑艺术的代表作，早于古罗马圣彼得大教堂。圣索菲亚教堂是全世界最大的教堂，在奥斯曼帝国时期一度被改作清真寺。去年在西班牙，我在科尔多瓦里看到了被改作教堂使用的清真寺，土耳其的圣索菲亚教堂在伊斯兰教风靡全国时期却从此再也没有被作为宗教场所使用过，土耳其人这么做，是否表现他们对欧洲、对基督教的尊重呢？我不敢对此妄加评述，但想到花费巨资建造的欧洲风格的新皇宫，想到他们明明知道自己国土的面积95%在亚洲，而非要将自己说成欧洲国家，就可以明白土耳其对欧洲的"向往"。对这个问题，我与导游小菲有过几次讨论，他告诉我：土耳其人一直以自己在历史上多次影响过欧洲乃至全世界而自豪，她以欧洲人自居是很自然的事。但是，小菲对于1922年新成立的土耳其共和国在立国之初就进行了彻底的文字改革颇有微词。与众多伊斯兰国家不同，土耳其已在1922年建国后停止使用与阿拉伯国家的文字相仿的突厥文字，而用写法与英语大致相同的29个字母取而代之。小菲以为：这样做固然在读写上都方便许多，也有利于文字的普及、推广与交流，但废弃使用多年的突厥文字，不利于传统文化的继承与发扬。正确的做法是两种文字并行使用。

我在另一篇文字里专题介绍过我的这位土耳其导游，对小菲的思想，我很喜欢，也很钦佩！

在伊斯坦布尔市区有座微型景观公园，有些像我们深圳的"锦绣中华"，所展示的都是土耳其境内的著名建筑与景点。我在里面"周游"了一下，发现各种形状的清真寺占了很大比重，其建筑风格的多样与壮美我一时无法描述，但我所关注的是土耳其境内的自然景观是否都被一一收录。

导游如实回答我了，我也亲眼见了，但我还不满足，又问：公园里除了我们已经游览了的几处自然景观外，收录了土耳其境内别的自然景观没有？回答是：没有，一处也没有！虽然我们土耳其还有别的自然景观。

土耳其导游的回答，一方面让我觉得自己的土耳其之行"物有所值"，同时，我也因此对自己在土耳其的所见更加充满自信，觉得应该尽快将它们介绍给自己的同胞们。

先说爱琴海吧！地图上看爱琴海，她应该为希腊与土耳其两个国家所共有，爱琴海自北朝南呈马蹄状，西边毗邻希腊，东岸就是土耳其。可曾经在爱琴海坐游轮逛过一整天的我，一直以为爱琴海的美为希腊所独享，乃至于到了土耳其的西海岸，听导游口里老是爱琴海、爱琴海的，一时间我还挺纳闷哩！而今"真相大白"，我究竟是应该以自己眼神不好为开脱，还是承认自己的无知呢？

2013年夏我从希腊归来写过雅典卫城后，就想写爱琴海，但曾经写过巴黎与罗马的我却迟迟不敢动笔。蓝色的海水我见得也多，在三亚、在普吉岛、在黄金海岸乃至那不一定可以算是海的挪威峡湾……爱琴海海水的蓝不同寻常，它比蓝天还要深厚、浓郁，好像有人事先在海底铺上一大片深蓝颜色的绒布似的。它的蓝让人赏心悦目，不像许多别的海域的海水那样蓝得有些发黑。别的海域的海水一般是从海岸到远处，由浅蓝到深蓝，再到更深的蓝；可爱琴海很特别，无论远近，离开海岸就很蓝，不会因为海域的变化而变化，也不会因为天色的变化而有差别。

导游小菲告诉我，爱琴海的蓝与这里海水的含盐量高大有关系，我想，与这些海域的海底地理条件难道会没有关系？海水深，多礁石，少泥沙。我一时无法论证。今天之所以提起我一直不敢动笔书写的爱琴海，实因为小菲的一段话触动了我。开始，我对他提起去希腊旅游时经历过的爱琴海上的海岛游，小菲听了后表情怪异，他说：爱琴海上有许多小岛，可1922年土耳其共和国在与希腊签订边界条约时，许多岛屿，即使离土耳其海岸线很近，也大多都给划到希腊去了！

我一时无法分辨小菲所言的真伪，但有一点是可以肯定的，在希腊旅行，爱琴海上的海岛游是很火热的旅游项目，我那次是当天去、当天回，还有游客跑得更远，两三天才打回转的。可来到土耳其，而且到了爱琴海边，土耳其人却根本不提爱琴海上的海岛游，这是否因为属于他们国家的海岛的确有限呢？都快一百年了，边界条约签了就签了，但从没有听土耳其与希腊有谁为岛屿的归属争执过，也没有听他们为所谓专属经济区或九段线的事打过官司。这让我暗自叹息：好在土耳其不是如今的越南和菲律宾！后者早在上世纪50年代就已公开承认过南海的南沙与西沙属于中国，如今看到南沙与西沙有了石油，对原本属于中国的岛礁他们想占几个就侵占几个，才不会顾忌你那么多哩！

听我在一处景点游览时又提到爱琴海，小菲用怜爱的口吻对我说：爱琴海上海岛虽少，但小岛上的砖房一律粉刷成白颜色，很美的。我接着补充：岂止房屋，连小山坡上的砖石小道都给粉刷成了白色哩！随即赞叹道：再加上每户人家的大门口、窗台上摆放的、悬挂的红花；蓝色的海、白色的房与路、红色的花，爱琴海怎么能不美！

说到这里，我俩谁都不再言语，似在尽情享受美丽的爱琴海！

离开濒临爱琴海的库萨达斯朝东走百余公里地就到了著名的棉花堡。

车近棉花堡，就望见前方一山冈上白花花的一大片，像是飞泻而下的瀑布，又像是有人顺着山坡堆着的棉花仓、棉花垛，更像是静止的冰川、用冰砖筑成的城堡！待大巴将我们拉上山冈高处，朝下观赏，更觉棉花堡壮观、神奇。"棉花"顺山而下在山腰形成一个又一个"池"，金灿灿的阳光在水面熠熠生辉，碧色的水盛在洁白的"池"里，犹如美酒一般清醇，而这盛水、盛酒的"池"则如同玉石般晶莹剔透。这真是一处可以命名为"天池"的所在啊！

有关棉花堡的传说非常动人：相传有个叫安迪密恩的牧羊人与月神瑟莉妮约定相见，一时高兴，忘记了手边挤羊奶的活，致使羊奶恣意横流，

爱琴海

棉花堡

覆盖了整座山丘……科学的解释对于我们就太不"新鲜"了："棉花"是因为地下的矿物质——主要是钙——通过地下水泻出地表而形成，与我们国家四川的黄龙是一回事，但棉花堡的"白"是黄龙所不具有的。这也没有什么奇怪的：矿物质的成分有别嘛。

棉花堡之上，地下水仍在汩汩流淌，我们在平缓的坡面上蹚着泉水前行，以求更近一些观察"棉花"和"天池"。坡面坑坑洼洼，我赤着的双脚一时还不适应，但直觉告诉我，千百年了，不知有多少人来过此处，有"本事"划破游客脚板的石头早已失去它的"锋芒"。果然，走了不一会儿，我的双脚就可以适应，不再担忧滑倒或被石头割伤了！

告别"天池"，朝相反的方向走去，有一座建筑除了有偿提供饮品，还有室内温泉可供游客泡澡、戏水。绕过温泉往上300余米，可见一座露天剧场，容纳万人绰绰有余，看那境况，也有些"年纪"了。有剧场必有楼堂馆所相伴，眼下的我，足以想象棉花堡当年繁荣兴旺的景况！

几千多年来，慕名前来棉花堡游览与疗养的达官贵人和平民百姓络绎不绝，随着现代旅游事业的发展，国内外游客数量的急剧增长让土耳其政府既喜且忧：楼堂馆所持续不断的建设与游客的蜂拥而至，让棉花堡面临严重的环境危机。而今，楼堂馆所建设已受到严格控制，不然，我们的后代就再也看不到比白云还要洁白的"棉花"，而是颜色泛黄的"棉絮"了（不怕读者扫兴：我在景区的一些角落已搜寻到了这泛黄的"棉絮"），——环境保护在所有国家都是必须引起重视的。

说了蓝色的海水、洁白的棉花，该说说奇怪的石头了！

卡帕多奇亚的地下城与怪石区是土耳其旅行的高潮所在，绕过几个卖纪念品的摊位，走到一座石崖前，推开一扇铁门我们就进到里面了。导游在车上就嘱咐：考虑地下城的条件，心脏有毛病、年纪过大者最好留在车上。这样的"嘱咐"我早在埃及游览金字塔时就听到过，那时我没有理睬，而今我仍旧没有回应。但我进了"城"就觉得，这里的难与险远非埃及的金字塔可比。我们这次游览的地下城有7层，实际上它总共有13层！低矮、狭窄处宽不过90厘米、高不达150厘米，像我这95公斤的大个子，在里面是只能低头弯腰。在狭窄的过道里，一时间只听见我粗重的喘气声。

地下城市里有教堂、卧室、客厅、仓库、厕所和牛、羊、马圈，卧室里有窗台、石桌、石墩……顺石梯而下，又是一个天地，只是为了游客安全，许多通往楼下的楼梯口都关闭着。

据介绍，这样的地下城在卡帕多奇亚有两座，大小不一的房间有1200间，可容纳万人，城市之间有通道相连，一旦受到攻击，相互可有个照应。但当我听说，连接两座城市的通道有十公里之遥，我惊讶得直摆头。

在车上就听导游介绍说，地下城是公元一二世纪时，一些基督徒为了逃避罗马政府的追杀而建造的。这话在今天的人听来，轻飘飘的，似乎在听人讲述玄幻小说里的打斗故事。可当我走出"城"来，放眼只见灰灰的山土，少有树木，也未见水源，用"贫瘠"二字形容，一点也不为过。但又想到，它建造于1800多年前，生产生活条件非常困难的时代，这里的人们不仅仅要躲藏在地表之下，还要不停地用简陋的工具开凿新的防身之所，这是一种什么样的生活，什么样的活法啊！此时，我的心沉甸甸的，少了些旅游的愉悦，更多是对古人深深的敬佩与同情。

古罗密露天博物馆所在的怪石区则是另一种奇特的景象。

数百万年的火山喷发后所散落的灰烬，经过长时间雨水的冲刷、侵蚀和沉淀，形成独特的地形地貌。而今我们欣赏到的是一座座形状怪异的山峰，或圆柱形、或圆锥形、或马鞍形，千姿百态，蔚为奇观。更有山石拔地而起，身躯为灰色的泥土，顶部却被一棕黄色的形似蘑菇头的"帽子"罩着，像是一座座烟囱，更像是枝干高高的蘑菇，不是一座两座，而是许多座连成一片，让你突然觉得自己进入到了安徒生的童话世界里。

躲藏在一株株"蘑菇"与"烟囱"身后的，是一些我们在远处就瞧见了的、开凿在山体上犹如神龛般的洞穴与石屋。

这些洞穴与石屋远比我在地下城所见的房屋宽大、敞亮。它们多为教堂，里面的设施全由石头制成，也许是为追求"艺术"，有教堂还在大

卡帕多奇亚附近的卡伊马克，这儿的地下城"藏"在一座并不显眼的山冈下

石屋里的餐桌

卡帕多奇亚的怪石

厅中央开凿了一尊尊圆形的石柱。教堂少不了耶稣的画像，也有表现宗教故事的图画，虽已斑驳脱落，但仍旧可让我们明白图画的内容。根据教堂全系石质的设施，人们可以揣摩当时教堂的规模与神职人员的数量。我在一房间里看到靠墙的地方挖了两条深度与长度一致的平行坑道，两坑道中间的部分无形中变为一张长形桌子。一打听，这果然是一张餐桌，相对而坐，可同时容纳三十人用餐。

除了教堂，也有用作民居的，我们一行集体参观了一座仍旧作为民居使用的洞穴，拾级而上，我们进入的是"楼房"的第二层，这里是客厅兼卧室，还有第三层，底层是圈羊、存放杂物的所在。客厅兼卧室里没有一件木质家具，打开窗可瞧见外面的风景，不像地下城里的房间，墙壁上开凿的窗在那儿仅仅是个摆设。

天可怜见，它们仍然是基督徒们用作躲避追杀而建造的。这是公元6世纪的事，追杀他们的不再是罗马人，而是穆斯林！

试想，若不是为了躲避追杀，他们有必要千里迢迢跑到这怪石嶙峋的荒野里凿石而居吗？这是多么贫瘠的荒野啊，在热气球上俯视古罗密、卡帕多奇亚，就如同人类飞临到了没有生命迹象的月球一般，这儿正常的生产、生活都困难，还要时时提防不期而至的追杀者，成天躲藏在伸手不见五指的地下城或昏暗的石窟里，基督徒们是人啊！

可就是这些基督徒，他们面对饥饿与寒冷，时刻担忧异族的追杀，仍然不放弃对耶稣、对主的祈祷和供奉，仍然坚韧、乐观地活着，"过好每一天"，捍卫生命、延续生命。

他们在古罗密、卡帕多奇亚，高声歌唱的是一曲激昂的生命之歌、强者的歌！

如果配上音乐，展现在人们眼前的将是一幅幅这样的画面：石屋里永远打不开的石窗、石台上整齐排列的盛装香料的浅浅的坑，石壁上清晰可见耶稣的像，石屋地面通往下一层的洞口与石梯……

由古罗密、卡帕多奇亚的基督徒，我联想到他们所信奉的宗教，我甚

伊斯坦布
尔街头的女性

至于想借此解开我一直想解而未解的谜：近三百余年来，世界上发展较快的多为基督教国家或基督徒人数比重较大的国家，如八国集团成员及众多其他欧洲国家，虽然这些国家的发展与进步也有政治制度、治国理念等诸方面的原因，也包括它们曾经有过的对弱小、落后民族与国家的侵略与掠夺。

宗教是一种意识形态，可以影响人对生活的态度、对世界的认识。

在人类社会发展中，人是最重要的因素。在古罗密、卡帕多奇亚的基督徒身上，我感觉到基督教对人的生命的关注。按照基督教义，人是上帝按照自己的形象创造的，双眼可看物，两耳能听声，双脚能跑步，大脑能思维，一切一切都是上帝的巧妙设计、精心创造，普天之下皆兄弟，人人生而平等，道理就来自此。珍惜人的生命，尊重人的意愿、人的尊严、人的创造与付出，总之，更多关注现世今生，立足于活着的、现实生活中的每一个人，而不仅仅是人的来世。只要不抱偏见，我们可在现实生活里找到与此相关的许多实例。

改革所倡导的个人的自由与平等，提倡竞争进取精神与科学求知的理论，极大地推动了人们的思想解放与观念更新，对于随后发生在欧洲的资产阶级民主运动起到了一定的积极作用。十多天的土耳其之旅时间虽短，但我似乎也看到这个穆斯林为主体的国度正在进行的某种变革，感觉到她在处理宗教与政权及其他宗教关系上所作的种种卓有成效的努力。

这次土耳其之行，我们的最后一个项目是伊斯坦布尔闹市的观光与购物。在闹市区的独立大街，我双手捧着的相机一直在努力捕捉画面。

我发觉自己悄悄喜欢上了这个国家！

常怀一颗敬畏的心……

——写在土耳其旅行途中

我们一行是在 2014 年 6 月 27 日启程前往土耳其的，严格地说，启程的时间应该是 6 月 28 日，因为，分针再向前迈进 15 小格，就是 6 月 28 日零时了！飞机在浓浓的夜幕中向西飞行，似睡非睡间我在飞机上度过了近五个小时，起身前往洗手间时，我看到飞机紧急出口处一位身着穆斯林服装的男子正匍匐在过道上做礼拜，昏暗的灯光投射在他宽阔的后背上。此刻，我似乎才刚刚意识到，我此次旅行的目的地是又一个伊斯兰国家，是一个比我今年初去过的印度尼西亚的伊斯兰教信徒比重还要大、还要典型的伊斯兰国家！

匍匐在过道上的伊斯兰教信徒提醒我，伊斯兰教信徒一天五次的礼拜已经开始。但让我始料未及的是，在我下飞机的那一刻，穆斯林一年一次的斋月在土耳其也从这一天的凌晨拉开了序幕！我一时不解，我三年前去迪拜遇见的斋月明明是在八月呀！接待我们的当地导游告诉我：土耳其的斋月是根据地球与月亮的运行情况确定的，每个穆斯林国家都有自己的斋月起始时间。

我的土耳其导游叫 Feyzul lahcesur，他让我们称呼他"小菲"。圆

蓝色清真寺

一个人的礼拜

脸高鼻、密密的络腮胡，脸上总是堆着浅浅的笑，是我平日喜爱的那种阳光、帅气的大小伙。小菲曾经在中国青岛的海运学院学习了五年，中文说得很流利，咬字吐词比我这个湖南人还清晰、准确。

我们进入土耳其的这一天就是土耳其斋月的第一天，我对小菲的关注从他的饮食情况开始。按照伊斯兰教的教法，所有穆斯林，除病人、孕妇、喂奶的妇女、幼儿以及在日出前踏上旅途的人之外，均应全月斋戒。封斋从黎明至日落，戒饮食，戒房事，戒绝丑行和秽语。几天了，我注意到小菲从来没有用口沾过水，他双肩包上的水瓶网袋一直是空荡荡的。一天三餐，每一次他都是先将我们一行安排好，然后独自坐在远远的地方看报纸、玩手机。在艾瓦诺斯小镇，旅行团赠送每个游客一支当地出名的 MADO 冰激凌，冰激凌小贩给了我们每人一支，最后轮到小菲，他谢绝了！一天在大巴上的五六个小时，毕竟出汗不多，可我们在特洛伊古城、以弗古城、棉花堡、卡帕多奇亚，可全系户外游览呀，头上烈日当空，地上少有遮荫的树木，所见都是些灰白的砖土、风化的山岩，吾辈常常是汗流浃背、气喘吁吁。一到超市，我们一行就忙于抢购饮料与食品，可小菲此刻则多是一个人静静地站在树荫下，望着远处的路与过往的车。

我终于按捺不住了："小菲，你每天是什么时候吃的早餐呀？"

"早上三点呀！"答后，小菲那眼神似乎在反问我，"奇怪吗？"

所有懂得加减法的大人与小孩都能计算出：从早上三时许进餐后到晚上八时再进餐，中间有 17 个小时的间隔呀！如果有人注意我的面孔，我的脸上这时一定大大地写着惊愕与感动！

我询问："你们一天五次，从早上三四点就开始了，你们的礼拜，礼拜些什么内容呀？"

小菲的回答是："读《古兰经》呀！温习先知穆罕默德的教诲呀！"那神态，似在反问我：这难道还需要怀疑吗？小菲毫不迟疑地补充：每天五次，但不一定是唤礼塔一叫唤你就要停下手里的工作去做礼拜，你可以把礼拜的时间往后推一推，但如果两次礼拜之间的四个多小时的时间里，你还找理由躲掉不做，那是说不通的！

想到我在土耳其航班机舱里的所见，想到我在安塔利亚老城区一所清真寺的情景——那是在正午时分，在一所规模不大的清真寺里，信徒双手扶地正认真"礼拜"，从那身着工作服的背影瞧，这是一位刚从工作岗位上赶过来的年轻人——我默认了小菲向我介绍的一切。

中国很早就有"无利不早起"之说。作为伊斯兰教信徒的小菲，每天早起做礼拜，在斋月期间早起做当天封斋的准备工作，驱使他这样做显然无关"利"，而是他坚定的信仰，用他的话说，自己坚持每天五次的礼拜与一年一个月的封斋，对自己的工作与生活很有意义，它能帮助自己陶冶性格，克制私欲，懂得报恩，时时体会穷人的痛苦，萌发恻隐之心，行善济贫；还可让自己遇事常怀一颗宽容与平和的心，有不该得到或暂时得不到的，说明自己还有许多地方没有做好，自己还要努力学习与工作……

在小菲的话语里，我强烈感受到他那埋藏在自己心底的对于真主、对于先知穆罕默德、对于伊斯兰教教义的敬畏之心。我突然觉得"敬畏"这二字的无比可贵。犹如醍醐灌顶，我继而觉悟到：所有穆斯林人坚持的一切——他们一天五次的礼拜、一年一个月的封斋、一生必有一回的麦加朝拜——不正是出于对于真主、对于先知穆罕默德以及伊斯兰教教义的敬畏，不正是为了追求这因为敬畏而产生的效果吗？

由伊斯兰人对真主的"敬畏"，我感受到我们当下中国所需要强调、所需要追寻的对于党纪国法、对于天理民心的"敬畏"！

在土耳其的十余天旅行里，我对穆斯林的敬畏所产生的效果也稍有感觉。当然，这感觉必定先是从我对小菲的关注里得到的。那是在我们来到土耳其的第二天，我们的中国导游与游客在一些事情上大声争执起来，我很着急，担心这样会影响土耳其导游的工作积极性。但这种担忧很快就被打消。尽管给小菲补缴费用的事被搁置，但在小菲的脸上，在他的话语里，在他的服务上，我丝毫感觉不到他心里的不快！

十多年来，我在国外旅行都没有脱离过旅行社。与过去的旅游不同，在土耳其的各个景点，小菲是全程服务，即使是在博物馆，在某些经典景区，小菲既做导游，又兼任现场讲解员。在 7 月 5 日，我们登上游轮游览博斯普鲁斯海峡，两个小时的时间里，全程都是小菲充当中文讲解，当时游船上有男男女女一百多号人哩！

在安塔利亚考古博物馆，进馆后我们每人得到一个耳机，心想：总算可以听到景区讲解员的讲解了，岂知，耳朵里听到的还是小菲的声音！显然，在土耳其，各个景区的中文翻译十分有限，这重任只能由各个旅行团自己承担了！我以为，伊马克利地下城的讲解是最能考验小菲的，这个隐藏在一座石山地底下的地下城共有七层，狭窄处仅可供一人弓着腰通过，我稍胖，爬上爬下，没多一会儿就大汗淋漓了。小菲要边走边讲解，他没有一点敷衍的意思。有一个石台上，上面凿了十多个浅浅的坑，不待我们发问，小菲就解释说：这是主人存放香料的设施。至于哪里是粮仓、哪里是教堂，小菲都一一做了介绍。回到车上，我激动地对小菲说，伊马克利地下城是整个土耳其之旅的最大看点，为来伊马克利坐汽车跑上九小时，值！特别值！小菲听了，很是开心，两眼瞪得大大的，很认真的样子："真的？"其实，我后面的话没有能说出口：你小菲可是九个小时的车程加上在伊马克利地下城的跋涉与讲解，没有喝上一口水的呀！

在伊斯坦布尔的旧皇宫，墙壁上贴有一张昔日奥斯曼帝国疆

导游小菲

域的示意图，地图上红颜色的是奥斯曼帝国鼎盛时期的控制区域，包括了如今北非的阿尔及利亚、利比亚、突尼斯与埃及，还有东部欧洲的保加利亚，以及中东的伊拉克、叙利亚，中亚的乌兹别克斯坦、哈萨克斯坦等，偌大一个黑海成了奥斯曼帝国的"内海"。借用这地图，我与小菲谈到了土耳其的历史。我与小菲都以为，鼎盛时期的奥斯曼帝国是突厥人的骄傲，其对世界的影响是巨大的，正是因为强大的奥斯曼帝国阻挡了西班牙、葡萄牙等西方海洋强国前往印度寻找香料的陆地通道，才迫使后者在海上寻找航路，最终开创"地理大发现"的年代，极大地加快了世界进步的步伐。说到这里，我小心翼翼地问小菲：听人说，现在有少数突厥族人有意恢复奥斯曼帝国的辉煌，你怎么看？

小菲的回答简短明了，让我不能不对他更加刮目相看：

"难以实现，也没有必要！"

回到现实生活里，我问他：你喜欢萨达姆、卡扎菲这些独裁者吗？

"不喜欢！"回答掷地有声。

"美国人打伊拉克、打利比亚，你支持吗？"此刻，我真害怕从小菲口里听到他站在西方人的立场上支持美国军事行动的言语。

小菲的回答依旧是那么简短明了："不支持！伊拉克、利比亚人都是我们的兄弟。"

兄弟，又是兄弟！我又一次从小菲这儿感觉到穆斯林视同宗教者为兄弟的强烈意识。

在土耳其这又一个伊斯兰国家，我这次是通过小菲证实，穆斯林有将自己的收入的一部分捐赠给穷人与福利组织的"规矩"。小菲告诉我，他的捐赠是自己每月收入的二十五分之一，月月不误。在土耳其旅游时，我还获悉：参加巴西足球世界杯的阿尔及利亚运动员自愿将其获得的 90 万美金奖金赠送给加沙的穆斯林兄弟。90 万美金对于并不富裕的阿尔及利亚人绝非一个小数目，可他们以为：困难中的加沙人，他们的"兄弟"，更需要它！

救济穷人！帮助兄弟！这，仍然来自先知穆罕默德的教诲，来自《古兰经》！

在土耳其的十多天，我一直在思索。作为中国人的我，还有我的中国兄弟，如果我们每一天都怀有一颗敬畏的心，敬畏国法、敬畏党纪、敬畏民心、敬畏良心；时刻明白：人在做，天在看；时刻念及"己所不欲，勿施于人"、"吾日三省吾身"等先哲教诲，神州大地会因此少出多少徐才厚，会因此涌现多少"感动中国"的人啊！

但，我的思绪并未到此停顿。我还在想，身居高位的徐才厚等人何以丧失了"敬畏"的心。标榜"老革命"的徐才厚，其实早已不再崇信马列主义，"为人民服务"这一中国共产党的宗旨早被他们抛在了脑后。

没有崇信，何谈敬畏？

惜哉！敬畏的心！

壮哉！敬畏的心！

"云白草青"新西兰

漫山遍野的青草回答了我

落笔之前，我很想以"人间仙境"为题，不是有人将新西兰比作人类地球上的最后一方净土吗？初访新西兰，很有一种亲临瑶池仙境的感觉，飞机上的我恍惚一下子成了电视剧《西游记》中一个筋斗云翻到南天门去面见玉帝的孙悟空，满目所见都是瑞光、祥云、玉宇、琼楼。

我之所以产生上述感觉，首先得益于新西兰天空那不同凡响的云彩。我从澳大利亚的布里斯班乘飞机去新西兰，飞机驶离海岸向东而去，没多一会儿我就看到：天，蓝蓝；海，蓝蓝；海天一色，无边无际。如果不是一线洁白的云像玉锦般飘浮在远处，我一时真分不清哪里是蓝天，哪里是大海！越近新西兰，机翼下的云彩越长、越厚、越白。这儿的云不是我往日在天空所见那样，而是云的山峰、云的奔马，千朵万朵紧紧相连排列，像一垄垄刚刚翻耕的麦田，又像整张整张巨型的羊毛毯子，让人感觉到它有一定的厚度和负重能力。也有各自飘散在蓝天的，颇像一个个离开学校大队伍的生性散漫的孩子，轻柔、娇羞，一缕缕、一捧捧，纯洁无瑕，颇具羊绒的质感。

云白草青新西兰

新西兰天空的白云让我为之着迷，一个多小时中，我给这白云拍了几十张"玉照"。当我下飞机将我的作品展示给前来迎接的"地陪"欣赏时，"地陪"会心地笑了，说当年毛利人来到新西兰也为天空的白云感到无比惊奇，"aotearoa"就是他们给新西兰取的名字，意思是"白云的故乡"。在毛利人看来，新西兰是一方产生白云的神奇土地，满世界的白云从这儿升起飘散到世界的各个地方去。

我为自己找到了知音而高兴。"地陪"又说，你的知音何止是六百多年前的毛利人，有位当今留学新西兰的中国内地学生就曾在网上写诗赞美新西兰，诗的第一句就是："不到新西兰，不知道这儿的云朵白。"

这位中国留学生所写诗篇的第二句是："不到新西兰，不知道这儿的草场青。"出得机场，在新西兰北岛转悠的三四天里，新西兰满山、满坡的绿草让我一路赞不绝口。就说从奥克兰到罗吐鲁拉温泉区的这300公里地吧，公路两旁有平地、山坡，也有海拔百余米的山冈，全被青草严严实实地覆盖着，你搜寻不到一处裸露出黄土的地方。新西兰的青草尤其可爱的地方，还在于它的绿是一种鲜嫩的绿，是那种我家乡春天里樟树枝上新长出的嫩叶的绿，是杭州西湖岸边柳树枝条上刚刚绽开的新芽的绿。当你闭上双眼细心体会：不是在一株、两株树上，而是满山、满地都是这一色的鲜嫩的绿，怎能不让人从心底发出由衷的赞叹？

新西兰青草的绿，与青草品种的优良不是没有关系，但更重要的是勤劳智慧的新西兰人孜孜以求、悉心照料的成果。这里的青草生长期一般在18天左右，牧场主会根据所拥有牧场的大小及所养牛羊的多少将草地划分成若干单元，每个单元又用木栅栏同等分地隔成21块草场。牧场主将其所养的牛、羊、马每天依次赶到其中的一块里放养。21天一个轮回，这样，牛羊每天都可吃到鲜嫩的绿草，游客所见到的自然也不会是一片片被牛羊"糟蹋"得惨不忍睹的草地，而永远是一片嫩绿了！

在新西兰的几天，我一直在琢磨：蓝天、大海、白云，我在自己国家的海南，在泰国的普吉，在南太平洋的塞班、夏威夷都见到过，它们都

躺倒也可长成大树

罗托鲁瓦的火山

具有值得人们由衷称赞的美，为什么新西兰的蓝天白云尤其让人关注、称羡？新西兰大地上满山、满地的嫩草似乎为我找到了答案。我去过西欧，那儿的绿化也不差，也像新西兰这样，会特意为了草的生长翻耕土地、施肥、浇水。但在新西兰，不仅是牧场，即使是公共场地，绿草的品种也很纯，质量也十分讲究，这可能是西欧一些国家难以做到的。加上新西兰地广人稀，少有重工业，环境对草地的负面影响要少得多，这些，应该都是新西兰的草较之西欧更加茂密、更加新鲜的重要原因。新西兰遍地是草木，绝不仅仅是为了畜牧业的发展，更是出于环境保护的考虑，是为了地球上这最后一块净土不再经受污染、永葆其青春！常识告诉人们，森林与草场的大范围存在，对于空气中负氧离子的增高有着重要的意义，对于空气的洁净也具有不可或缺的作用。

对新西兰空气的洁净、负氧离子之高，我有"亲身体验"：我是在2011年4月26日进入新西兰的，一个月前，我还在医院住院，彩超、磁共振检查证实我颈动脉狭窄，因而导致大脑严重缺氧、供血不足，很长一段时间，我出门就头晕眼花，在住院期间，我是"高危"病人，禁止随便走动。去新西兰旅游对于我来说是一个冒险，可在新西兰的几天时间里，因为时差，我夜晚睡得很不好，却头不再晕、眼不再花。新西兰让我免费吸了三四天的"高压氧"。难怪有人这样赞美新西兰的空气：新西兰第一值得出口的是她清新的空气。

还有这么一个例子：过去，最初到过欧洲的同胞在说到西方发达国家空气好、环境清洁时，总喜欢拿自己脚上的皮鞋做文章，说自己在人家国家的大马路上跑了一整天，回到家里一看，皮鞋还是一尘不染！而回到自己国家却全然不同。我这次在奥克兰一家羊毛毯工厂见到一位正在缝制毛毯的中国工人，他移民新西兰达二十年，有了自己的房与车，说到新西兰的好，除了高福利，这位新西兰籍华人特别强调的就是良好的生活环境。对于后者，他的满足感是显而易见的，他也这么说到自己的皮鞋：我脚下的这双皮鞋从买回家那一天起，就从来没有用布擦过它，没有一点灰尘。什么原因？空气干净。

不难想象，一个尘土不扬、有满世界的绿树青草为之不断输送负氧离子的天空，能见度怎么会不超出一般？色彩怎么会不尤其清纯，云彩怎么会不比别的地方的更长、更厚、更洁白？

新西兰归来话环保

回到家乡湖南长沙是4月29日中午，从机场出来，我情不自禁地抬头望了望天，太阳在云层中没有露脸，但我知道它就在我的头顶。整个天空除了"藏"着太阳的地方有些光亮，别处都是灰蒙蒙的。

4月30日是个大晴天，我人还在床上就感觉得到。洗漱完毕后我就往阳台奔。天倒是有些蓝，浅浅的，像是撒了灰在上面似的，少有光彩；云，有云无"朵"，半边天都是，飘浮在天空，不怎么厚实，透过它可以看见灰蓝的天空。晚饭前，我与朋友从饭馆搬出两把椅子坐到了饭馆门外的空坪里，情不自禁又将目光投向天空。此时，我高兴地发现，天比上午要蓝一些，云，也白了一些，也有些形状了，但较之我在新西兰看到的白云蓝天，仍然逊色许多！

5月1日，又是风又是雨，阴沉沉的天空不经意地进入我的视线。

5月2日，太阳总算在正午时从云层里"挣脱"出来，像是被蛋清裹着的蛋黄，周边的天际略显灰白。天不蓝，云也不白，混混沌沌的。看来，想在长沙看到我在新西兰见到的蓝天白云，有些不切实际，就好比想到北极圈去看"椰影婆娑""荷塘月色"一样。

带着满心的疑惑与遗憾，我于5月下旬前往地处祖国西北的山西，那儿可是一个更难遇见绿草白云的地方，我想。一下飞机，就是艳阳天等待着我，虽然这里的天空比较我们长沙也蓝不到哪儿去，云彩也谈不上白，但比我预料的强。可我下车伊始刚把自己的观感说出口，朋友便在一旁说：太原这几天没有风，空气质量是最好的，要是刮风天气，天灰蒙蒙的，哪里看得见什么蓝天、白云！

在我几天后去云冈石窟时，朋友的话得到了证实。这天下午，天气有些闷热，天空看不到云彩，像口硕大无比的铝锅罩在我们的头顶。一会儿，汽车里的我从地上飘起的纸屑、树叶感觉到外面起了风，风不小，应该在五级上下。待我往远处看，可了不得：灰蒙蒙天空的尽头，几近发黑的灰沙拉起一张宽大的幕布，遮住了建筑物与街道，那情景真让人有些犯怵。一会儿，下雨了，可没等车内的我将一个"好"字说出口，雨又没了！留在车窗上的是黄豆大的泥点。这泥点是车窗上本来有的，还是天上落下的？朋友没等我发问就笑着解释：这泥点是天上落下的，如果是淋在白衬衣上，就是一黑点，可惨啦！但是，下大雨时情况会稍许好些。

生活环境不是不可改变的。在山西的几天里，我与朋友的交谈中多次涉及环境保护。吉县，一个坐拥壶口瀑布的曾经的贫困县，如今已成为闻名遐迩的苹果之乡，因该地生产的苹果十分抢手，我们一行游客竟然没能在小镇上吃到一颗当地生产的苹果！其在植树造林上所作出的成绩，让我赞不绝口：被绿色森林覆盖的群山连绵百里，让你仿佛觉得来到了大小兴安岭林区。眼前满目葱茏，抬头可见白云蓝天。可当车轮一迈过吉县，林子就没有那么密了，树木也没有那么高大、壮实了，渐渐地，天空与大地又是一片灰蒙蒙。从吉县回到太原，见到等候我旅行归来的山西友人，我就从摄像机里翻出吉县的山林影像资料给他们观赏，借以证实我的观点：即使是在黄土高原，人们通过自己的努力，也是完全可以让山峦变绿、让河流变清，让天空变蓝、云彩变白的。——"反客为主"，我在这儿成为一个热心向"主人"介绍他们家乡的成就、号召全民环保的"环保卫士"。这一切，都因为我刚刚从一个叫作"新西兰"的国家归来。

奇异果与新西兰人的"拿来主义"

从新西兰回到我的家乡湖南，先是为看不到白云与绿草觉得郁闷，没有多久，我又为在自己家乡的水果店买不到"Made in China"的猕猴桃而懊恼啦！

记得是在新西兰北岛奥克兰的一天傍晚，因为下雨，导游临时取消了旅游活动，将我们带到一家超市，让我们买点水果回宾馆享用。在超市，我见到货架上成堆成堆的猕猴桃：比鸡蛋的个头稍大点，毛茸茸的，很是显目。许多年来，我一直将猕猴桃这个"水果之王"视为我们湖南湘西北地区的特产，如今能在远隔万里的新西兰见到它，我倍感兴奋。导游说，这猕猴桃是新西兰人在百余年前从中国引进的，在新西兰，它不叫猕猴桃，而叫奇异果。

一个水果被输出到国外，人家爱叫啥就叫啥，没有什么值得奇怪的，只是导游后面的话引起了我对它的密切关注。导游告诉我，现

商场里的奇异果

奇异果林

驼羊

奶牛

在奥克兰超市见到的奇异果是猕猴桃的第二代产品，它比第一代从中国引进的猕猴桃颜色要浅一些，皮上的毛也要少些，更重要的是，即使是在其果肉还没有全软的时候也可以吃，味道与软了的猕猴桃一样甜。在国内，我很少买它，原因就是它刚买回来时果肉是硬的，味道很涩，也酸，得先在冰箱放上若干天后才可食用，真正想到要吃它的时候，果肉又软得像坨烂泥，吃到嘴里，口感很差！人家新西兰的奇异果果真像导游说的不同一般？没等出商场大门，我将果肉还硬着的奇异果三两口吃了，味道很甜，口感也好！

这次新西兰之旅，让我对猕猴桃来了次重新认识：猕猴桃尤其适合我们这些中老年人。猕猴桃维生素C的含量之高是大家公认的，每百克猕猴桃的果肉中维生素C的含量达100毫克以上（有的品种甚至达到300毫克），是柑橘的5—10倍，苹果的15—30倍。岂止是维生素C，研究证实，猕猴桃低脂、低热量（低脂、低热量是所有重视身体保健的中老年人最为关注的五个字），营养密度极高，其果肉中黑色颗粒部分，含有丰富的维生素E，可以预防中老年人易发的黄斑性病变；其所含有的精氨酸能帮助伤口愈合，微酸能促进肠胃蠕动，减少肠胃胀气。猕猴桃还含有多种氨基酸，可作为脑部神经的传导物质，促进生长激素分泌。有报道称：猕猴桃还可补充人体中的钙质，每天吃上两颗，可有效增强人体对食物的吸收力，改善睡眠。

回到国内没多久，我就满街寻找猕猴桃。日后，我将每天吃它两颗——我对食用猕猴桃做了这样的规划！我过去几近淡忘的猕猴桃，似乎在一夜之间提高了我对身体保健的信心。可是在长沙市，无论是货物丰富、品类齐全的超市，还是街头巷尾的水果店，货架上只有新西兰的奇异果，没有中国产的猕猴桃！而且，这奇异果在超市与水果店不是像苹果、梨子那样论斤卖，是以颗论价的！在大型超市，一颗奇异果卖到12元人民币！看来，我一天吃两颗猕猴桃的规划会落空，一颗奇异果就算10元人民币吧，一天两颗就需20元，一个月将花费我600元呀！于是，我更加关心中国狝猴桃的信息了，尽管它吃起来的确让人觉得有些不方便。请教水果店老板，老板告诉我，中国的狝猴桃眼下还没有成熟，等秋天来买吧！教科书也告诉我，眼下5月还是中国狝猴桃的花期，中国狝猴桃上市是几个月后的

与毛利人行碰鼻礼

事啦。此时，记忆又让我回到了新西兰：在一家私人牧场的果园里，我看到过成片成片的奇异果树，绿叶丛中硕果累累，让人嘴馋，果园的工人也说它还没到上市的时间，尽管看起来它很成熟了。一个狝猴桃，一个奇异果，既然都没到上市时间，为什么在新西兰和中国的市场仅有新西兰的奇异果可买，而看不到中国产的狝猴桃呢？看来还是品种的缘故。气温及运输、储藏等外因条件对奇异果的影响有限，所以人们才能无论任何季节都可以食用，不管它的果体是软还是硬的。

新西兰的奇异果给我留下了许多课题：新西兰人百余年来是如何致力于狝猴桃品种改良的？是因为他们聪明、勤奋，还是因为新西兰得天独厚的自然条件帮助了他们？但当我想起了自己在新西兰看到的漫山遍野的驼羊、大花牛、梅花鹿和美利奴羊，我猛然觉悟：是一种理念、一种思想让新西兰人干了一件我们中国人还没有来得及干的事情！这"理念"用四个字概括之曰：拿来主义。

"拿来主义"这词汇，我最早是从鲁迅的杂文中拾得的。

新西兰远离欧亚、美洲大陆，任何飞禽，没有长距离飞翔的能力是不可能来到新西兰的。很久很久，这儿没有见到过老虎、狮子、大象以及牛、羊、狗这类哺乳动物，从来没有过苍蝇、蜜蜂和蛇，也不像亚非大陆有过类人猿，最早的移民是不到一千年前渡海过来的毛利人。生物学角度上的新西兰可以说是"一穷二白"。新西兰北岛有一处景点，那儿有可喷

射五六米高的温泉，湖泊也很美，这个景点的名字叫"罗托鲁瓦"，导游怕我们记不住，就让我们记住三个大家熟悉的动物：骆驼、鹿、蛙，而这三种动物新西兰都不曾有过。新西兰够"可怜"了吧，乃至于我们这次在新西兰看见的一只体型还没有母鸡大的"几维鸟"竟是新西兰的"国鸟"！

新西兰，世上难得一见的一张"白纸"！

一张白纸可以写最新最美的文字，可以画最新最美的图画——这话用在新西兰身上再恰当不过。当今世界，谁都知道新西兰的畜牧业是十分发达的，她的羊毛质量上乘，奶粉也挺有名气，但不是每一个人都知道，新西兰有名的驼羊——它的毛又细又长，被人称为"走动的黄金"——的祖籍是南美的安第斯山脉；为新西兰人创造无数外汇的美丽诺绵羊，则来自澳大利亚，其羊毛的纤维格外细致，柔软、保暖、吸湿且富有弹性。生产纯正鲜奶的花白牛就不用说了，它来自荷兰，另外，还有新西兰牧场上的种马、梅花鹿、肉牛。

新西兰人的成功不仅仅在于他们有选择地"拿来"，将世界上别的国家与民族最好的东西引进到自己国家来，还在于她"拿来"之后对这些好东西的改进与提高。荷兰的花白牛，澳大利亚的美丽诺绵羊，许多国家，包括我们中国的牧场都引进了，可新西兰牧场里，花白牛与美丽诺羊每天吃的都是没有受到任何污染的高品质青草，这是被引进到别的国家的花白牛和美丽诺羊们享受不到的。为了自己国家的环境、为了人类世界的最后一块"净土"免受污染，新西兰人甚至牺牲了自己国家本应发展的重工业！

新西兰的"闭关主义"也让世人感觉到他们对环境保护的高度重视。笔者算来也去过许多欧美国家，每个国家的海关都设立了海关的卫生检疫，但新西兰海关的进口处有明显标志告诉人们：旅客每夹带一只水果，罚款新西兰币500元，折合人民币2600余元。海关对旅客行李的检查尤其仔细，我亲眼看到不少旅客行装的大包小包被翻了个遍。海关卫生检疫人员会用其蹩脚的汉语询问我们：苹果？蜂蜜？意思是问你夹带了苹果与蜂产品没有。还有的则将严禁旅客夹带入境的农产品用汉字印在一张卡片上，让旅客确认自己是否夹带。他们所做的这一切都是为了不让病菌进入新西兰，为他们的驼羊、花白牛、美丽诺羊，还有奇异果，创造一个优良、健康、安全的生存环境！

新西兰人的"拿来主义"让他们"青出于蓝而胜于蓝"，拥有了比出产地更加优良的动植物以及别的好东西，给国家带来巨大的财富，同时，她也留给人们许多思索。所有曾经"独家"拥有驼羊、美丽诺羊、花白牛以及奇异果的国家与民族，来到新西兰大地都有可能会颇受触动：坚持"拿来主义"，难道仅仅适用于新西兰这样一度资源极度缺乏的国家吗？

因为食用与储藏的不方便，长时期来，号称"水果之王"的猕猴桃在中国并没有受到"尊崇"，可据导游说，第三代猕猴桃已经在新西兰问世，果体稍小一些，颜色黄中带红，味更美，它有个比奇异果更响亮的名字：黄金果猕猴桃。

中国猕猴桃与新西兰奇异果的命运告诉我，"拿来主义"同样适用于并非"一穷二白"的国家与民族。鲁迅说："没有拿来的，人不能自成为新人，没有拿来的，文艺不能自成为新文艺。""拿来"，就是不断地学习别的国家与民族进步的东西，从别的国家与民族那儿吸取有益于自己发展与进步的东西，唯此才能够继续进步与发展。

我是多么想在中国的土地上吃到我们生产的奇异果啊！如果我是一名农艺师，一定会在见到奇异果的第二天就走进实验室，进行自己的猕猴桃品种的改良实验（据悉：在中国陕西、湖北一些农村已经进行了猕猴桃品种改良工作，并初见成效），把奇异果从新西兰人手中再"拿来"！

悉尼歌剧院门厅前的思索

悉尼塔以其304.8米的高度，与悉尼歌剧院、悉尼海湾大桥并称悉尼三大地标性建筑。来悉尼的两天时间里，游览车在悉尼市区穿来穿去，一天中见到它们的机会有四五次之多。登上悉尼塔是在我们来悉尼的第三天傍晚。导游说：我们这样做，既可以趁着天没有全黑，一览悉尼全景，对这座拥有六十多处海湾的美丽海滨城市有一个更直观的了解，随即还可观赏悉尼的夜景。悉尼夜晚的亮化工程是很不错的，她与有"东方之珠"美誉的香港维多利亚海湾一样，在世界上很有名气。

悉尼塔的塔楼是个9层的圆锥体建筑，第一、二层是两个旋转式餐厅，我们所去的是瞭望层。电梯门刚一打开，我就举着相机朝玻璃窗边跑。因为我非常想知道，站在304米的高处俯视悉尼歌剧院，这座被人们称作"海上的船帆""大海上盛开的花朵"的建筑会是一个什么样子？可我在人丛中钻来钻去，海湾倒是见到好几处，却未能见到悉尼歌剧院那美丽的身影，我一时急了。

悉尼歌剧院总算让我寻找到了，可我仅能在高楼群的空隙中"望其项背"——悉尼歌剧院这只"白天鹅"的洁白颈背，无法正面观赏到她：此时，是想振翅高飞，还是要在海岸边继续歇息？

悉尼歌剧院与悉尼海湾大桥

夕照中的悉尼歌剧院与海湾大桥

　　夕阳渐渐消失在西边的地平线，此时悉尼的天空极尽奢华，将千万匹锦缎朝下抖散开来，我眼下的海湾霎时间神奇般地变幻成一个又一个巨大的染缸、水彩画家桌上的笔洗，波光摇曳、色彩斑斓。天鹅——悉尼歌剧院的"颈背"也渐渐被染红，我想，如果我能在悉尼海湾大桥上从侧面观赏悉尼歌剧院该有多好，悉尼歌剧院所在的贝尼朗岬角就像一个汉语的"同"字探出海湾，歌剧院就像许多只白天鹅正试图从海面跃起，飞向蓝天，隔海相望的我仿佛可以听见"白天鹅"用双翅拍打海水而发出的"扑棱扑棱"的声响。"落霞与孤鹜齐飞，秋水共长天一色"，能在域外他乡

悉尼海湾

悉尼大学

观赏到一幅体现中国古诗意境的图景，该是一件多么惬意的事情啊！

　　驻足悉尼塔，有满足，也有遗憾。因为大楼的遮挡，我未能从高处欣赏到整座悉尼歌剧院，但我有幸居高临下地了解了整座悉尼城的地理特点，唯其如此，我更加感受到悉尼歌剧院对于悉尼的重要意义。悉尼是一座颇具特色的海湾城市，六十多座海湾形态、大小不一，既有大海的雄伟气魄，也不乏内陆湖泊的秀丽、明净。建筑与自然景观结合的最佳境界就是二者之间的互为补充，相互增进：建筑因景观而名，景观因建筑生色。就像埃菲尔铁塔之于巴黎，克里姆林宫之于莫斯科，黄鹤楼之于武汉三镇。悉尼歌剧院的可贵，正在于在她身上体现并张扬了悉尼这座美丽海湾都市的特点，因而成为这座城市不可或缺的标志性建筑。

　　如果我们对100位中国人集中搞一次随机调查，问他们澳大利亚的首都是哪座城市，至少会有60人如此回答：悉尼。因为，只要提到澳大利亚，电视画面上就会出现一座造型别致的歌剧院的图像，而这座歌剧院就是以"悉尼"作为名字的。我相信澳大利亚人也不愿意地球村的居民们长久这么"误会"下去，但他们也奈何不得，即使是澳大利亚人也实在太喜欢这座建筑了！尽管在他们另一座重要城市墨尔本的广场上也有北京"水立方"的设计师的代表性建筑。

啊！悉尼歌剧院！

在澳大利亚的几天时间里，即使我身在著名的黄金海岸，在美丽的大堡礁，在墨尔本，我的心绪也一直没有离开过悉尼歌剧院——这座三面临海、伫立在悉尼海湾贝尼朗岬角的伟大建筑！

我为悉尼歌剧院的伟大而赞叹，也因后来了解到的悉尼歌剧院不平常的"身世"而深深思索。

因为长期以来，悉尼的大型歌剧演出都是在市政厅的一所礼堂进行，以致某些世界著名的歌剧演出团体公然表示：如果悉尼没有像样的歌剧剧院，决不再来悉尼演出。悉尼市政府终于痛下决心出巨资兴建一座新的歌剧院。1956年，悉尼市政府公开在全世界征集设计作品，来自32个国家的232件作品应征。可几天下来，所有送来的方案没有一件被评审专家们相中，尽管这232幅作品中有许多都是出自世界著名设计师之手。

安徒生故乡丹麦的设计师约恩乌松先生设计的方案，创作灵感来自几个刚刚切开的橘子，也许是因为方案过于奇特，有关工程预算、细节处理等必需的数据也有欠细致、充分，他的方案第一个遭到淘汰。

搞建筑没有设计方案显然是不行的，就像没有剧本无法拍戏一样，评选团急了。这时，世界建筑大师美国籍芬兰人埃洛沙里宁来到了悉尼，他提出要看所有参选的方案。方案一件件递上来给他看了，埃洛沙里宁仍然没能挑选出一件满意的作品。之后，细心的他觉得情况不对：不是说有231件参选作品吗？怎么你们只给了我231件？另外一件呢？评选团这才想到那最初被扔进废纸堆的约恩乌松先生的作品。

约恩乌松的方案让埃洛沙里宁欣喜若狂，紧接着就是他力排众议，最终促成约恩乌松方案全票通过。不久，约恩乌松也来到悉尼参与歌剧院的施工。但没有几年，他的方案在具体施工过程中又遭到非议，甚至有悉尼政府官员骂约恩乌松是骗子，用那张莫名其妙的图纸骗了悉尼人的钱。约恩乌松一气之下离开了悉尼。2003年，悉尼歌剧院因独有的风格获得普利策建筑学奖，被誉为20世纪世界十大奇迹之一。约恩乌松没有应邀出席颁奖典礼，直至 2008 年，他九十岁时逝世，也没有再回到悉尼，亲眼看看自己作品的实物，用手抚摸歌剧院那洁白的外墙。

由悉尼歌剧院的故事，我想到自己身边发生的许多事。悉尼歌剧院设计方案的征集评选，类似我们国家经济活动中时常进行的招标活动。评选也好，招标也罢，强调的是公平、公正与公开。

用怎样的尺度与标准来抵御金钱与物质的侵蚀，确保公平、公正与公开的征集评选及招投标活动的进行？答曰：科学态度、科学精神。所谓科学态度与科学精神，说到底就是坚持用实践检验真理，坚持严谨与诚实。蔡元培老先生曾经说："科学在今天是我们的思维方式，也是我们的生活方式。"谈到此，笔者以为，唯有坚持科学态度与科学精神，人们方才可以大声对世人宣称：自己有能力抵御金钱与物质的侵蚀参与乃至主持各类征集评选及招投标活动。

悉尼歌剧院仅仅是一座城市歌剧院，可参与其设计方案征集活动的就有 32 个国家的 232 件作品！在这么多作品中即使找不到一件十分满意的，难道就选不出三五件稍加修改勉强可以列入第二轮次评选活动的作品？可人家评审会的专家说"不"！没有一点商量的余地，不怕设计单位有什么来头，也不管、不问举办单位是如何焦急。宁缺毋滥，不行就是不行！在评选活动中，从始至终也没有看到哪位澳大利亚政府要员、金融巨头前来"打招呼"，还有，那位美国建筑师埃洛沙里宁，他在审阅了 231 件参选方案没有发现一件令他满意的作品后，不是勉为其难，也不是知难而退，而是追问那被早早淘汰的第 232 件作品……正是凭借这种认真负责的科学精神和实事求是的科学态度，爱迪生发明了给人类带来光明的电灯，居里夫人在一口铁锅前终于发现了镭元素……人类社会正是因为这种精神和态度的存在，才有了今天的进步，才能有光辉灿烂的明天！

丹麦设计师约恩乌松也不会不知道，如果他能在悉尼歌剧院获奖之日重新回到悉尼，等待他的将是鲜花的海洋，是悉尼人排山倒海的欢呼声，而他坚持不再重返澳大利亚、重返悉尼。我以为，这不是斗一时之气，也不是因为个人恩怨，约恩乌松实在无法原谅某些人对科学精神的亵渎，对科学家人格的诋毁，约恩乌松是在用自己的行动捍卫、彰显了科学的精神。这是一些多么可爱、多么令人肃然起敬的官员和专家啊！在约恩乌松、埃洛沙里宁面前，我们的一些视"公开、公平、公正"的竞争规则如儿戏，在众目睽睽之下营私舞弊的人能够不感到无地自容？

离开澳大利亚，回到家乡许多天后，我的脑海里还是悉尼海湾那群白天鹅的倩影，还在回味悉尼歌剧院的故事……

难忘驴友

在旅行中，结交驴友是一种乐趣，你可以从他们身上学习到许多东西，对你今后的生活产生积极的影响。下面所记下的是我在外多次旅游所结识的一部分"驴友"，一斑窥豹，希望我的读者也因此更加了解旅游、喜欢旅游。

"人生七十才开始"

我一直称呼他俩为"徐周二老"，一对老夫妻，先生姓周，夫人姓徐。那是 2010 年 3 月，我去埃及旅行，这年，我六十有二，自以为是旅行团中少有的长者。自打在埃及结识了这两位老人，我的生活从此增添了许多乐趣。

在埃及的第一天，我们团队就在开罗郊外的金字塔下亮了相。因为是第一天，团员们之间似乎没有什么话可说，作为一名"长者"，我难免有些矜持，话少不算，一些自费项目也不参加。休息时，坐在我对面的一位老人和我搭讪，听我"爆料"了自己的年龄职业及出生地等信息后，老人微微一笑，指指身旁坐着的很像是他妻子的一位年长女性对我说："老范，我俩比你大整整 19 岁。"这话让我吃了一惊，一方面是因为面前这两位老人一点不显老，健步如飞，下车上车都跑在我的前面，矫健得很；另外更重要的是，老人这一句话顿时让我觉得自己一下子变成了年轻人。面前有两位年长我 19 岁的人，我能不年轻？年纪轻是很让人羡慕的！

在金字塔群里，有一座法老塔是可以允许旅游者进入的，从地平面向下 45 度的斜坡，直通墓穴。洞的高度不过一米多一点，进入的人必须弓着背、弯曲着膝关节往下走。洞口的木牌上有中文赫然写着：老人及高血压、心脏病患者禁止入内。我不是"老人"，我毫无顾忌地下去了，也还"平安"地上来了，但洞口外等候的游客见到我不约而同发的一声"呀"，由此可以想象我这体重 95 公斤的花甲老人当时的"尊容"。

很快，我与在墓穴外石凳上等候的"徐周二老"成了无话不谈的好友。

老人是上世纪 50 年代初的北大毕业生，预防医学专科的专家，满口流利的英语让我非常羡慕。而我让二老"佩服"的就是摄影技术了，老人执拗地以为，一个热心旅游文章写作的人摄影技术一定是过硬的。其实，我在摄影上是"半吊子"，在许多景点，二老非得等到我抽空给他俩照完相才肯离开，即使有驴友抢着为他们服务，二老也不同意。

从埃及归来已经快三年了，我们之间在网上的交流从未间断过。除了互相之间的问候、交谈，就是大量的信息资料往来，但徐周二老发来的信息资料数量上远比我发给二老的多。有关老人保健的资料基本上都是徐周二老发来给我的，内容十分广泛，诸如"老年保健操""自我保健随身行""步行的十二种惊人效果""脚瑜伽""心脏病自我急救法""心疗处方""如何清洁内脏""心脏血管畅通的自我疗法""清晨喝水与健康""健康与大便""黄斑自检"等等，有文字，有图片，也有视频，足以编辑成一本宣传老年保健的音像出版物。时事方面的也多，多到无须我去查资料，社会上有什么热点话题，二老都会在给我的邮件里反映出来。有一段时间，社会上正对地沟油事件进行"声讨"，没几天，二老的"如何识别地沟油"的邮件就发到我的信箱里了。再就是大量的幻灯、动画图片，有各个国家的趣闻异事，世界各地的风景名胜，许多文化艺术方面的资料，数不胜数：

世界儿童摄影欣赏

杰罗姆：最杰出的历史题材大师

胡适先生墨宝

张大千《长江万里图》

郑辛遥的"智慧快餐"

张望一佛门摄影作品

美国画家温德·厄尔雷作品

中国一绝 —— 刀画精品

中国一绝 —— 烙画精品

大英博物馆收藏的绝世中国文物

中国佛学震撼世界的66句禅语

潇洒走一回：联合国推荐一定要去的28个地方

还有美国、英国、俄罗斯、匈牙利、冰岛、日本、德国、法国、挪威、西班牙、南非、土耳其、印度、墨西哥、智利等多国的风景名胜……

篇幅有限，不容我将它们一一列出。但老人所发的这些资料全部都让

与"徐周二老"在金字塔前合影

我给下载到移动硬盘中，有时我想，如果将这些资料通过视频发布，没有20个小时也播映不完它，如果将其刻成DVD碟片，不知需要多少张碟片才行。有一次，一天中我五次收到老人的邮件，2012年"五一"我去了趟美国，回到家里，我的未读邮件竟然有95封之多，大多是二老发来的。二位老人发来的邮件，让我足不出户也可学到许多知识、增长不少见识，二老的邮件真正是我用之不竭的"精神食粮"。单就工艺美术而言，平日对此研修不够的我何曾知晓什么"刀画""烙画""叶雕""数字中国画"？正是二老让我"结识"了它们。这样的实例太多，我的许多亲友也因此受益。

我常常这么想，两位耄耋老人，何以有如此的精力与热情！如果不是有对生活的无比热爱和蓬勃向上的精神，即使是年轻人都难以做得到的。其实，老人早在2011年6月的一封邮件就回答了我的疑问。老人在那封邮件里发来的是一组幻灯片，题为"人生七十才开始"。人生七十方开始？许多人听到这话，都会一笑了之，以为是某位老人的浪漫。须知，作为预防医学专家的徐、周二老是从医学的角度，而不是凭借文学家的浪漫与乐观来解释这一"豪言壮语"的，老人认为：血液循环的状况对人体健康影响巨大，人随着年龄的增长其血液循环会出现问题，50—59岁是急剧衰老期，60—69岁进入疾病高发期，原因就在这里。但人到了70岁时，血液循环原因引起的衰老趋于平缓，如果一个人在50—69岁期间能够及时调整好工作与生活，到70岁时仍然会是"一条活龙"。

徐、周二老"人生七十才开始"的话对于年届花甲的我无疑是巨大的鼓舞与支持，但我真正受益的并不是二老这一"科学论断"，而是他们这"两条活龙"的榜样作用。

当我在生活中出现些许懈怠的时候，想到在数千里之外的深圳有两位年长我19岁仍对生活充满热情的老人，我绝不敢对人轻易言老，觉得自己还要努力，为社会、为国家贡献余热。当我因为疾病久治不愈而懊恼，甚至灰心丧气、产生放弃的念头时，想到远方不知疲劳为何物、自信人生两百年的徐、周二老，我立即增强了战胜疾病的勇气，坚信自己还年轻，后面的日子还很长！

而今的我一直在工作、在写作，也在锻炼。我早就应该给徐、周二老汇报，一个比他俩小 19 岁的湖南人，每一天是这么"打发"的：上午去公司处理一下工作上的事情；中午小睡一会儿；下午的三四个小时都在攀爬岳麓山；晚上，就是写作及上网学习、与网友联系的时间；不抽烟、不喝酒、不打牌，少有酒宴应酬……

2013 年的春节，我与妻子大年初二一早就乘车去了深圳，不是给家中的某位长辈拜年，而是去看望徐、周二老，给二老送上我新出版的《域外行吟》。在我们湖南可是有春节时不过初三不出家门的习俗的，妻子乐意与我出远门看望她从未见过的朋友，显然是已为徐、周二老的为人所感动，也与她从徐、周二老发来的一些有关老年人身体保健的邮件中获得许多益处大有关系。

"老范，你根本不懂钢琴"

去迪拜，我也是单身一人。单身旅行最头痛的是室友的选择，但这由不得自己。一次我去日本，同居室的是一位当过警察的老人，他看人的神态都与众不同。他睡觉时鼾声如雷，弄得我根本无法入睡；而待到我在床上稍许有些响动，突然醒过来的他会表情严肃地对你提出"建议"。但这次来迪拜可幸运，与我同室的李先生与妻子、岳母同行，早上我还在床上，他就溜到她们房间去了，晚上不待我入睡，他不会回房间，虽曰二人同室，实则我一人独处。

李先生这人有点"怪"。四十的人了，坚持不生小孩；作为一个在地质部门工作多年的大学本科生，几年前就辞掉工作，当上了自由职业者。据他说，过得也很惬意。

我喜欢他，更主要是因为他见多识广。我看迪拜，仅晓得大楼如何高、建筑如何美、如何独特，而他则是从建筑学、地质学等学科的角度来考量迪拜的成功和不同凡响。他说，他对阿联酋人惊人的想象力尤其钦佩，例如人造棕榈岛的设计与建造，这里面涉及海水的流动——既要防浪，又要保持水的自洁功能，还有污水的处理等诸多自然科学的难题，不可思议；再如楼高800多米的迪拜塔，怎么根据基岩的具体深度、塔的自重，从而得出打桩的数量与深度等多项数据，需要解决许多没有先例的技术问题，整个迪拜塔带给人们有关自然科学的无数思考。他的一番议论让我只恨自己当初过早辍学、念书太少……

我的小孙女四岁多学钢琴，我没有少操心。她学了两年多，弹得了几首曲子，还在北京某组织举办的比赛上得了奖。我高兴得了不得，亲自将她得奖的那次表演刻成 DVD 碟片，见到知心的亲友就拿出来夸耀，甚至还考虑送小孙女去北京就读中央音乐学院的附属小学，我辞掉工作去北京租房陪读！这次来迪拜，我将孙女弹钢琴的 DVD 碟片也带上了，没事就打开 DVD 机子反复地看。因李先生家在北京，我在与李先生谈得投机时就将我的培养小孙女的"宏伟规划"说给他听，还让他看了我刻制的 DVD 碟片，以为可以听到他的意见。岂知，李先生看了看碟片，没有等我说完，他就淡淡地从口中吐出九个字："老范，你根本不懂钢琴。"

"不懂钢琴"，还要加上"根本"二字，只差没有把我呛死。

说实话，当时我是很不服气的。但不到半年时间，我就接受了李先生的批评，对小孙女学练钢琴有了切合实际的安排，这对我那还未满十岁的小孙女、对我自己都是个了不得的解脱。如今，小孙女仍在继续练钢琴，听她弹琴对我是一种享受，看到她每学期都从学校带回一张"三好学生"奖状，我更是乐得合不拢嘴。为这，我很是感激李先生，他的批评是我在自己的亲友中绝对听不到的。一方面是因为我身边的同事、亲友个个也是"根本不懂钢琴"的人；再说，即使我身边有"懂钢琴"的人，他也不一定会对我"泼凉水"，相反还会顺着我的意思鼓励我去北京"陪读"。

回到国内没多久，我与李先生之间在网上的联系日渐多了起来。通过网上的交流，我了解到，国外几乎我所有去过的地方，年纪比我小二十多的他都去过；我所写过的地方，他也写过——印度、俄罗斯、柬埔寨、南非、法国、德国、意大利，日本……我在自己的《还愿西欧》一书中着力写过一位导游托尼，正因为精明能干、见多识广的托尼的帮助，我才有可能完成我的《还愿西欧》。对托尼这位老北京，我打心眼里钦佩，也正因为结识了托尼，我才从此改变了对北京人的态度，"承认"北京人的确有比我们外地人见多识广等许多长处。李先生是托尼第二，一位让我由衷钦佩的北京人！

回到家乡长沙，我将自己过去所写的一些与国外旅游有关的尚未发表的文字发给了李先生，李先生的文章也没少寄给我，相比之下，我以为他的文笔比我老到，且更富有文采：

就像预感到自己即将隐去，此时的群星显得更加明亮，占满整个夜空的角角落落，似乎不给太阳迸发的空间。雪山肯定就隐在夜幕里，像蒙着黛青色的面纱，无法看清她的面容。星星此时也瞪大了眼睛，好像想在最后离去时把这黑暗看清，世界像是被凝固一般，沉沉的夜色更显孤寂，肃穆中隐藏着大神秘。

在这梵音氤氲的气氛中，静静的东方渗出一缕无法察觉却又在期待中的红晕，虽然只有一点点的光亮，却让大地倏地一下有了生气，半遮半掩之中，这点光亮渐渐变成一种晕，涂抹在东方的黑暗里，并形成一小片，重掩于大片大片的青黑云层之中。在极力放大的瞳孔中，逐渐感觉出了山谷的形状，似有还无，如梦若幻。光晕不断地被半红半黛的轻云笼住，分隔成上青下绛的层次……

上面是李先生写尼泊尔文章中的一小段话，同样是写尼泊尔，同样也是写尼泊尔的日出，我的文字就缺少些许"血色"。多年来，知道自己短处的我，努力地想用自己的朴实、自己的"真情实感"来弥补不足，但李先生的文章让我觉悟：文章之"文"，与文章之"质"是相互依存的，文华、辞彩之谓也，为文为赋，文采是少不得的。在后来的写作中，我注意到这些，效果果然好些。我的一篇《在那带给人们美好希望的地方》发给李先生后，李先生一句"老范，我真服了你！"，具体就是指我在文采上所下的工夫。

后来，我每从旅游地回来，写了什么，第一个就发给李先生，他对我后来写的文字少有批评，赞赏有加，这让我因此产生误会，以为他是在客气。他在一次回信中如此写道：

> 如果你要我给你文章挑毛病，那就是强人所难了。
>
> 您的文章不是读完就"了事"了，流畅的描述，平白的道理，带给我们诸多思考，这正是您文章的魅力。更重要的是：您的作品里有一种追索者的灵魂，是勇敢，也是执着，所以，您的作品内涵就特别强大，这里面有一种活的内容，这是其他人所不具备的，更是其他人想具备也具备不了的。

我实在无意用李先生这些夸奖来抬高自己，李先生说到我的一些文字的"有思想"，正是我多年的追求！我一直不想将自己写旅游的文字写成一篇篇"旅游指南"，我强调文章的"思想"，竭力想将自己的"感悟"传达给读者，以引起共鸣。这样做能否得到读者的认可，我把握不大，尤其想到当今书刊出版发行"商品化"日趋严重的趋势，自己的书能否通过一个个书店送到广大读者手中，心中都没底，怎么能奢望读者的喜爱呢？李先生的"理解"于我无异于一颗精神原子弹，激励我以更大的热情完成新书的修订工作。

李先生还会油画，他的油画作品的影像资料至今保存在我的电脑里。李先生显然钟情于大西北的山河，油画作品多以大西北的高原与草地为背景，色彩多为深黄，也兼有深绿，大半辈子在江南鱼米乡生活的我，直接

与驴友李晖在一位画家朋友家的合影

表示李先生油画作品色彩有欠丰富，不料让李先生大喜过望，认为我一语中的。天！我可是在画布上笔都没有动过一下的人呀！但李先生不以为然：有谁说过不会画画的人不能评画呢？

你来我往，我和李先生不知不觉间由驴友变成了"笔友"。

2011年10月，李先生在网上告诉我，他与妻子去港澳旅游时想路过长沙看看，我很高兴，准备好好尽一下地主之谊。接送的小车都安排好了，我准备陪他夫妻俩游游岳麓山，看看岳麓书院，尝尝湖南的小吃。结果，在他说定来长沙的那天上午，我从早上7时到11时，无数次拨打他的手机，一直"无法接通"。直到中午时分，方才接到他的电话，一问，他夫妻俩为了不影响我的"正常工作、生活"，一早就关了手机，下了火车就直奔岳麓山了。得知他夫妻俩现在已经下山到了"东方红广场"，我在电话里告诉他继续往东步行200多米到湘江边的一座石牌坊下等候我。等我开车赶到那儿，他夫妻俩已经到了一小会儿了。这石牌坊身后就是著名的"朱张渡"，是千余年前南宋时期的大理学家朱熹拜访时任岳麓书院"院长"的大学问家张栻时，俩人相会的一处渡口。石牌坊是后人为了纪念这一文坛佳话而建立的。在送李先生夫妻去酒店的路上，我回想起有关朱张渡的典故不禁哑然失笑。约李先生夫妻来此相会，实乃无意，因为此处方便停车，而"东方红广场"就不行。自比朱张，在先贤面前附庸风雅，岂敢！因此，直到与李先生道别，我也没有将"朱张渡"的故事说给李先生听。相信李先生事后知道是会谅解我的。

陪李先生夫妻吃过午饭，我让公司的司机送他俩去高铁车站。回头一想，觉得有些不对头：怎么不见李先生夫妻手里提行李呀，他们可是从北京出来，要到港澳去的呀？司机从车站归来告诉我说：就看见他俩拎一个小手提包！

"真的！"说话时的我脑海里立即浮现一身披黑氅的游侠形象！

李先生与我约好，哪天我到大西北看看，他将全程陪同，我期待着这一天。2012年春，我去以色列途经北京，他开着车，一早来北京西站接我，一直到我夜晚离开北京，他一整天都陪着我，我们谈了很多，但我更多关心他今后的打算，我希望他有一个固定的工作。他告诉我，他正在学习越南语言，有朋友邀请他在越南搞一个项目。这时我才了解，李先生懂十个国家的语言，然后他随口说了几句越南语，让我惊呆了，以为自己突然遇见了个外星人。李先生不以为然，那神情，好像在整个北京城，像他这样懂十国语言的人有成千上万，四处都可遇见。李先生，你这"北京人"到底还有多少让我惊奇的本事呢？

旅行中的"艳遇"

我的出国旅游因有写作的任务，多是单身一人，这常常引来同团的旅伴们异样的眼光。看来，在旅行中，"艳遇"是常常发生的事。

如果说在旅行中，单身男人与旅行团中的女性有过密切接触就叫"艳遇"，这样的"艳遇"我也有过。

2011年8月，我去北欧四国旅行，团里有两位在读大学女生，对我很是尊重，一口一声"老师"。我向她们请教英语，她们也很乐意，在手机上查找英语单词就是她俩教会我的。其中一位女生头一年来过北欧，是作为学校的一名短笛演奏员随学校的演出队来北欧参加演出交流活动的。正是受她的启发，我回国后所写关于北欧的文章就定名为"峡湾短笛"，可一直到旅行结束各自东西，我还不知她俩姓甚名谁。——显然，这不是大伙儿所感兴趣的"艳遇"。

那么，就只有"她"了。

"她"姓王，是一名年轻的教师，那次埃及之旅，旅行团的 30 余名团员中，就我们俩是湖南人！我们俩接触多一些是顺理成章的事。比如照相，别人成双成对，我和小王一个老男、一个大女，只能是我给她照，她再给我照啦！几天下来都是如此。她的双眼眼角有些往上挑，目光里透露出率性与睿智，素面朝天的她不施粉黛，也不十分讲究穿着，我心里想这可能与她的教师身份有关。在开罗旧城区的一座规模颇大的清真寺里，我们遇见一群前来搞活动的女中学生，她们很快与小王打得火热，喜欢上了这位能与她们用英语交流的东方美人，我这老男人想与她们合张影，她们个个都躲之不及，却抢着跟小王合影，气坏了我，也忙坏了我。也就在这时，我给小王照了一张我自以为达到了得奖作品水平的摄影作品：照片里，小王被十六七位穆斯林女孩围在正中央，在五颜六色花头巾和一张张棕红色脸庞的衬托下，小王她那本来白皙的脖颈与瓜子形状的脸更显得光润，

开罗清真寺，小王的摄影作品

那情景直让人想起一首广东音乐的名字："彩云追月"。

我尤其佩服小王的英语表达能力，与当地导游、当地老百姓交流就像与朋友用共同的母语谈家常似的，自然、流利、动听！多年来，我对学习英语一直存在畏难情绪，错过了一次又一次学习的机会。当我试探地问起英语的学习，表示有心学习的愿望时，小王微微一笑：英语，好学！那语气，听来像评价一盘菜肴、一部电影："好吃！好看！"蛮不当一回事。

在我年届64周岁又40天的那天，我买来英语字典，从48个音标开始了我的英语学习，小王口中的英语"好学"肯定是对我有所影响的。

作为一名热衷国外旅游的人，我一天天感觉到英语的重要性，我是多么期待有个同样热爱旅游又懂英语的驴友啊！可小王，她是个女孩子，不方便。当小王在交谈中"爆料"她计划暑假时去北欧旅游时，我随口应承：可以考虑！但实际上我没隔多久却去了印度，小王从北欧回来后在网上与我交流她去北欧的感受，也没有追问我何以爽约。

英语学习对于我这花甲老人远不像小王说的那么"好学"，但近一年的学习，"好处"却是明摆着的。读了我的旅游文章的读者一定会发觉，我近年写的旅游文章就出现了一些英语元素，如果没有我后来的英语学习，我的《Luck，尼泊尔》等可能会是另外一种味道了。

我多么想将自己的英语学习体会当面跟小王谈谈，向以为英语"好学"的小王讨教讨教学习英语的窍门啊！机会终于有了，一天，我因工作上的事，坐高铁去了小王所在的岳阳。从长沙去岳阳，过去要三个多小时，现在有了高铁，半个小时搞定。办完事情，一个人独自待在宾馆，此时，我完全有时间见见小王，可手指"找"到了电话机上的号码，始终没能按下去。第二天，我坐上高铁后立即给小王发了一则短信：

> 当你接到此信息时，火车离长沙已不到十分钟路程。时速300，感叹"现代"，即使"现代"，男人不能变成女孩，老翁不能变成小伙……

准备中的南极巡航

"今日的执着，会造成明日的后悔。"这是徐、周二老发给我的《中国佛学震撼世界的66句禅语》中的第六句，意思是说，人的分离是必然的，因此不要太执着，包括对自己的父母、爱人。我是俗人，对待亲友是不是应该"执着"，我保留看法，但对于成年已婚男女，情感上还是不要太"执着"为好！

他，一个"见色忘友"的驴友

老胡，一位与我同往南极的朋友。在近两百名团员里，湖南游客共三位，我和他是其中两位。但我在最初写南极的四篇小文里都没有提到他，谁叫他"见色忘友"呢？

其实，我是冤屈了他。11月初的一天，我们在北京机场集合，团友一个接一个地来到指定的柜台附近，离规定的集中时间仅十分钟了，我仍旧没有看到之前独自赶去洛阳的老胡的身影。待到领队点完名，他，老胡才"呼哧呼哧"地跑过来。

老胡立即成为整个团队关注的焦点，不是因为他最后一个赶来机场，而是因为他所带的行李少得出奇：身着短袖上装、五十多岁的他仅仅背了

一些女性团员总是大大方方地"缠"着老胡

个并不饱满的双肩包！我们可是去南极啊！看看我们这些团员，哪一个不是大箱小包的呢？

老胡很快被我们公认的团长沙龟农相中，这位知名的媒体人、股评家当即指定老胡全程照顾团里一位带着两大口皮箱的中年女士。从这天起，我的湖南旅伴——他与我一同去过肯尼亚、斯里兰卡、印度等地，来南极前曾答应我妻子一定要照顾好我的人——就顾不上我了。上船、下船，上飞机、下飞机，"见色忘友"的老胡一直跟随在那位身材瘦弱的杭州女子左右，直至飞机从西半球的圣保罗飞回北京！

这毕竟是在南极，年近七十的我待在船上倒好，临到登岛可苦了我，每一次都落在队伍的后头，此刻我很想老胡能帮帮我，可他总被众多女士——不仅仅那位女士——给"盯"着，脱身不得。

也难怪，老胡简直就是整个团队里的活宝贝。大家都喜欢他的风趣、随和，他的乐于助人也已成为佳话。记得在登天堂岛时，他随同著名摄影家贺延光走在大队伍的后面，忽然队伍里传来一阵尖叫：原来雪地里的老胡赤着双脚、光着膀子让贺延光给拍照！！

冰天雪地里，
老胡如此放荡形骸

游轮上的小
品：再现了老胡匆
忙赶到北京机场的
场面

　　在南极之旅接近尾声的时候，南极之旅的组织方——北京环球国际旅行社在游轮上组织了一台文艺晚会，旅行社的汪总经理亲自策划，沙乇农执导，其中一个小品节目再现了本文开头的场面：挎着个双肩背包的老胡被旅行团队的领头人指定充任某位女团员的"临时丈夫"。舞台上的老胡憨态可掬，那口地道的潭话让台下的许多女观众笑得直喊肚子痛。

　　老胡就是这么个人见人爱的"活宝"，我哪有机会更多接近他！

"他山之石"刍议

写完上面这些文字，搁笔一想，发觉我所写到的这些驴友都从不同的角度、在不同程度上影响了我这些年的学习与生活，像徐、周二老，像李先生，像小王，像老胡，尽管相处仅仅十来天时间。难道我自己的身边，几十年了，就没有他们这样的高人、奇人、能人？

我突然想起了老祖宗"他山之石"的诗：

　　　鹤鸣于九皋，声闻于野。鱼潜在渊，或在于渚。乐彼之园，爰有树檀，其下维萚。他山之石，可以为错。

　　　鹤鸣于九皋，声闻于天。鱼在于渚，或潜在渊。乐彼之园，爰有树檀，其下维榖。他山之石，可以攻玉。

老祖宗的诗让我茅塞顿开！

他山之石，何能攻玉？这里蕴藏了十分有趣且深刻的哲理，我以为，无须把其中的道理完完全全说个明白，只要相信：别的"山上"的"好东西"应该珍惜，它们可以为自己所用，给自己的工作、学习、生活带来益处就足够了！

但，千万不要忘却，是旅游活动让我有幸结识鸣于山野的"仙鹤"、潜在深潭的"鱼"，还有藏于深山的紫檀与"奇石"。

快哉，旅游！难忘驴友！

关于《难忘驴友》（代后记）

　　《难忘驴友》一文写于 2012 年年末，是在《域外行吟》出版前夕。时光荏苒，三年很快过去了！几年来我与这些驴友之间的交往值得一书的地方有不少，比如说在《域外行吟》出版后，我信守承诺大年初二一早偕同妻子前往深圳送新书给徐、周二老，还有我与李晖千里单骑的鄂尔多斯之旅等等，我本可趁本书出版之际对《难忘驴友》做一些改动，增删一些文字，后来一想，还是不动的好，这样，更多一些真实、多一些真情实感。

　　这几年，我在旅行中又结识了许多朋友，他们给了我许多帮助，我没有再写《难忘驴友》续篇，只是在我的旅游文字里对他们多有记载和"评说"。如以色列的张巧艳、北大的才子魏先生。写李晖是个特例，我不仅仅在写他，更重要的是从文化的角度上向国人介绍越南，这就是本系列上册里的《特别的旅行者，奇异的越南情》。李晖不同意我将一篇看似介绍人物的文章挤进一堆介绍景点的文章中，以为影响了新书的整体风格。我以为，一部书里多一个角度、多一种"口味"未尝不是好事。不知我俩谁对谁错。

　　李晖为一些越南歌曲整天在忙，没有工资收入的他将自己夫人家乡的越剧与越南歌曲当作自己的精神家园，研究所获也不求发表、不求有人赏识，自个儿高兴就可。我呢？我这样满世界跑——因为不"跑"是不可能有文章写出来的，为了写南美，我在三个月之内去了中南美洲两次，甚至到了南极！这期间，我总计转乘了31趟飞机，在大海上漂流了五天！花费的人民币就不用说了，我不是没有过迟疑。但旅行归来，收获多多，增长了见识，而且能够将自己的旅途所见用自己满意的方式一一表现出来，让我的读者分享到我的所得，我内心的那种喜悦、幸福、满足的感觉很美！

我已不年轻，早已不是一名文学青年，名与利对于我这奔七十的老头已没有实质性的意义！我的"精神家园"在哪里？不就在我来往于异国他乡的旅途中、在一篇篇即将展现在我的读者面前的文字里吗？

正是在这个时候，我有些理解了脾气有些怪异的李晖！

难忘的旅行，难忘的驴友！